中国当代农村题材中短篇小说研究

（1950—1965）

于树军◎著

中国戏剧出版社
CHINA THEATRE PRESS

图书在版编目（CIP）数据

中国当代农村题材中短篇小说研究 ：1950—1965 / 于树军著. --北京 ：中国戏剧出版社，2025. 7.
ISBN 978-7-104-05522-8

Ⅰ. I207. 42

中国国家版本馆 CIP 数据核字第 20249NF850 号

中国当代农村题材中短篇小说研究（1950—1965）

责任编辑：邢俊华
责任印制：冯志强

出版发行：中国戏剧出版社
出 版 人：樊国宾
社　　址：北京市西城区天宁寺前街 2 号国家音乐产业基地 L 座
邮　　编：100055
网　　址：www. theatrebook. cn
电　　话：010-63385980（总编室）　010-63381560（发行部）
传　　真：010-63381560

读者服务：010-63381560
邮购地址：北京市西城区天宁寺前街 2 号国家音乐产业基地 L 座

印　　刷：北京九州迅驰传媒文化有限公司
开　　本：787mm×1092mm 1/16
印　　张：18. 25
字　　数：271 千字
版　　次：2025 年 7 月　北京第 1 版第 1 次印刷
书　　号：ISBN 978-7-104-05522-8
定　　价：108. 00 元

序　言

本书以创作发表于 1950—1965 年这一时段的中短篇农村题材小说文本作为研究对象。上述小说主要是以 1950—1965 年这一期间的中国农村、农民、土地等问题为题材展开创作的文本，小说全景式地描绘和展现了新中国农村社会的生活图景，记录和展现了当代农村社会在政治、经济、思想文化、道德心理等诸多领域的发展变迁。同时，这些小说对不同地域的农村日常生活、风土人情、地方文化品格、方言土语、表情达意的方式等审美特质进行了生动细致的描绘和抒写。

之所以将当代中短篇农村题材小说作为研究对象，正是缘于当时乃至现在的文学界、批评界对中短篇小说的长期忽视。事实上，这已经成为当代文学研究界中的一个普遍现象，它与批评家、研究者们中普遍存在的鸿篇巨制的“史诗”情结有直接关系。本书力图抛开当代文学研究界长期以来近乎固化的“偏见”，重新发掘长期被忽视、遮蔽的当代中短篇农村题材小说，搜集整理了诸多被当代文学史研究者忽视的中短篇小说篇目。

现有的中国当代文学史研究普遍认为 20 世纪五六十年代农村题材小说的思想主题存在一定程度的概念化、政治化弊病，文学性与审美性严重匮乏，但事实并非完全如此。中短篇农村题材小说的体量远超同题材长篇小说，但学界长期的忽视致使大量中短篇农村题材小说掩埋于当代文学“遗址”之中，几乎被彻底遗忘。事实上，若用“历史化”（重返特定历史语境、客观辩证审视）的眼光与研究立场对其重新发掘，会发现一些中短篇农村题材小说中的日常生活与地方色彩的书写具有深刻、复杂的思想内蕴与多维的审美价值。

本书着重从中短篇农村题材小说的人物性格刻画、思想内蕴、艺术表现手法等层面对几十位作家的近百部中短篇农村题材小说展开文本细读与分析论述，对赵树理、马烽、孙犁、刘绍棠、王汶石、李准、从维熙、刘澍德、李文元、曹玉模、张峻等作家的小说的独特审美要素进行深入挖掘阐释。其中，本书对上述中短篇农村题材小说的文学审美要素——日常生活、情爱书写（“家务事”“儿女情”）、地方色彩、方言土语、风土人情等——的书写予以了深入细致的挖掘和阐释。

本书主要研究目的在于：对中国当代中短篇农村题材小说创作转型进行较为全面的梳理与挖掘，对这一时期的中短篇农村题材小说的整体创作状况做一清理和呈现，对其丰富性、复杂性的思想内蕴与文学性、独特艺术风格进行深入细致的阐发，试图让那些被“遗忘”、被排除于文学史之外的重要文本“浮出历史地表”。

本书选题的研究意义在于：通过对当代中短篇农村题材小说创作的重新挖掘和审视，更加全面、深刻地了解和把握中国当代农村题材小说丰富、多维的思想内蕴与文学审美要素，进而为今后学界重写当代文学史时对其重新评价和定位提供一定的参照和依据。

同时，在研究方法与路径上，通过对中国当代中短篇农村题材小说的重读，以“历史化”“陌生化”的眼光重返这一时期的特定历史语境的路径，试图挖掘出一些被现有的中国当代文学史所忽略、所遮蔽的问题，填补以往文学史评价中的某些疏漏，以及纠正不够客观严谨的认知和判断，希图对以后中国当代文学史的重写与修订起到提醒作用。

本书主要分为绪论、正文、结语三个部分。

绪论对以往合作化题材小说以及关涉上述问题的相关研究状况做一综合性的整理和归纳，同时，对本书的研究范围、研究目的以及研究思路与方法等也做了说明和阐述。

第一章主要是对 20 世纪五六十年代的中短篇合作化题材小说的创作背景，及其与互助合作化运动以及文艺政策之间错综复杂的关系作一番细致梳理与阐述。具体地讲，本章从史料的梳理入手，参照发生学的研究方法，对合作化题材小说发生的具体背景动因或者说“来路”——新中国成立前后两次最为重要的文代会制定的与合作化题材小说创作中相关的文艺政策、作家如何被组织动员参加农业合作化运动，以及苏联战后的文艺政策对中国20世纪五六十年代的文学政策的深刻影响，尤其是对合作化题材小说创作所产生的直接影响等诸多层面，进行了着重梳理和阐释。

第二章主要是对20世纪五六十年代合作化题材中短篇小说中的农民新人/新人英雄形象系列做一社会学视角以及影响研究维度的考察分析，即对小说文本中的几种不同类型的农民新人形象从合作化早期阶段的出现到中后期的演变过程及其复杂成因进行深入考察和挖掘。具体而言，本章对合作化时期的一系列全国闻名的劳动英雄模范、复员军人、返乡知青之所以会出现在合作化题材小说中并被塑造为农民新人形象的生产机制或者说创作伦理，进行了细致深入的分析和阐述。另外，还对合作化题材小说中的乡村秩序的重构——合作化道路上的“绊脚石”（土改英雄）与“磨刀石”（农民新人）形象的退场与出场这一问题进行了一定程度的社会学探究。虽然绝大多数合作化题材小说中的农民新人形象都是作为合作化时期的“宣讲员”与政策的“执行者”身份存在的，但是也有少数敢于对合作化期间出现的急躁冒进、强制命令等不良现象提出疑问与批评。这也让我们对合作化题材小说中一贯被视为有概念化、抽象化倾向，以及有违客观真实的人物形象，有了一个更为全面而辩证的认识。尤其是某些小说文本还借农民新人形象之口揭示“大跃进”脱离实际、违背农民群众真实诉求、伤害群众切身利益的非理性的严重弊病，并对急躁冒进的“浮夸风”“共产风”“瞎指挥风”等“五风”盛行表达了严厉的批评。此外，一些中短篇小说相比长篇小说如《创业史》《艳阳天》《金光大道》等，在一定程度上弱化了对人物形象过度拔高、理念化、概念化的倾向，突显出了真实性与复杂性。

第三章的写作重心在于梳理合作化题材小说内容，从早期的个人主义与集体主义冲突思想主题的初现端倪，至中后期集中表现及其演变为两条道路斗争与阶级斗争的并置这一过程。与此同时，结合社会学与考证等方法对合作化题材小说中的道路与阶级斗争主题的出现及演变的社会背景因素予以深入考察和论述，从中可以更为清晰地看到合作化题材小说从产生之初到中后期发展演变过程中的文学与政治之间的复杂关系。本章还将欧阳山于 1948 年创作完成的反映延安时期边区合作化题材的小说《高干大》与 20 世纪五六十年代合作化题材小说中的道路斗争主题做了历时性的对比分析。通过这一“追根溯源”式的考证，发现了合作化小说中的道路斗争主题最早的雏形或者说“起点”所在，以及到了 20 世纪五六十年代的文学语境中，《高干大》的主题雏形、情节结构、人物形象的塑造、故事的结局等诸多所发生的“剧情反转”与整合重构。同时，结合欧阳山在 20 世纪 60 年代初创作的短篇合作化题材小说《乡下奇人》，以及《高干大》再版序言中所表达出来的复杂的、极具深意的对公社化时期出现的一系列严峻的社会问题的批评与思考，来透视欧阳山在 20 世纪 60 年代于政治、时代之间的真实心态。

第四章主要从中短篇合作化题材小说的思想内蕴、艺术表现手法等层面，对赵树理、孙犁、刘绍棠、刘澍德、张峻等作家的小说文本中的异质性因素予以研究。与此同时，针对 20 世纪 50 至 60 年代中短篇合作化题材小说中一些较优秀的作家作品中的生活实感——日常生活与情爱、地方色彩、风土人情等要素，进行了一定程度的挖掘与阐释。具体而言，本章试图从合作化题材小说文本中的“异质性”或曰“症候”切入，对赵树理小说中的农民立场、孙犁小说中对政治的游离性、刘绍棠在政治与艺术表达之间寻找平衡点的努力，以及刘澍德、张峻等作家在日常、情爱与风土人情书写背后的作家创作姿态和自我意识——作家与其所处的时代、政治、文学之间的复杂关系等问题加以分析和探究。

目录

绪　论

第一节　选题依据和研究意义

由于受“十七年”文艺政策的深刻影响，20世纪50至60年代文学的艺术审美特质整体较弱。然而，尽管如此，其文学史价值在整个20世纪文学史上还是不可小觑的。从某种意义上来说，没有20世纪50至60年代文学，便没有20世纪80年代的文学及其之后的多元化文学格局。

实际上，通过对20世纪50至60年代中短篇合作化题材小说创作的爬梳整理，发现了对其进行重新发掘与研究的可能性，以及进一步关注和重新审视的必要性。

很多研究者把20世纪50至60年代文学看作“左”的政治思潮的产物，在20世纪80年代初期以来的文学史专著中，这种观点几乎成了文学史研究界公认的定论。它对后人有关20世纪50至60年代文学的认知和评判所产生的深刻影响，直至今天依然根深蒂固，“文学史”话语权的特殊效应持续而恒久地存在着。可以说，三四十年来，研究者的这种长期固化的眼光与文学史的“盖棺定论”之间已然达成的深刻共识从某种意义上对20世纪50至60年代文学所造成的遮蔽越来越突出，以致学界很难在当代文学“前三十年”的研究领域中有所突破。

然而，单就某些20世纪50至60年代中短篇合作化题材小说而言，上述文学史论断在某种程度上似乎就显得有些“以偏概全”了。虽然文学史拥有经典化这一超出一般评论研究的权力话语，可以长久地对此领域的学人产生深刻影响，但是，并不能因此回避这样一个问题——文学史对20世纪50至60年代合作化题材中短篇小说价值的遮蔽与无视。

有研究者认为：虽然这一时期的文学从艺术审美角度上讲，“质量很低”。然而，从文学史价值和意义这个角度来看，则会发现这一时期的文学存在着较大的挖掘空间和研究意义。原因就在于，“作为中国文学发展史上的一个不可缺少的历史链条，它们的‘活化石’意义并不亚于那些文学史中的精品”。而之所以对其予以重新触摸和探究，目的就在于“从中寻觅到进一步推动文学史向更高层次发展的宝贵历史经验”（参见丁帆的《重回“五四”起跑线》）。

学术研究与一般意义上的文学批评有很大不同。文学批评更多的是紧紧围绕文本本身的“优劣”“高下”而“就事论事”，当然，这与批评者自身的审美趣味、理论知识结构直接相关；而学术研究的价值立场则不然，它主要在于考察“研究对象的历史内容的含量的多少”，以及作家创作背后的诸多复杂的主客观因素（尤其是时代语境），从共时性、历时性的整体视野综合评判其文学史意义和价值。因此，从这一方面来讲，20世纪50至60年代文学绝对是一个值得人们深入开采的“富矿”。（参见丁帆的《重回“五四”起跑线》）当然，20世纪50至60年代文学中仍然有少数作家作品的质量值得高度肯定（本书第四章将专门论述这一问题），不能一刀切式地全部否定。

不可否认，仅凭数量优势这一点，合作化题材小说就是一个需要重新审视和研究的对象。20世纪50至60年代文学中的农业合作化题材与革命历史题材所占据的比重最大，“这两种题材直接构成了新中国十七年文学的半壁江山，决定了新中国文学的基本面貌”（参见杜国景的《合作化小说中的乡村故事与国家历史》）。因而，合作化题材小说无疑具有相当大的研究价值。

诚如周扬在第一次文代会上作的报告《新的人民的文艺》中所讲的那

样，由于解放战争已经基本取得胜利，国家正在向全面恢复并大力发展经济、政治、国防和文化各个领域建设的新的历史阶段迈进。作为文艺工作者，必须要继续“深入群众”和“实际”，“积极参加人民解放斗争和新民主主义各方面的建设，并通过各种艺术形式更多地、更好地来反映这个斗争和建设”。他还强调了由于过去全党工作重心在农村，加上中国是农业大国、走“农村包围城市”的革命道路、农民占全国人口绝大多数等特殊国情，因此，农业合作化题材小说在“十七年”文学中所占比重如此之高自然也就不难理解了。

与此同时，周扬的这番话也道出了20世纪50至60年代合作化题材小说兴起以及存在形态的一个重要时代背景动因，那就是即将成立的中华人民共和国的“国家建设的过程基本上就是一个变农业国为工业国的过程”。农业合作化运动的开展，某种意义上，就是为国家的工业化建设做基石、做支援，而这也直接影响到了20世纪50至60年代合作化题材小说的存在形态（如新人形象的塑造，思想主题、情节结构与人物关系的设置等）。

此外，自1942年以后的解放区开展的大规模扫盲运动起，经过1953年、1955年两次扫盲运动的热潮，截止到1957年，全国已有2200万人脱盲，并有160万人达到了高小和初中毕业的文化水平。尤其是在以“普及”为前提的政策规范和指引下，工农兵群众的阅读量的增长相较于以往更为显著。各种缩写本、通俗本、改编本、连环画（小人书）大量出现，便是其最为明显的例证。限于特定的时代环境，除了看戏、听广播（广播是当时最为重要的传播媒介）以外，文学阅读在当时也较为普遍。在大量文学作品中，小说所占据的分量最重，发行量巨大。许多小说经典文本一再重印，发行几十万至上百万册（毛星:《对十年来新中国文学发展的一些理解》，《文学评论》1959年第5期）。生动有趣、可读耐读的革命历史小说与农村题材小说（尤指合作化题材小说）在当时最受欢迎。它们具有的故事性强、富有传奇色彩、与农民生活劳动密切关联等因素是其广受欢迎的重要原因所在。

目前为止，学术界对20世纪50至60年代文学的研究，更多的是严厉批判与贬抑的态度，认为那一时期的作家作品主要是扮演政策宣讲员的角色与图解工具，在文学艺术上的成就和价值普遍较低。然而，这种观点虽有一定道理却未免过于简单化，因为国内学术界对农业合作化题材小说的研究，不少都是借用一些国外的批评理论并将其直接套用。在那些已被文学史经典化或提及的代表作（尤其长篇）之外，还有大量的中短篇合作化题材小说文本没有得到应有的重视，对20世纪50至60年代合作化题材小说的“来路”与转型问题几乎尚未予以有效且细致的梳理和探究，这背后最为关键的因素就在于——学界对合作化题材小说，乃至整个20世纪50至60年代文学的评价仍然没有脱离20世纪80年代的历史眼光和“纯文学”的研究立场。在阅读大量的中短篇合作化题材小说后，会发现学术界长期以来占据主导地位的观点或者说文学史评价体系存在一定的问题和局限，而且长期以来一直没有得到认真有效的清理和更新调整，即便有，也是远远不够的。

实际上，一些中短篇合作化题材小说中蕴含着丰富的有意味的文学元素，有不少令人眼前一亮、为之惊异的“异质性”要素，某些小说文本叙事传达出了游离于时代主题的另一种声音，这也构成了小说的复调性特征。这与既有批评研究、论著提供给我们的“盖棺定论”式的判断构成了一定的矛盾，因此，从这个意义上说，既有的文学史所给予20世纪50至60年代合作化题材小说的评判与定位也就显得有失准确和公正。

譬如在赵树理、马烽、西戎、刘澍德、康濯、王汶石、李准、张峻等诸多作家的中短篇小说中，对人物性格心理的刻画、人物语言、地方色彩、情节设置、轻松诙谐的气氛的营造、对道路路线与阶级斗争的淡化处理等，都与那些概念化或者说思想大于艺术的长篇小说如《创业史》《艳阳天》《金光大道》等形成了鲜明反差。具体而言，刘澍德的《卖梨》、《拔旗》、《甸海春秋》（田老乐开口必先讲上一句“一轮明月的话”）、《五万苗红薯秧》（情急之下的乡邮员因结巴而改说为唱），马烽的《一架弹花机》《孙老大单干》《饲养员赵大叔》《自古道》《三年早知道》《老社员》《临时收购员》《太阳刚刚出山》，康濯的《春种秋收》，张峻的《尾台戏》《古庙夜店》等小说中的地方风味浓厚，人物性格朴实而鲜有大道理和阶级斗争之类的概念化痕迹，尤其是某些作品中诙谐的人物语言和带有民间、古典文学传统因子的叙述语言，以及独特的情节设置，加之孙犁、刘绍棠、李准、康濯、曹玉模等作家的小说中非常值得肯定的日常生活与情爱书写，都为“十七年”合作化题材小说增色不少。

虽然合作化题材小说的题目或中心线索带有特定时代的印记，但是某些小说文本中的艺术审美元素与意识形态要素之间存在一定的裂隙，这些“非政治化”要素的存在直接构成了合作化题材中短篇小说的“异质性”特征。一定程度上，严重的意识形态化倾向被这些文本中的日常、伦理、情爱、地方风物、人情美的抒写等审美要素冲淡稀释，从中可以清晰地看到作家姿态与时代、文艺政策之间的某种微妙复杂关系。

比如在《拔旗》《三年早知道》《甸海春秋》以及《实干家潘永福》等文本中，对于主流政治话语的内容仅仅是一笔带过而已，有的文本甚至还借人物之口直接对“大跃进”中出现的“浮夸风”“弄虚作假风”等不良现象提出了批评，彰显出了“一切从实际出发，实事求是”的精神品格。在当时，敢于说真话、敢于暴露问题的小说实属难得。这些不应被冷落、被“遗忘”的中短篇小说，现仍很少有人研究和提及，即便有也只是借用既有文学史所下的“定论”将其作为批评的靶子和“反面教材”。

客观地讲，在大量芜杂且良莠不齐的合作化题材中短篇小说文本中，还是有一部分颇具艺术质地，如对日常生活——“家务事”“儿女情”的真实细致的描写，对人物性格心理的真实、生动、立体的刻画，以及对意味隽永的地域文化、风土人情的描绘等，高于既有文学史所给定的极低评价定位的文本值得我们去重新发掘。若以一种带有历史同情和有温度的，以“历史化”眼光重返20世纪50至60年代语境的研究立场来重新打量之，定会有新的认识和理解。

文学史评价具有巨大而且长久的话语权力，因此，既有文学史定论极易导致学界对20世纪50至60年代小说创作的整体面貌的认识和评价过低的现状一直如此地延续下去，这势必在一定程度上制约了对于这一问题的相对客观辩证而有效的发掘清理，以致最终无法完成现阶段对20世纪50至60年代合作化题材小说的“历史化”的处理，这确实是需要我们有所注意和反思的一个问题。

本书正是基于这一研究现状与逻辑出发点，重返20世纪50至60年代的特定历史语境，参阅大量相关史料文献，并对当时的大量中短篇合作化题材小说文本加以细读和整理，试图从中获得与以往的研究有所不同的新发现，对人们重新认识和评价20世纪50至60年代合作化题材小说乃至整个20世纪50至60年代文学，尤其是对今后重新审视、建构当代文学史框架与评价体系做一点有益的、基础性的工作。

第二节　研究综述

一、20世纪50至70年代的研究

20世纪五六十年代的合作化题材小说创作为政治、阶级、革命意识形态概念所裹挟，政治化、概念化的弊病较为突出。当时，批评界也呈现一边倒的态势。不过，仍有极少数批评家对20世纪50至60年代合作化题材小说持相对客观、辩证的审视态度。

其中，最具代表性的是严家炎在论文《关于梁生宝形象》（《文学评论》1963年第3期）中对梁生宝和梁三老汉形象分析时所提出的著名观点。他认为梁生宝形象的塑造存在“三多三不足”的弊病，即“写理念活动多，性格刻画不足；外围烘托多，放在冲突中表现不足；抒情议论多，客观描绘不足”，人物塑造理念化的痕迹太过明显，缺乏真实感。相反，“中间人物”形象梁三老汉刻画得反倒真实可信，展现了当时绝大多数农民真实的内心世界与现实诉求。

著名的批评家黄秋耘在当时也针对合作化题材小说中对新人英雄形象的过度拔高与道德化修辞的创作手法，表达了质疑和否定的态度。在《谈谈爱情》[《中国新文艺大系1949—1966（杂文集）》，中国文联出版公司

1991 年版］一文中，对于新人英雄形象的辩证分析以及概念化、公式化的情爱描写的批评就颇有见地。

在当时，相当一部分作家迫于政治压力而保持缄默，使得其文学作品主动或被动地充当图解政策的工具。赵树理在当时的政治环境中称得上是敢讲真话、非真话不讲的重要作家之一。1962 年 8 月，在大连召开的农村题材小说研讨会上，赵树理大胆地批评了“五风”盛行，致使农民粮食严重短缺、物资极度匮乏的社会问题。他对农民艰难的生活处境深为同情，对脱离群众、脱离实际、盲目冒进的错误思潮表达了强烈的质疑和批评。同时，在文学创作上，他反对“粉饰现实”的“无冲突论”，主张“写真实”，在自觉主动扮演政策“宣讲员”角色的同时，也在积极扮演代表农民立场的“谏言者”的角色，突显了他强烈的社会责任感与作家的道德良知。

著名文艺理论家邵荃麟在《关于“写中间人物”的材料》（《文艺报》1964 年 8、9 期合刊）中表达了对当时主流批评观念的质疑。他认为梁三老汉的塑造要比梁生宝的好，原因就在于对梁三老汉的塑造与描写“概括了中国几千年来个体农民的精神负担”。对于批评界竟然忽视如此重要的农民形象，邵荃麟表示很不理解，并指出在对合作化题材小说进行评价时，“仅仅用两条路线斗争和新人物来分析”“是不够的”。

不过，当时掌握权力话语的周扬、邵荃麟等人对于 20 世纪 50 至 60 年代合作化题材小说主要还是持褒扬的态度。周扬的《我国社会主义文学艺术的道路》（《文艺报》1960 年第 13、14 期）、《为最广大的人民群众服务——纪念毛泽东同志〈在延安文艺座谈会上的讲话〉发表二十周年》（《人民日报》1962 年 5 月 23 日）、《在全国第一届电影剧作会议上关于学习社会主义现实主义问题的报告》（《周扬文集》第二卷，人民文学出版社 1985 年版），以及邵荃麟的《新形势下的文艺运动上的几个问题》［原载于《大众文艺丛刊》第 6 辑，后收入《邵荃麟评论选集》（上），人民文学出版社 1981 年版］等文献资料中，提出了关于“新人英雄”形象的塑造策略，概括起来说就是：要写“新人英雄”的优点，尤其是要突出表现其道德上和政治上的优点、革命立场的坚定、无私奉献与任劳任怨等，而缺点一般来讲是不能写的，尤其是政治与道德品质方面的缺点不要写，写了就不能教育农民。塑造这些农民新人形象的主要目的就在于教育动员落后农民转变单干发家思想，认同并参加合作化。同时，合作化题材小说表现的重心应在于描写时代的“重大题材”，反映合作化事业的浪潮，写社会主义的“光明面”，“写明天”…… 在文艺政策规范、制约以及种种现实顾虑与压力之下，很多作家都纷纷回避了对合作化题材小说人物形象的真实性与性格、心理复杂性的刻画与揭示，这也直接造成了20世纪50至60年代包括中短篇在内的合作化题材小说出现了过度概念化、公式化的局限性，成为其被当时一些批评家——尤其是20世纪80年代以来的研究者——贬抑、诟病的根本原因所在。

二、20世纪80年代的研究

20世纪80年代，研究者几乎一致地站在批判和否定的立场上看待20世纪50至60年代合作化题材小说创作。这主要是基于“文化大革命”结束后，十一届三中全会以及第四次文代会召开，文学创作与文学批评迎来了一个完全不同于20世纪50至70年代的全新的政治与文化环境。新的历史观与文学观形成，尤其是文学性与艺术性开始成为衡量文学作品优劣高下的核心标尺。

与此同时，20世纪80年代的文学创作由于受西方现代主义思潮的直接影响，“纯文学”“文学主体性”“审美性”在文学思潮中占有极重的分量，而此前的“社会主义现实主义”创作原则在20世纪80年代则成为被极力否定以至剔除的“异质化”的对象。因此，文学史评价的标准发生巨大变化，“十七年”文学所处的文学史位置也大大降低。最为明显的是20世纪80年代初的几部重要的文学史著作对“十七年”文学的评价与定位，如张钟、洪子诚等人编写的《当代文学概观》（北京大学出版社1980年版）、二十二院校编写的《中国当代文学史》（1980年）、十院校编写的《中国当代文学史初稿》（1981年）等代表性的专著都存在一个共性特征——对20世纪50至60年代文学中的绝大部分合作化题材小说的评价都很低。除了柳青的《创业史》，周立波的长篇《山乡巨变》，赵树理的《三里湾》《“锻炼锻炼”》，以及李准的短篇《不能走那条路》、中篇《李双双小传》等较为有限且早已被经典化的作家作品被论及以外，其他的作家作品鲜有提及，文学评价体系也少有更新和调整。

值得一提的是，20世纪80年代中后期，以王晓明、陈思和为代表的研究者开始了重写文学史的尝试与探索。他们在“重写文学史专栏”（王晓明主编《二十世纪中国文学史论》，东方出版中心1997年版）中对20世纪50至60年代小说（包括合作化题材小说）进行了相对理性的评判，对整个20世纪中国文学史做了细致、全面的回顾与辨析。对某些作家作品的评判标准的重新反思，以及对此前已经形成的文学史上的“盖棺定论”予以了一定程度的清理，客观上使得不少当时较为主流的观点得到了“纠正”。而这种对文学创作及文学批评的反思，对当代文学史观的重新调整、打开新的研究阐释的空间起到了积极推动作用，提供了一种新的批评思维空间与方法。

20世纪80年代的历史观与文学史观的形成，使当代文学史学界在某种程度上寻找到了新的研究起点并建立了新的参照系，也激发了学界一部分人重新研究“十七年”经典小说的兴趣。其中，宋炳辉的《“柳青现象”的启示：重评长篇小说〈创业史〉》（《上海文论》1988年第4期）是20世纪80年代以来最早开始重审合作化题材小说的文章之一。

宋炳辉指出《创业史》文本内部实际上存在较多的矛盾之处，比如被过度放大的“理论体系笼罩着全篇”、“合理地”完成思想主题的实现，而“十七年”的这种封闭的理论体系直接造成了文本中对真实、丰富、复杂的生活多样性的钳制与遮蔽，“妨碍作家对现实生活本质的不断追求和艺术表现”。这种判断，无疑是依托了20世纪80年代兴起的、占据主导地位的“新启蒙”思想资源与审美主义的文学资源，颠覆了过去较为窄化的政治视角或庸俗社会学的评价体系，为人们更为全面、客观地重新认识和理解《创业史》乃至20世纪50至60年代合作化题材小说提供了一个有益的观察和研究视角。

三、20世纪90年代的研究

20世纪50至60年代文学在20世纪90年代逐渐又进入了研究者的视野之中，一系列红色经典再版、翻拍成影视剧的现象悄然勃兴，如《创业史》《山乡巨变》等合作化题材小说经典也成了当时研究界关注的热点之一，一系列有分量的相关研究论著相继出现。如李杨的《抗争宿命之路——“社会主义现实主义”（1942—1976）研究》（时代文艺出版社1993年版），王一川的《中国现代卡里斯马典型——二十世纪小说人物的修辞论阐释》（云南人民出版社1994年版），黄子平的论文《革命·性·长篇小说》（《文艺理论研究》1996年第3期），丁帆、王世城的《十七年文学：“人”与“自我”的失落》（河南大学出版社1999年版）等，对20世纪50至60年代合作化题材小说从文化研究、社会学、政治学、“人本主义”的视角予以了新颖而独特的挖掘和阐释，给人以较大的启发，在一定程度上，缓解了20世纪80年代批评视界一直贬抑20世纪50至60年代文学（合作化题材小说）的局面。

与此同时，20世纪90年代的文学研究界对20世纪50至60年代合作化题材小说的研究相比80年代而言，理论视野明显有所开阔，审视的态度也宽容了一些。例如，刘锡庆主编的《新中国文学史略》（北京师范大学出版社1996年版）、王庆生主编的《中国当代文学史》（华中师范大学出版社1999年版）、洪子诚的《中国当代文学史》（北京大学出版社1999年版）、陈思和主编的《中国当代文学史教程》（复旦大学出版社1999年版）以及朱栋霖、丁帆、朱晓进主编的《中国现代文学史1917—1997》（下）（高等教育出版社1999年版）和杨匡汉、孟繁华主编的《共和国文学50年》（中国社会科学出版社1999年版）等，称得上是20世纪90年代后期非常重要的几部文学史著作。

在这些文学史专著中，洪子诚、陈思和的文学史教材影响最为广泛。相对于20世纪80年代的文学史，这几部著作对20世纪50至60年代合作化题材小说的研究无疑更为深入，陈思和从“民间”的视角深入挖掘包括合作化题材小说在内的20世纪50至60年代文学的地方、民间资源，将周立波的《山乡巨变》、李准的《李双双小传》作为研究的重点案例，发掘出了以往为学界所忽视的丰富内涵。洪子诚认为，20世纪50至60年代文学存在“一体化”机制这一共性特征，他对合作化题材小说的研究高度精练而又深刻，抓住了文学生产机制的某些关键因素，在当时给人不小的启示。上述文学史对中短篇合作化题材小说虽然偶有提及，但是依旧未做出系统的梳理和更多的、更为细致的发掘，最终这些中短篇只能被继续淹没于历史尘埃之下，慢慢被人们遗忘。

四、21世纪以来的研究

20世纪50至60年代文学研究在2000年以来明显呈现变热的趋势，学界对这一时期的农村题材小说经典作家作品展开了视角更为新颖独特和深入的阐释。一些重新挖掘研究包括红色经典《创业史》在内的合作化题材小说的专著问世，如李杨的《50—70年代中国文学经典再解读》（山东教育出版社2006年版）、蓝爱国的《解构十七年》（华东师范大学出版社2003年版）、董之林的《旧梦新知：“十七年”小说论稿》（广西师范大学出版社2004年版）、余岱宗的《被规训的激情：论1950、1960年代的红色小说》（上海三联书店2004年版）、蔡翔的《革命/叙述：中国社会主义文学—文化想象（1949—1966）》（北京大学出版社2010年版）等，其中均对合作化题材小说创作这一问题展开了独特而且深刻的研究。

这些研究著作既有共性，也有各自研究的侧重点与理论视角。不过，差异之中依然显示出了较强的同质化特征，集中阐发或是批判合作化题材小说叙事对个人叙事的压抑，或者说“大我”压倒了“小我”、革命压倒了人性与情爱……政治运动挤占甚至取代了日常生活，将其挤到边缘境地，也就是说，阐释和批判的重心又回到了主流政治话语将所有人强行纳入一个统一的国家意识形态体系之中的问题上来。

当然，也有的著作如《解构十七年》以文本细读为主，参照20世纪

50至60年代的历史语境，而非过于简单化地以“人性”“自我”这一道德标尺作为评价和研究的预设前提。《解构十七年》一书对文本中的内在张力——叙事的裂隙、话语的含混、主体心态的游移等问题进行了较为深入的透视和探究，激活了合作化题材小说的内在丰富性，开启了一个相对具有开放性的阅读与阐释的空间，同时也对合作化题材小说中被意识形态话语所压抑的民间话语予以了重新的认识。

蔡翔的《革命/叙述：中国社会主义文学—文化想象（1949—1966）》一书从国家—地方、英雄—传奇、动员结构、技术革新、劳动等多重维度对1949至1966年中国社会主义文学的叙述与文学想象进行了政治学、社会史与思想史视域的独特阐释，在学界引起了一定的反响。近些年，又有几部研究合作化题材小说创作的专著问世，具有代表性的有杜国景的《合作化小说中的乡村故事与国家历史》（中国社会科学出版社2011年版）、曹金合的《十七年合作化小说的叙事伦理研究》（中国社会科学出版社2014年版）、林霆的《被规训的叙事：十七年农业合作化题材小说研究》（北岳文艺出版社2014年版）等。他们大致是从文学叙事机制与文艺政策的规范的视角切入，探究文本的呈现以及文本内外的复杂关联。其中，杜国景的论著无疑更能够显示出一定程度的“历史化”的研究路径，美中不足在于依然不够系统化。

相比研究专著，以20世纪50至60年代合作化题材小说为研究对象的论文无疑更多一些，研究的思路、视野也更为开阔和多元化，在很大程度上深化了人们对20世纪50至60年代合作化题材小说的重新认识和理解。其中，程光炜的《论50—70年代文学中的农民形象》（《中国现代文学研究丛刊》2001年第4期）是21世纪以来最早关注20世纪50至60年代合作化题材小说的论文之一，从宏观角度对20世纪50至60年代文学中农民形象变迁的过程及其背后的复杂的文学与历史动因作了梳理和深刻阐释。在其之后，有贺仲明的《真实的尺度——重评50年代农业合作化题材小说》（《文学评论》2003年第4期），杜国景的《论50至70年代农业合作化小说的文学想象》[《华东师范大学学报（哲学社会科学版）》2003年第

4期]、《农业合作化小说历史评价综论》[《西南民族大学学报（人文社科版）》2004年第9期]、《论农业合作化小说中的“创业叙事”：以〈三里湾〉、〈山乡巨变〉、〈创业史〉为中心》[《贵州师范大学学报（社会科学版）》2004年第5期]，惠雁冰的《论农业合作化题材长篇小说的深层结构——以〈创业史〉、〈艳阳天〉〈金光大道〉为例》（《文学评论》2005年第2期），郭元刚的《论50—70年代合作化题材小说中“老农”形象的变迁》[《贵州师范大学学报（社会科学版）》2009年第4期]，惠雁冰和任霄的《从“负重”到“从轻”：论〈香飘四季〉对农业合作化题材长篇小说叙事模式的改写》[《延安大学学报（社会科学版）》2009年第5期]，葛清芝的《十七年农业合作化小说人物结构关系和形象的变迁：从〈三里湾〉到〈艳阳天〉》[《现代语文（文学研究版）》2009年第8期]，林霆的《政治话语中的女性身体——以十七年文学中的农业合作化题材小说为例证》（《齐鲁学刊》2010年第3期），王鹏程的《“创业”叙事的修辞与政治——农业合作化小说修改研究》（《中国现代文学研究丛刊》2011年第3期），林霆的《论十七年农业合作化题材小说的真实性》（《文史哲》2012年第1期），于树军和刘绍信的《新乡村政权与伦理秩序的想象与重构——合作化小说叙事中的“改造”模式及其阐释》（《学术论坛》2012年第9期），于树军的《合作化小说叙事中的“自主政治”现象的阐释》（《文艺争鸣》2013年第1期），曹金合的《从“中间人物”看合作化小说的两难选择》（《齐鲁学刊》2013年第5期），王再兴的《合作化小说的形式想象与叙事程式：以李凖和〈不能走那条路〉为例》（《文艺理论与批评》2013年第5期）……这些论文大都围绕具有代表性的小说文本进行，如性别政治、叙事模式与叙事伦理、情爱叙事、身份修辞、动员/改造机制等多重视角的“再解读”和阐释。

其中，蔡翔的《当代文学中的动员结构》（上、下）（《上海文学》2008年第3、4期）、《国家/地方：革命想象中的冲突、调和与妥协》（《当代作家评论》2008年第2期）以探究“动员改造”机制来透视合作化题材小说中的政治与文学叙事功能之间的复杂关联，颇具新意和启发性。范家进的《“互助合作”的胜利与乡村深层危机的潜伏——重读三部农村“合作化”题材长篇小说》（《中国现代文学研究丛刊》2011 年第 4 期）从社会经济学的视角对 20 世纪 50 年代的中国农民在合作化运动中所付出的巨大代价（“制度成本”）作了较为深入的分析，对农民的精神心理创伤予以“人本主义”的关注和同情，将其与 20 世纪 80 年代的小说《许茂和他的女儿们》《笨人王老大》《邢老汉和狗的故事》等进行了纵向的并置勾连，将当时被遮蔽和掩盖于时代洪流之中的创伤、历史的褶皱揭示与还原，深化了人们对 20 世纪 50 至 60 年代合作化题材小说中的一些重要生活细节描写的认识，同时也在一定程度上彰显了论者的批判眼光与研究立场。

此外，2002 年至 2015 年，仅以“合作化（题材）小说”为题的论文就有 80 篇左右（对合作化题材小说单篇或单个作家为题予以研究的论文的统计除外）。以往将作家或作品作为研究个案的论文居多，而 21 世纪以来，以“合作化题材小说”为题的博士、硕士学位论文有 18 篇（博士论文 6 篇、硕士论文 12 篇）。博士论文有《1950—1970 年代农业合作化小说研究》（闫薇，吉林大学，2009 年）、《十七年小说的农业合作化叙事》（林霆，南开大学，2009 年）、《二十世纪五十年代农村合作化题材小说研究》（高志强，南京大学，2010 年）、《社会主义的“创业”叙事：中国 1950—60 年代农业合作化小说研究》（王鹏程，清华大学，2011 年）、《当代小说中的土地问题——以“土改小说”和“合作化小说”为中心》（鲁太光，北京大学，2013 年）、《叙事形式的伦理意味：十七年农村合作化小说的叙事伦理研究》（曹金合，山东师范大学，2013 年）。硕士论文有《横看成岭侧成峰：对五、六十年代合作化小说的再认识》（战淑华，曲阜师范大学，2002 年）、《合作化小说的话语策略》（刘骏，曲阜师范大学，2004 年）、《芳菲下的遮蔽——合作化小说女性命运探析》（赵伟，曲阜师范大学，2005 年）、《农业合作化小说中的家庭问题》（李春艳，清华大学，2006 年）、《论十七年农业合作化题材小说中的爱情叙事》（居学明，南京师范大学，2008 年）、《“十七年”农业合作化题材小说中农民与土地关系的表述》（林细娇，西南大学，2008 年）、《历史与叙述：合作化题材长篇小说研究：以〈创业史〉、〈山乡巨变〉和〈三里湾〉为中心》（薛羽，华东师范大学，2008 年）、《50 至 70 年代合作化小说情爱叙事分析》（于树军，哈尔滨师范大学，2010 年）、《论农业合作化题材小说的叙事张力：以〈三里湾〉、〈山乡巨变〉、〈创业史〉和〈艳阳天〉为例》（曾金华，福建师范大学，2011 年）、《1950—1970 年代农业合作化题材长篇小说的“日常叙事”：以〈三里湾〉、〈创业史〉、〈香飘四季〉为中心》（付黛佳，延安大学，2012 年）、《论农业合作化小说中的婚恋叙事：以〈创业史〉为中心》（刘芳波，浙江师范大学，2009 年）、《论赵树理合作化小说中的矛盾张力》（王倩，广西民族大学，2014），共 12 篇。这种点面结合的研究在 2000 年以来成了重要的研究路径。

有关当代文学史专著方面较有代表性的有孟繁华、程光炜合著的《中国当代文学发展史》（中国人民大学出版社 2004 年版），董健、丁帆、王彬彬主编的《中国当代文学史新稿》（人民文学出版社 2005 年版），刘勇主编的《中国现当代文学》（中国人民大学出版社 2006 年版），孟繁华的《中国当代文学通论》（辽宁人民出版社 2009 年版），陈晓明的《中国当代文学主潮》（北京大学出版社 2009 年版）等，它们对于 20 世纪 50 至 60 年代合作化题材小说的关注和研究相较 20 世纪 90 年代的文学史有所深化。

然而，同以往文学史论著存在的局限类似，对中短篇合作化题材小说的忽视依然存在。尽管这些文学史著作中有的也列出专节提及了某些中短篇合作化题材小说篇目，但这种研究对于合作化题材小说的价值和在历史上的定位有一定的“脱历史化”之嫌。基于“人本主义”“审美主义”研究立场之上而对 20 世纪 50 至 60 年代文学艺术性、思想性的批评和否定，在很大程度上直接造成了研究者回避对芜杂繁多的 20 世纪 50 至 60 年代中短篇合作化题材小说的梳理与重新发掘。因此，客观上导致了学界中人或者后来人无法对 20 世纪 50 至 60 年代合作化题材小说的原貌有一个全面具体的认知和把握。进而，人们不断地遵照一部又一部观点趋同的文学史著作提供的“盖棺定论”而反过来再去重审那些 20 世纪 50 至 60 年代合作化题材小说文本，包括很多处于未被发掘或者说尚有某些重新研究价值（甚至其中不乏一定文学性因素）的作品，一部部当代文学史新作层出的同时，被掩埋于20世纪50至60年代文学“遗址”之下的那些合作化题材小说文本也一次又一次地错过了被重新发掘的历史机遇。

其实，在上述研究成果中，对于20世纪50至60年代合作化题材小说的研究更多的还是批评与阐释性的研究，而从文学史视角——尤其是重返20世纪50至60年代历史语境下，对合作化题材小说的“来路”问题的挖掘和阐释却很少。只有全面弄清楚“来路”，才能对其有更为清晰准确的把握和重新审视。因此，目前学界对这一问题的研究尚存某种局限性，正是在此意义上，为本书的相关探究留下了一定的空间。

第三节　研究范围的界定与研究思路和方法

一、研究范围的界定

本书将以20世纪50至60年代合作化题材中短篇小说作为研究的重心。除了以往文学史或者研究者经常提及的有限的几部中短篇小说代表作外，本书将在对那些大量的为批评家与文学史所忽略、“遗忘”的20世纪50至60年代合作化题材中短篇小说重新阅读整理的基础上，将早期与中后期的中短篇合作化题材小说进行纵向比较，对早期合作化题材小说——未被大规模文艺政策规训的创作形态及特征予以重新“发掘”和考察，试图发掘早期合作化题材小说中的一些游离于20世纪50至60年代文艺政策之外的“文学性”与生活实感（如日常生活、情爱叙事、风土人情）等要素。

与此同时，本书运用社会学、实证研究等方法对合作化题材小说中的几个核心要素——农民新人形象的产生与变迁过程背后的历史语境，两条道路斗争主题的缘起及其演变过程及其背后的成因予以探究和阐述。同时，本书还将对合作化题材中短篇小说中的农民新人形象的诞生与变迁、道路分歧主题从最初的雏形到1958年之后的集中突显与变异及其背后的原因探究等依托大量文本与史料文献进行发生学、社会学、叙事学等诸多维度的考证与探究。另外，本书还将对赵树理、孙犁、刘绍棠等重要作家的合作化题材中短篇小说进行个案考察。

关于合作化题材中短篇小说，本书主要从两个层面对其予以界定和阐述。其一在于把20世纪50至60年代合作化题材小说产生的来路以及演变过程梳理清楚，也就是将其产生的背景动因——合作化运动的发生、文艺政策的规范、苏联文学的影响、作家的内在认同等诸要素通过具体材料对其加以梳理阐释，探究20世纪50至60年代合作化题材小说中的主导特征形成的成因；其二是对20世纪50至60年代合作化题材小说中存在的某些与当时的文学政策产生内在紧张冲突的“异质性”或者说“游离性”因素加以考察，并探究其形成的深层原因。具体而言，作家创作背后的复杂心态、立场、文学诉求，尤其是作家与时代、社会、政治、文学、自我之间的复杂纠缠，在看待现实中的合作化运动存在的问题、农民的真实诉求的表达，以及作家所持的立场与判断等诸多层面，都是本书所要着重考察和分析的对象。

需要补充强调的是，本书在对合作化题材中短篇小说予以重新发掘的同时，还会将某些代表性的长篇小说（包括1966年至1976年这一时期的合作化题材小说）作为必要的参照而引入进来，以建构一个清晰准确的具有历时性的文学视野与参照系，深化对20世纪50至60年代中短篇合作化题材小说的理解。

二、研究的意义和价值

20世纪50至60年代合作化题材小说与解放区文学传统之间存在着深刻的内在关联。某种意义上，合作化题材小说创作背后的文艺政策，其源头正是毛泽东1942年5月的《在延安文艺座谈会上的讲话》（以下简称《讲话》）。对于解放区文学，乃至当代文学“前三十年”绝大部分的文艺创作而言，《讲话》这一文艺思想具有深刻而又广泛的影响，为当时的整个文艺界制定了文艺创作与批评的总的思想原则与指导方针，无论是创作原则立场、题材选择、思想主题、艺术风格，还是创作基调、人物塑造等诸多方面在此后很长时期内都深受《讲话》这一文艺思想理论的影响。

新中国成立前夕，第一次文代会将毛泽东在《讲话》中提出的文艺思想理论主张确立为文艺创作的唯一正确方向与最高标准。可以说，中华人民共和国成立后的文艺政策的建构，其根本的理论源头其实也同样是《讲话》，以及毛泽东后来的一系列指示、报告、批语所不断进行充实和调整的产物。同时，随着中苏同盟友好关系的确立，苏联的经济、政治、文化等各个领域的重要经验也直接被中国几乎全盘接受，尤其是战后苏联的文艺政策“日丹诺夫主义”（1945—1953）对毛泽东《讲话》这一文艺思想理论起到了重要的补充和强化作用。同时，1953 年召开的第二次文代会将“社会主义现实主义”确立为之后文艺创作与文艺批评的最高准则。毫无疑问，新中国成立前后的两次文代会对于包括合作化题材小说在内的整个 20 世纪 50 至 60 年代文学所产生的影响是最为深远的。

自 1978 年以来，当代文学史之所以对 20 世纪 50 至 60 年代合作化题材小说总体评价和定位不高，其中的重要原因就在于当时的文艺政策（“政治标准第一”，“艺术标准第二”）的制定与严格的约束所使然。

不过，由于合作化题材小说文本在当代文学“前三十年”的比重相当之大，同时也不乏一些兼顾“文学性”的经典文本，因此，对“合作化”小说的探究仍有一定的意义和价值。尤其是，以往学界对 20 世纪 50 至 60 年代合作化题材小说的研究大都集中于阐释性的批评，抑或以 20 世纪 80 年代的“纯文学”或者文学性作为主要的衡量标尺，随之而来的问题便是对合作化题材小说创作的生产机制的具体细节被遮蔽了。实际上，脱离 20 世纪 50 至 60 年代的历史语境，单纯地以 20 世纪 80 年代的历史观、文学观来审视合作化题材小说似乎不是很客观和公平。

“一时代有一时代之文学”，后来人无法苛求 20 世纪 50 至 60 年代文学的艺术性与人文情怀这一文学的本质属性，毕竟，历史不能重来。而且，如果换一个角度，将研究的视角转换到中华人民共和国成立之初所面临的极为复杂的国内、国际环境与国家优先发展工业化、城市化的迫切诉求的话，在一定程度上，应该能够对合作化题材小说的创作伦理及其存在形态有一个更为深刻的理解和认知。那种脱离特定时代环境而以今人的眼光来看待20世纪50至60年代文学的做法，无疑是很成问题的。

单就中短篇合作化题材小说而言，其中不乏一些较好的作品，20世纪50至60年代文学也并非完全就是“一体化”的存在，或者说“铁板一块”。在面对这个被忽视的与被遗忘的20世纪50至60年代“文学遗址”时，需要转换一种眼光重新对其挖掘和审视，从中定能够获得不同以往的发现和新的认识。即便是在以“政治标准第一”，普遍存在概念化、公式化、简单化问题的合作化题材小说文本中，依然能够从芜杂枯燥的图解政治与政策的文本缝隙中间，发现一星光亮，让人感到某种意外的惊喜，让后来的研究者们能够隐约体会到“文学性”在“夹缝中求生存”的既曲折坎坷又顽强的“求生本能”，进而从中窥探作家在当时体制内的生存与写作的状态，以及个人与其所处的时代、社会、自我之间的复杂关系。

纵观20世纪50年代以来的相关研究论著，对于20世纪50至60年代文学的争议一直存在，但是总体而言，贬抑的声音多于肯定的声音，“文学性”这一标尺一直都是阻碍我们重新走进并发掘20世纪50至60年代小说的一个最为关键的原因。随着时代的更迭转换，在距离20世纪50至60年代“文学遗址”半个世纪后的今天，人们的评判眼光应该有别于20世纪80年代（准确地说，并非否定20世纪80年代的历史观和文学观、文学史观，而是应该有所调整），因此，重返20世纪50至60年代文学的历史语境是有必要的。抱着对历史的某种同情与宽容的态度（站在学术研究而非文学批评的立场），重新触摸那些一度被长期遗忘，被历史尘封、掩埋的大量合作化题材的中短篇小说，试图从中能够有新的发现与斩获，依凭一种超越性的历史眼光重新打量梳理和审视那一批文本，或许对以往的认识范式与评价体系会有所裨益与推动。

坦率地讲，评判文学的标准其实也应该不断进行调整和完善，通过对1949至1966年间的大量中短篇合作化题材小说的阅读，能够直观地感受到文学史对作家作品的“盖棺定论”的权力之大，影响之深远。同时，也暴露出了文学史权力在特定时代有其自身无法克服的局限性，这需要一代又一代的后来人做必要的发掘整理与相关的基础性研究工作，寻找到这些小说文本之内与之外的新的丰富性内蕴，对以往文学史观及其背后的研究者的历史观进行对话与思辨，从而抵达更为接近20世纪50至60年代文学历史情境的相对真切的原貌。

另外，需要强调的是，对中短篇小说的忽视在当代文学中已经成为一个普遍现象。而这在一定程度上也是中短篇合作化题材小说研究空间越来越狭窄的一个客观原因。当然，从文体差异性上看，长篇小说在整个20世纪一直是较中短篇占据绝对优势的，这已经成为学界的共识，也是文学史常识。自现代作家茅盾、巴金、李劼人的系列“三部曲”的问世，大多数作家心中都形成了一种近乎“痴迷”的“史诗情结”，这在当代文学作家群体中体现得同样甚至更为突出。追求表现与记录巨大的社会历史容量，较长的时间跨度，社会、经济、政治、道德文化心理的变迁沉浮的鸿篇巨制，成了一个作家创作成就高下的不成文的核心标准，而实际上，这都是值得反思的问题。在现当代文学历史长河中，不乏优秀的中短篇小说家，但是皆因他们没有代表性的鸿篇巨制，在一定程度上就会被“等而下之”地看待与评价定位，当然鲁迅是个例外。不过绝大多数作家恐怕都无法越过这一固化了的评价标准。

中短篇小说在社会历史容量上虽然无法与长篇小说相比拟，但是，在某些具体社会现象与历史时代的信息的记录，以及对人物形象的性格心理刻画、艺术形式表达等方面丝毫不弱于长篇小说，短小精悍的篇幅反而使其对某些问题的思考更显凝练集中，往往是一语中的、切中要害。20世纪50至60年代中短篇合作化题材小说一直受到忽视的原因，除了篇幅容量、人物塑造、历史情境、细节描写等文体本身与长篇之差异外，也与批评家、研究者们的那种普遍的“史诗”情结不无直接关系。与作家们的“史诗”情结相类似，批评家们也往往对具有“史诗性”意味的鸿篇巨制情有独钟，更为青睐将长时段的历史社会变迁与道德心理变异，即社会政治、经济、文化等宏观历史画面和微观的世态人心都加以记录和展现的长篇小说文本，认为这才是一个作家真正走向成熟和成功的标志，很多研究者其实也持有与此相似的观点。

然而，从研究的角度而言，并不能因此就厚此薄彼，对长中短篇小说应该皆有兼顾、一视同仁。中短篇小说亦有长篇小说不可替代的优势，比如对时代脉搏的把握与反应的迅捷敏锐，对社会焦点问题的直接有力的切入，话题集中、切中要害等都是长篇小说所不可比拟的。所以，对中短篇小说长期以来形成并固化下了的“偏见”，也是20世纪50至60年代中短篇合作化题材小说没有得到应有重视的一个重要原因。

在此意义上，单就中短篇合作化题材小说的重新整理研究而言，本书在一定程度呈现被“遗忘”的合作化中短篇原貌的同时，也力图对既有的文学史观展开对话并寻求某种程度的突围，这将对构建新的文学史观和撰写研究专著有所裨益。

在20世纪50至60年代时期的文学作品中，中短篇合作化题材小说在数量上远超长篇，尽管小说的思想与艺术容量、延展度要逊于长篇，也比不上长篇小说的史诗性的架构以及对社会问题揭示的复杂程度，但是，合作化中短篇小说相比《三里湾》《创业史》《艳阳天》等长篇而言，对合作化时期的社会现象与问题反应的敏锐度与迅捷性，或者说社会时效性无疑要远远胜于长篇小说。正因为中短篇合作化题材小说篇幅短小，因此也更具有时效性，对社会时代的脉搏把握得更准更快，与当代中国“前三十年”中包括互助合作化、“大跃进”、人民公社化等重要事件保持着最直接、最及时、最紧密的联系，更能反映出其所处的特定历史语境的时代特征。而这也让中短篇小说的现实感、时代感和战斗性非常突出，在一定的时代条件下，因其敏感尖锐地发现和提出重大的社会问题而显示了反应迅捷、警醒人心的社会效应。

也就是说，对某些时代的信息与社会现象如互助组、初级社、高级社再到人民公社等发展变迁过程的把握的及时性与敏感性是长篇小说所不及的。所以，对中短篇合作化题材小说的重新挖掘、梳理与研究，会在一定程度上让我们更为有效地重新“触摸”那一特殊社会历史语境下的合作化题材小说创作的原貌，以及农村社会生活的某些真实状况。

20 世纪 50 至 60 年代中短篇小说的另一个优势体现在，其对于当时接受能力和阅读时间相对有限的群体——广大的普通民众无疑是非常适宜的。据当时的报纸杂志、编辑部收到的一些信件等材料显示，很多工人农民群众希望多刊载一些短篇小说，这一细节其实就已经足够说明中短篇小说受欢迎的程度以及重要性了。

中短篇小说篇幅短小，却并不意味着所蕴含的问题意识与思想性就弱于长篇，鲁迅的中短篇小说就是最好的例证。尽管中短篇合作化题材小说在社会历史容量上弱于长篇小说，但是在艺术形式与思想内容、人物刻画、情节设计等各个方面其实都不见得比长篇小说逊色，孙犁的中篇《铁木前传》、刘绍棠的中篇《运河的桨声》《夏天》、刘澍德的《甸海春秋》等中短篇便是其中的代表。另外，也有不少非常优秀的中短篇小说文本深受当时的农民群众喜欢，最有代表性的当数赵树理、马烽、西戎等“山药蛋派”作家的中短篇小说。

实事求是地讲，中短篇小说同样很注重艺术表现力，人物刻画也同样非常鲜明，语言简洁凝练，讲究情节结构，中心线索明晰，反而没有某些长篇小说的拖沓冗赘的弊端，因而也使得中短篇小说的主题思想更显集中、突出。甚至有些中短篇小说在对某些社会问题的把握和思考上，也并不亚于长篇小说，同样具有丰富性与复杂性。

诚然，作为“配合”农业社会主义改造这一中心任务的合作化题材小说，总体上，无论是在思想主旨的设置上，还是在艺术形式上，其实一直都受《讲话》以及社会主义现实主义这一创作原则的深刻影响，比如柳青的《创业史》中对梁生宝与徐改霞的情爱书写的删改，以及徐改霞进城当工人、与梁生宝的爱情的决裂，梁生宝此后又与毫无感情基础的刘淑良的突兀相识与结合……再有，从周立波《山乡巨变》上下卷之间的断裂（1957 年反右斗争对周立波《山乡巨变》下卷的创作产生了很大的影响），具体表现为刘雨生的概念化倾向，以及阶级斗争（龚子元夫妇的突兀的出场及其一系列反动破坏之举），还有刘雨生与张桂贞的离婚以及刘雨生与盛佳秀的结合……一谈到合作化题材小说必提及《创业史》《山乡巨变》两部经典之作。实际上，这些经典长篇也都存在着明显的概念化、政治化的倾向，皆因20世纪50至60年代文学的特定历史语境使然。相对于其他众多小说文本，在思想与艺术层面，这两部作品更有可取之处而已，实际上，它们所存在的问题仅仅是程度上的不同罢了。

20世纪50至60年代中短篇合作化题材小说中也不乏一些优秀的作品，除了文学史上经常被提及的几篇标志性的作品，如李准的《不能走那条路》《李双双小传》、赵树理的《“锻炼锻炼”》、马烽的《三年早知道》、西戎的《赖大嫂》《丰产记》、柳青的《狠透铁》、孙犁的《铁木前传》等，其余大量中短篇合作化题材小说几乎很少被人们注意到。举例来说，刘澍德小说《甸海春秋》中的田老乐，幽默诙谐，张口就是“一轮明月的话”的口头语，小说中的语言描写、人物性格刻画也非常到位，此作完全可以与马烽笔下的《我的第一个上级》《三年早知道》，抑或西戎的《赖大嫂》《灯芯绒》等优秀作品一比。尤其是小说借田老乐这一形象来表达作家刘澍德对当时“大跃进”时期的“浮夸风”、急躁冒进等不良现象质疑与批评的声音，这一点在当时来讲颇为难能可贵。

除此之外，还有一些中短篇小说文本值得注意，如康濯的《春种秋收》《公社的秧苗》《三面宝镜》《第一户社员》《代理人》等，李准的《冰化雪消》《白杨树》《在大风雪里》《野姑娘》《一串钥匙》《耕耘记》等，王汶石的《风雪之夜》《春节前后》《米燕霞》《新结识的伙伴》《夏夜》《新任队长彦三》，刘澍德的《桥》《卖犁》《目标——正前方》《甸海春秋：田老乐生活片段之一》《新居：春联的故事》等，刘绍棠的《摆渡口》《青枝绿叶》《大青骡子》《布谷鸟歌唱的季节》《山楂村的歌声》《运河的桨声》《夏天》等，马烽的《结婚》《陈万年和马永泉》《五万苗红薯秧》《自古道》《孙老大单干》《韩梅梅》《“停止办公”》《老社员》《临时收购员》等，西戎的《宋老大进城》《饲养员赵大叔》《纠纷》，周立波的《盖满爹》《禾场上》《桐花没有开》《山那边人家》等，从维熙的

《鸡鸭委员》，沙汀的《过渡》，艾芜的《幸福》……在这些不为人们所熟悉的中短篇合作化题材小说中，较为突出的作家作品除了马烽的几部中短篇《五万苗红薯秧》《自古道》《孙老大单干》《韩梅梅》外，还有康濯的《三面宝镜》《第一户社员》《代理人》，李准的《冰化雪消》《白杨树》，以及刘绍棠的《摆渡口》《青枝绿叶》《布谷鸟歌唱的季节》《山楂村的歌声》，刘澍德的《甸海春秋》，周立波的《盖满爹》《山那边人家》，欧阳山的《前程似锦》《乡下奇人》等都是非常不错的作品，在塑造农民形象、心理刻画、风景画、风俗画、人情美以及思想主题的深度等方面，都值得做进一步挖掘和研究。

上述为较为著名的作家的某些受到忽视的作品。此外，从未进入文学史论著，或者是几乎从未被研究者“发现”和注意的作家作品就更多了。譬如，一些在当时不很知名的青年作家的中短篇创作，具有一定代表性，如吉学霈的《一面小白旗的风波》《在前进的道路上》，段荃法的《鞋》《雪路》《银萍》《老两口》《骡马店》《后代》《秋生在家里》等，谷斯范的《晚间来客》《阿祥老头》《买小猪的故事》《素芬和三婶》等，王安友的《整社基点村的一天》，何永偕的《大风暴》，柳杞的《长辈吴松明》，张克杰的《婆媳之间》，朋斯克的《一场斗争》，翟毓秀的《河庙里的钟声》，叶一木的《暴风雪》，曹玉模的《两朵红花》，缪锜的《一心入社》，徐慎的《初春时节》，李正发的《革命之花》，寒冰的《玉兰的决心：一个小学毕业生参加农业生产的故事》，蔚波的《兄弟之间》，贾炳智的《童家寨》，李文元的《婚事》，蔡天心《扶持》，谢竟成的《开始的时候》等，不一而足。

其中一部分中短篇合作化题材小说，即便是在今天看来，也依然显示出了一定的艺术功力。其中，河北作家张峻的几部反映合作化题材的中短篇，如《尾台戏》《古庙夜记》等，无论是情节设计，还是人物形象的塑造、语言表达，尤其是浓郁的关外风土人情的描绘，都颇具特色，在20世纪50至60年代合作化题材小说中实际上应该属于上佳之作。再如，安徽作家曹玉模的《两朵红花》中的日常与情爱书写也是值得肯定的……

我们可以通过这些小说文本重温历史，重新审视过去。不仅从文学批评本身，也要从文学外部环境——主流政治话语、文艺政策、作家创作心态等多重维度审视20世纪50至60年代小说，探究其主流政治话语对文学的显在与隐在的影响，作家在创作中在迎合政治之外的另一种潜在的“反抗”“挣脱”之下，在小说中流露出来的某种“异质性”的色彩，据此来探究作家、文学与政治、时代之间的错综复杂的关系。

小说叙事与国家叙事、文学想象与国家的未来想象之间的内在关系可以通过对这一阶段的小说创作探究而有所呈现。通过对这一特定历史阶段的文学史的梳理，重返20世纪50至60年代的历史语境，能够发现和更好地理解那个年代普通大众的政治文化心理与道德理想等要素，透视当时的社会历史与文化现象，从中汲取一定的教训，并为今后文学的健康、长远的发展积累有益的、宝贵的经验。

三、研究思路与方法

本书将以“历史化”的眼光，即以“重返”20世纪50至60年代历史语境的方式，对这一时期的合作化题材中短篇小说进行重新梳理与挖掘。结合特定历史时代的政治、经济、文化等领域的相关背景知识（如农业合作化运动的相关史料、国家工农业政策以及文艺政策等外部环境因素等），用发生学、社会学的视角与理论方法试图把握20世纪50至60年代中短篇合作化题材小说的全貌。同时，侧重让小说文本说话，直接呈现中短篇合作化题材小说文本中的丰富性、复杂性，通过多维视角对这一时期的农业合作化题材小说创作进行重新审视与阐析。

具体而言，首先，本书将对合作化题材小说文本产生的时代背景——合作化运动的发生、新中国成立前后的第一、二次文代会以及1958年文艺界开展的两条道路大辩论等文艺政策的制定、苏联文学经验的引进与影响、作家在合作化运动期间如何被“组织起来”进行深入生活与创作、作家与时代之间的错综关系、合作化题材小说中的“异质性”要素及其成因等诸多方面，进行细致的梳理和挖掘。

其次，在研究过程中，尽量保持客观辩证的立场，不作过多的预设性的判断，更多是让大量扎实的史料说话，尽量呈现出那些小说文本的真实面貌。在对中短篇小说进行整理研究的过程中，也要以某些被经典化的长篇小说作为参照，通过比较分析，试图对中短篇小说（包括存在的问题）有所认识和把握，并试图相对客观而具体地对当时作家创作中的复杂状态予以探究和阐述。

再次，本书在重新审视20世纪50至60年代农业中短篇合作化题材小说时，将以"历史化""陌生化"的眼光重返20世纪50至60年代特定历史语境这一路径，以实证主义或者说考证性质的方法试图挖掘出一些被既有的文学史评价所忽略、所遮蔽的问题，将一些"语焉不详"的问题落到实处。还有，让那些被"遗忘"，即排除于文学史之外的重要文本"浮出历史地表"，对20世纪50至60年代中短篇合作化题材小说的整体创作状况做一个清理和呈现。与此同时，本书也试图通过文本细读与史料梳理中发现潜在的学术生长点，这或许对于以后文学史的重新调整、修订有一定启示作用。

最后，通过对20世纪50至60年代中短篇合作化题材小说创作进行宏观和微观的考察，即在对小说文本进行仔细重读之外，还将文学社会学、实证研究等方法运用到研究当中，对小说文本做内部、外部（文本周边）双重维度的挖掘。在基于多维视角的重新审视下，通过对作家在小说文本中表现出来的某种"症候"，抑或说"异质性"因素，窥探作家与时代、生活、政治、文学之间的复杂关联，进而对20世纪50至60年代中短篇合作化题材小说中的丰富性、复杂性予以挖掘和呈现。

第一章
中短篇农村题材小说的出现

中华人民共和国成立前，党中央就已开始对新中国成立后的发展道路与国家建设等进行了初步设计与构想。其中，在针对亿万农村个体小生产者及个体私有制经济问题上，也已达成了共识，即在新中国成立后至少十至十五年，乃至二十年后，才会考虑从新民主主义向社会主义过渡的问题。

然而，新中国成立不久，在老解放区以及先期完成土改的东北农村地区就出现了新富农与上升中农，导致农村在土改后不久便开始显现出了贫富分化的现象。东北局与山西省委先后分别就这些问题向中央提出让互助组“提高一步”（试办初级生产合作社）的报告。这也直接促使了全国第一次互助合作会议的召开，在《全国互助合作决议（草案）》拟定完成与发布之后，1951 年年末，互助合作化运动在全国范围内正式开展。

为了更好地配合新中国国民经济的恢复与发展建设，第一次、第二次文代会，对当时和之后文艺创作的方针政策进行了全面细致的制定与规范。其中，就着重指出了文艺作品要对落后保守农民强化思想教育的问题，以及如何塑造新人形象、集中表现生活中的矛盾斗争、作家的原则立场与态度、“普及”与“提高”的优先性等一系列问题。两次文代会分别将毛泽东在《讲话》中提出的文艺思想理论主张与苏联的社会主义现实主义正式确立为文艺创作的“唯一正确的方向”以及整个文艺创作和批评的最高准则。同时，在合作化运动兴起以及文艺政策的指引下，大量作家纷纷自愿或被动加入合作化运动中体验生活，按照文艺政策进行创作。

在中华人民共和国成立前夕，中苏同盟友好关系确立，中国自上而下掀起了一场全民向苏联学习的热潮，涵盖了几乎所有领域，而文艺政策的制定与文艺创作同样也深受其影响。伴随着合作化运动的兴起，以及城乡社会发生的剧烈变化等诸多复杂的时代背景直接影响下，合作化题材小说开始大规模出现，并在中国当代文学历史长河中留下了重重的一笔。

第一节　创作背景与相关文艺政策

20 世纪 50 至 60 年代合作化题材小说的出现，最为根本而直接的动因就在于 1951 年年底开启的全国范围内的互助合作化运动。在相关政策的直接引导和推动下，合作化运动也从最开始的变工互助，逐步提高为初级社以及高级社。面对经过土地改革刚刚从地主手中分到土地的大多数贫雇农、下中农群体，尤其是富农、中农群体的抵触，在国家政策层面以外，合作化题材小说创作也赋予了教育农民——改造农民落后保守、自发倾向的新的历史使命与政治任务。

1951 年 12 月 15 日，中共中央印发了《全国互助合作决议（草案）》。1952 年 2 月 15 日，《关于 1952 年农业生产的决定》（以下简称《决定》）经政务院正式颁布。《决定》明确要求各地农村应大力发展季节性、常年性的互助合作组织，农副业双管齐下，并鼓励在有条件的情况下，有领导、有重点地推行以土地入股的形式创办合作社。老解放区要在一至两年内“把农村百分之八九十的劳动力组织起来，新区要争取三年左右完成这一任务”。① 随后，全国各地农村，尤其是老解放区正式开展了大力宣传与学习运动，教育动员那些一心想单干发家致富的农民从互助组转为初级社，合作化运动遂在全国全面展开。而 20 世纪 50 至 60 年代合作化题材小

① 《建国以来重要文献选编》第 3 册，中央文献出版社 1993 年版，第 76 页。

说也在一系列运动、政策规范与大量作家体验生活、亲身参与之下“应运而生”。

与此同时，文艺政策层面也迅速做出反应，制定了一系列具有动员号召色彩的政策指示，要求作家们必须创作紧跟政治、符合时代主旋律的作品，通过向那些有自发资本主义倾向的农民群体宣传合作化优越性、教育改造其落后思想，动员其加入互助组、合作社，以有效配合合作化运动的顺利开展。某种意义上，20 世纪 50 至 60 年代合作化题材小说之所以会呈现如此面貌，无不是深受当时特定历史语境的制约影响使然。

因此，从发生学、文学社会学、影响研究等视角，对 20 世纪 50 至 60 年代合作化题材小说创作背后的合作化运动期间的、文艺政策的历时性与共时性考察和梳理，对合作化题材小说产生的复杂的背景因素予以宏观和微观的考察，对于我们更为具体清晰地认识和把握 20 世纪 50 至 60 年代合作化题材小说而言，无疑是非常必要的。

一、文艺政策对当代农村题材小说的规范

第一、二次文代会对 20 世纪 50 至 60 年代合作化题材小说创作产生的深远影响不言而喻。在第一次文代会上，通过了《中华全国文学艺术界联合会章程》，选举产生了由郭沫若任主席，茅盾、周扬任副主席的全国文联这一领导机构。他们分别作了重要报告，其中，当数周扬的题为《新的人民的文艺》的报告分量最重，报告主要针对解放区文艺运动与成绩作了阐述。他强调了解放区文学的传统，亦即理论源头，并以此为基础，明确地指出毛泽东的《在延安文艺座谈会上的讲话》（以下简称《讲话》）是新中国成立后文艺创作的唯一正确的方向。

毛泽东的文艺思想于中华人民共和国成立前夕就已提前被确立为整个文艺界的创作方针。这也就意味着：“写工农兵”“为工农兵写”，文艺工作者的创作立场、原则、态度，以及“普及”与“提高”（“政治标准第一，艺术标准第二”）、“民族化”、“大众化”等几个核心问题为中华人民共和国成立后的新文艺创作提供了最权威、全覆盖的政策导向和规范。而

且这一权威指导方针的指导范围将不再局限于此前的解放区、根据地，也包括原来在国统区的所有文艺工作者群体在内。

值得注意的是，从众多讲话、报告、发言以及文章中不难发现，在此次文代会上，周扬在报告中首先是对解放区七八年文艺创作成绩的详尽列举与高度肯定，而对于“五四”以来的文艺运动，除了对鲁迅的启蒙文学的意义做了提及与高度评价外，对“五四”文学中其他作家的作品则几乎是只字未提。此举无疑传达出了明确的信号，即正式宣告了解放区文学与国统区文学之间的先后、主次、中心与边缘地位的划定。这就等于是说，解放区文学尽管历史不长，但是所取得的成绩绝不亚于“五四”文学，甚至远在其之上，而这一衡量标准就在于“解放区的文艺是真正新的人民的文艺”，其中所隐含的寓意再明白不过了。不仅毛泽东的文艺思想被确立为文艺界的基本方针，解放区文学同样居于主导地位。通过周扬的对比论证法即可看出，“五四”文学中除了鲁迅的创作外，其余作家的作品已经被划入旧文学的范围了。

与此同时，周扬还强调文艺工作者认真学习政策与深入生活相结合的重要性，认为这是确保文艺作品思想的正确与提高的逻辑前提。他还指出，由于“现在全国革命已取得基本胜利，中国正迈入一个广泛地从事经济建设、政治建设、国防建设和文化建设的新历史时期”，而实际上，“国家建设的过程基本上就是一个变农业国为工业国的过程。过去因为我们工作重心在农村，我们的作品反映农村斗争、生产的，就占了最大的比重”。因此，“我们的作品必须着重地来反映”包括工人、革命知识分子在内的“这三个力量”。

他还提醒道，“仍然普及第一，不要忘记农村”，其原因就在于：一方面，随着新解放区的扩大，对这些农民群众的思想教育即“普及”工作也提上了日程；另一方面，老解放区的普及工作的力度和范围仍然要继续加以巩固强化。虽然全国全党整个工作重心转移到了城市中来，但是不能因此就忘记了农村，否则“那原来打下的那点基础都可能垮台的”。

周扬的这些观点其实与毛泽东等领导人在中华人民共和国成立前的多

次会议上的讲话、报告中提出的告诫有着直接关系，根本原因就在于中华人民共和国占人口绝大比例的是农民。亿万个体小生产者由于具有摇摆性、两面性，很容易因自身的资本主义倾向被拉到资产阶级一边，因此，牢牢占领农村这个阵地的重大意义也就不言而喻了。其中，毛泽东关于“严重的问题是教育农民”（《论人民民主专政》）的这一论断，自然也就在无形中表明了20世纪50至60年代合作化题材小说所肩负的教育农民这一政治任务的艰巨性与重要性。

1951年5月21日，第二次文代会召开之前，毛泽东在发表于《人民日报》上的社论《应当重视电影〈武训传〉的讨论》中针对“武训”这一“旧的”、代表封建思想观念的历史人物进行了批判。他说道：“向着旧的社会经济形态及其上层建筑（政治、文化等）作斗争的新的社会经济形态，新的阶级力量，新的人物和新的思想”，才是“应当称赞或歌颂的”。由此，“歌颂”什么、“反对”什么成了当时文艺界广泛讨论的焦点，尤其是对《武训传》的歌颂“竟如此之多，说明了我国文化界的思想混乱达到了何等的程度”这一句语气极为严厉的批评，直接引发了1951年11月全国文艺界大规模的整风学习运动。①

在第一次文代会以及之后的文艺界整风运动的基础上，第二次文代会（1953年9月23日—10月7日）将社会主义现实主义正式确立为整个文艺创作和文艺批评的最高准则，强调作家必须要“写光明面”、写正面英雄人物。“当前文艺创作的最重要的、最中心的任务是表现新的人物和新的思想，同时反对人民的敌人”，原因就在于“创造正面的英雄人物，是为了以这种人物去做人民的榜样，以这种积极的、先进的力量去和一切阻碍社会前进的反动的和落后的事物作斗争”。如果将这一指示结合20世纪50至60年代合作化题材小说来看的话，无疑等于告诉作者要塑造像梁生宝、萧长春式的农民新人形象，而且要赋予他们以教

① 吴秀明主编：《中国当代文学史写真（全本）》（上），北京大学出版社2010年版，第14页。

育、改造那些单干发家以至阻碍合作化事业进程的如梁三老汉等“落后”农民的政治使命。

1953 年 6 月 15 日，毛泽东在中央政治局会议上提出了将工业化作为主体，社会主义三大改造作为重要支撑的过渡时期总路线。就在三个月后召开的第二次文代会上，郭沫若在开幕词中向文艺工作者进一步阐述了总路线的重要意义，实际上是再一次阐述了总路线的核心内容，即第一个五年计划的基本任务是集中主要力量发展重工业，建立国家工业化与国防现代化。三大改造即将开始，这就需要文艺工作者在接下来的创作中与国家的“一五”计划保持同步。

茅盾在《新的现实和新的任务》中，针对当时一些文艺创作在表现生活中的矛盾与冲突时“缺少战斗性”，即作者的态度过于温和的问题时指出，作品描写生活中的矛盾冲突应该表现得更为激烈，这样的作品才会更有教育性。单就 20 世纪 50 年代初期出现不久的农业合作化题材小说的创作情况来看，确实在描写农民新人对单干发家的落后农民进行宣传合作化的优越性以及动员其加入互助组或初级社时，绝大多数都是采取耐心规劝的方法，用乡村社会最为日常化、生活化的方式展开的，动之以情、晓之以理，而紧张激烈的斗争场面很少见到。即便是在李准的短篇《不能走那条路》（1953）中，也是如此。身为党员干部的宋东山最初未能通过对父亲宋老定的批评教育让其放弃买地的念头，反而是因宋老定自己良心发现，实在于心不忍，才断了买地的念头。这种温和的叙事，显然不符合茅盾所提出的作品要富有“战斗性”的要求。

其实，茅盾的逻辑就是：小说越有“战斗性”，对农民自发资本主义倾向的改造与消除效果就越明显。何为“战斗性”，就是在表现生活矛盾与冲突时，既不能回避，也不能生硬地以公式化的手法简单地将复杂矛盾想当然地解决了。而是要把生活中遇到或见到的教育农民、改造农民的复杂性、艰巨性如实地展现出来。

为了让作家们能够更为清楚地理解他这番话的具体内涵，茅盾还举例作了说明：“例如今天我国农村中间，一方面是广大农民已经脱离了封建的剥削而成为工人阶级争取社会主义斗争中的最巩固的同盟军了，而另一方面大量小生产的个体经济仍然存在，个体经济的思想仍然有它的历史基础，我国的农业技术还处在落后的状态，因此在加强工农联盟的基础上，农村中间个体经济思想与集体经济思想的矛盾，绝不是一个很简单的问题。在社会主义改造时期中，教育农民无疑地是个极其复杂的任务。我们作家必须现实地去认识和对待这些问题的复杂性。决不能那样轻易地把这些矛盾看作一天早晨就可以解决的问题。”① 为此，他以“若干描写农业生产合作社和互助组的作品”为例，批评某些作家在表现对保守落后的农民形象的教育改造的生活矛盾中，过于简单化，甚至“常常把这些矛盾通过一些喜剧的方法，简便地解决了”，以至于“似乎农业集体化的斗争已经是一条康庄大道而无须这样那样艰苦地努力了”。②

自然，作家们在过渡时期总路线提出之际，在所面临的“新的现实”之下，“新的任务”也随之而来。茅盾在报告中对作家将要担负起的“新的任务”作了非常明确的阐述：

> 什么是我们新的任务呢？我们国家现在是处在实现国家社会主义工业化和社会主义改造的时期，无论哪一部门工作，无论哪一方面战线，都应该为完成国家社会主义工业化和社会主义改造这个总的政治任务而斗争。
>
> ……在这个过渡时期中，我们要继续……和国内残余的潜伏的反革命分子作斗争……还要进行对于资本主义工商业的逐步改造……在联合的条件下对资产阶级进行斗争……对几万万农民和手工业者进行社会主义改造的教育。在这样的社会主义改造过程中，我们社会的阶级关系将产生比过去更深刻的变化，在社会的精神生活上也将反映出

① 茅盾：《新的现实和新的任务》，《文艺报》1953 年第 19 期。

② 茅盾：《新的现实和新的任务》，《文艺报》1953 年第 19 期。

这种错综万状的变化。①。

在明确了“新的任务”后，作家又该如何完成自己的这一“新的任务”？茅盾接着指出了文学作品应该承担起推动社会主义改造的重任：

> 文学的任务……是……要以社会主义的思想去教育、改造千百万人民，用劳动人民的高尚品质和英雄气概去鼓舞他们前进的勇气和信心，同时，要坚决地对残余的封建主义……思想影响作斗争，要对资本主义的思想作斗争，要对于社会主义改造的抵抗的各种思想作斗争，对人民中间的各种怕困难、保守自私等落后意识作斗争；这都是摆在我们面前的重要课题。我们的工作就是要以文学的真实描写去教导广大人民不仅正确地认识今天的现实，并且认识明天的现实，教导他们在这种复杂的阶级斗争中，改造自己、克服障碍，担负起建设祖国，逐步过渡到社会主义社会的伟大历史任务。②

应该说，茅盾的这篇报告对于新中国成立之初的广大文艺工作者群体，无疑具有强大的号召力与影响力。包括文艺工作者在内的很多人，对于中华人民共和国的成立，无不怀有胜利者的喜悦与激情，对新中国的未来也同样充满了无限希望与信心。在这种普遍的社会时代心理支配下，很多文艺工作者对文艺政策的规范都持较为认同的态度。自然，在外部的引导规范以及作家本人的认同感的合力作用下，20 世纪 50 至 60 年代文学创作呈现出了与时代主题几乎完全同步且同质同构的突出特质。因此，在外部政策引导规训与内部自觉认同的双重因素作用下，20 世纪 50 至 60 年代合作化题材小说所呈现出来的这一面貌也就不难理解了。（当然，也不能就此否认一部分保持独立思考判断的作家及其创作，第四章将会对这一问

① 茅盾：《新的现实和新的任务》，《文艺报》1953 年第 19 期。

② 茅盾：《新的现实和新的任务》，《文艺报》1953 年第 19 期。

题展开论述。)

第二次文代会对此后的合作化题材小说创作无疑给出了具体明确的规范。除了茅盾的观点之外，周扬此前在《社会主义现实主义——中国文学前进的道路》一文中也曾就合作化题材小说创作的问题表明了态度："在农村中，农民即将逐步走上农业生产合作的道路。""要在学习苏联的社会主义现实主义的过程中，要反映新事物、写新人英雄模范，表现如何克服农民自私保守、与国家工业化诉求相抵触的旧思想、旧习惯的过程。"① 与此同时，他还指出：

> 在我们国家，广大的分散的小生产者的存在是和国家工业化的要求相抵触的；人民意识和生活中残留的旧思想、旧习惯，例如农民的自私保守观念，是和人民日益提高的政治觉悟相抵触的。
>
> 作家应当深刻地去揭露生活中的矛盾，清楚地看出现实发展的主要倾向，因而坚决地去拥护新的东西，而反对旧的东西。②

看得出，周扬的观点与逻辑在于，作家必须要更为深刻地去揭露生活中的矛盾，并将其典型化以使作品思想性得到提高，而其思想性高低的评判标准就是"看它是否揭露了社会阶级的矛盾"。③ 这显然是在提醒、号召作家应该多去关注、表现反映阶级斗争题材与主题。这对于此后的合作化题材小说在情节结构与主题的设置上提出了相当明确的要求。而这也正是后来大量涌现的合作化题材小说由兴起之初的温和叙事为此后越发激烈的叙事所取代的重要原因之一。

---

① 周扬：《社会主义现实主义——中国文学前进的道路》，《旗帜》（苏联）1952 年 12 月号，《人民日报》1953 年 1 月 11 日转载。

② 周扬：《社会主义现实主义——中国文学前进的道路》，《旗帜》（苏联）1952 年 12 月号，《人民日报》1953 年 1 月 11 日转载。

③ 周扬：《社会主义现实主义——中国文学前进的道路》，《旗帜》（苏联）1952 年 12 月号，《人民日报》1953 年 1 月 11 日转载。

另外，直接受“写光明面”“写明天”等文艺政策的规范，在很多包括长中短篇在内的合作化题材小说中，都不同程度地出现了对走集体化道路的农村美好未来前景的想象的画面。比如《山乡巨变》中陈大春对清溪乡不久的将来实行机械化种植水田的画面，或是赵树理的《三里湾》中对“明天的三里湾”的那幅画的描写，而最为生动的一幅画面则当数秦兆阳的合作化题材小说《在田野上，前进!》中对农村的“明天”的憧憬的画面。年轻的县委副书记张峻动员农民大力发展合作化、鼓励扩社，还对农村在合作化之后的未来美好前景进行了展望：在大搞兴修水利的几年之后，人们便可从乡村乘坐小火轮直达省城，那时堤坝成了公路，田地里贯通着一条条水渠，再也不会有旱涝灾害了，甚至还要在河的上游修水电站……县委副书记对乡村美好愿景的描述，无形中激发了农民群众对互助合作化的热情，并满心期待美好的明天能早点到来。

合作社主任郭木山对农村“明天”的憧憬与想象显然更富有浪漫主义的色彩：

> 到那时候，发电厂的机器一开，全村里大街小巷、窗里、门里，到处都亮了，到处都变成白天了；公鸡们以为是天明了，扯着嗓子叫起来；狗们不知道发生了什么事情，夹着尾巴跑起来；孩子们都不愿意去睡觉，在街上跑来跑去地拍着手嚷叫；老太婆们喜昏了头，故意拿着针线活儿在街上做起来；磨坊里、油坊里、轧棉花的厂子里，一切机器都自动转起来；家家户户收音机开了，电炉子热了；野地里到处牵着电线，亮着电灯，收割机像在白天里一样，在嘟嘟嘟嘟地抢收一眼望不到边的麦子……这就叫作电气化，是比做梦还要稀奇的稀奇事!①

每当这些小说在描写合作化进程中广大农村的“明天”图景时，无不

① 秦兆阳:《在田野上，前进!》，作家出版社 1956 年版，第 194 页。

是突显出了乐观主义与浪漫主义的基调。李准的短篇《白杨树》（1953）中同样流露出了“写明天”的文艺政策的痕迹：

> 进明到县里开了几天会，回来在路上他回想着县委说的话：“干吧，小伙子！只要他们都愿意，秋后叫你们转社！”他每次想起这几句话，心就跳动起来，就像在部队上时，刚听完布置新的战斗任务以后那样兴奋。
>
> “这工作真有意思！”他自言自语地说着，渐渐地在他眼前出现拖拉机在田野里跑起来，大卡车在村子的大路上飞驰着，金水河边高大的楼房耸立起来……①

“写明天”是农业合作化题材小说中非常常见的同质化的情节结构，这实际上与毛泽东的《讲话》、周扬在第二次文代会上的报告《为创造更多的优秀的文学艺术作品而奋斗》中所强调的“我们的文学艺术必须首先写光明”，以及茅盾的《新的现实和新的任务》中的“作家必须要求自己善于觉察出生活发展的方向和新事物的萌芽”，“作家（应该）创造出各色各样新的人物的形象，通过他们反映了我们国家各方面新的面貌和其远景”等重要指示或文艺政策的规范，关系极为密切。

很多合作化题材小说有一个共同特点，即农民新人们无一例外地忽略了“今天”（现实生活）的种种困难，尤其是物质生活上的贫苦。虽然吃穿住相比土改以前有了明显改善，但是依旧算不上富足，不过，他们依然能对合作化运动充满热忱与信心，总有使不完的干劲……其实，农民新人之所以能不懈奋斗、迎难而上、无私忘我，除了政治信仰、政治任务层面的因素以外，《在田野上，前进！》与《白杨树》等小说中所展现的经过合作化道路而“脱胎换骨”之后的农村的美好富足生活这一“明天”的

① 李准：《李双双小传》，人民文学出版社 1977 年版，第 34 页。

想象，同样是非常关键的因素。这种深深的认同感①与坚定信念成为他们能够忽略眼前的困难、一心为“明天”奋斗的强大动力之源。

对于“写明天”的这种叙事与动员机制，可以这样来理解，农民新人们为了早日实现民富国强、后代子孙能够早日过上富足美好的“新生活”而“甘愿舍弃他们这一辈人的现实利益得失”和“‘今天’的物质享受”，“为了‘大我’而牺牲‘小我’，将一切献给‘明天’”。②

坦率地讲，小说文本中的“写明天”与农民新人形象对未来的美好憧憬，一方面与上文提到的文艺政策的规范有内在关联，另一方面也是作家思想认知上的认同感在起作用。

二、文艺工作者怎样反映农村的生产生活

合作化运动开始后，文艺界随即出台了一系列文艺政策对文艺工作者加以具体的规范和引导。在那个文学艺术被视为政治传声筒、宣讲政策的工具的20世纪50至60年代文学语境中，文艺工作者所肩负的政治任务自然“责无旁贷”。

合作化运动与此前刚结束的土地改革运动在很多实施步骤与工作细节上非常相似，因此，文艺工作者怎样参加合作化，可将《文艺工作者怎样

---

① 李准对合作化运动的认同感，从以下文字中可见一斑：“……经过学习党的理论，参加了群众的运动和斗争，逐渐懂得用阶级观点来分析和研究农民问题”，“记得开始学习理论，学的是‘社会发展史’和毛主席的‘湖南农民运动考察报告’。我现在还不能忘记第一次读‘湖南农民运动考察报告’时的激动快慰的感情，就是从这书里，我得到了许多启发。在写‘不能走那条路’之前，我曾经翻过一些关于农村问题的党的理论和政策，使我深深认识到了农民的两面性，同时也深信互助合作可以摆脱农民的贫困。因此，也想借助自己的笔帮助那些手扶犁耙赶着小牛耕种的人们迅速走上互助合作的道路，看到他们驾驶新式的耕作机械。”李准、未央等著，《长江文艺》编辑部编：《我是怎样学习创作的》，长江文艺出版社1956年版，第3页。另见，“文艺学习”编辑部辑《创作起点》，中国青年出版社1956年版，第15页。

② 参见拙作《合作化小说叙事中的“自主政治”现象的阐释》，《文艺争鸣》2013年第1期。

参加土改》这一政策学习与工作部署手册作为重要的参照。

《文艺工作者怎样参加土改》（1950）这本带有文艺政策性质的小册子，以毛泽东在《讲话》中的观点作为前言，在对广大的文艺工作者宣传动员的同时，也具有很强的规训色彩。这段前言已经明白无误地告诉当时广大的文艺工作者：只有亲身参加到土改运动中，而且“必须长期地全身心地无条件地到工农兵群众中去，到火热的斗争中去，到唯一的最广大最丰富的源泉中去”，才有创作的资格，才能保留手中的那支笔——创作的权利。而在深入群众与斗争——农村土改运动中之后，还要“观察、体验、研究、分析一切人，一切阶级，一切群众，一切生动的生活形式和斗争形式，一切自然形态的文学和艺术”，然后才能够进行创作。也就是说，不仅要文艺工作者们“身体”上深入农民群众中去，“思想”上也同样要深入农民群众中去，才能够真正获得创作的“合法性”，才是“革命的文学家艺术家”和“有出息的文学家艺术家”。①

当时中南区负责农村工作的杜润生（时任中南局秘书长、中南局军政委员会土改委员会副主任）在这次动员大会上的讲话中，有这样一段通俗易懂的开场白，强调了土改运动前夕召开的文艺工作会议的必要性：

> 在此运动的前夜，召开这么一次文艺工作者会议，讨论研究文学艺术工作者如何配合土改，动员大批人员下乡参加土改，这完全是正确和非常必要的。
>
> 最近，中央有一个简单的指示，希望我们在今年冬天和明年春天的全区土改运动中，动员大批文学艺术工作者和社会科学工作者到这次规模宏大的农民翻身的斗争中去，把这一次轰轰烈烈、天翻地覆的土改运动，作出文学……各种形式的艺术记载……②

① 《文艺工作者怎样参加土改》，新华书店湖南省分店1950年版，第8页。

② 《文艺工作者怎样参加土改》，新华书店湖南省分店1950年版，第8页。

他紧接着指出土改的多重层面的重要意义，“土地改革不是一个简单的经济斗争，而是一个经济、政治、文化、思想各方面反封建斗争的集中表现”。他呼吁来自各个不同地区和带有不同文化教育背景的文艺工作者们要“在同一目标上紧密地团结起来，组织起来，充实起来，好好工作”，“占领封建文化的阵地，建立起以马列主义、毛泽东思想为指导思想的新文化新阵地”，“取得思想战线上的胜利”。①

之所以如此重视土改过程中的文艺创作，其背后的深刻动机就在于，国家力图通过这种意识形态的宣传去逐步占领农民群众的思想文化这一阵地。将广大农民群众全部“组织起来”，剔除他们的封建剥削与自发资本主义的旧思想观念，通过对其强有力的组织领导、宣传教育，使之更好地参与到中共领导下的新民主主义革命进程中来，为求得内战的胜利以及农民的翻身以及“翻心”②，进而建立无产阶级政权打下坚实可靠的基础。

然而，文艺工作者究竟如何参加土改运动并进行创作？在杜润生看来，“首先最重要的是了解和熟悉党和中央人民政府实行土改的政策和指导原则。因为政策是我们行动的出发点”，“若不懂得土改政策，就是下乡去住上几年，也会茫然一无所知，发现不了问题，发现了问题也无法正确反映。写出来的作品是用处不大或者是有害的”。在谈到文艺创作的首要前提条件时，他强调：“我们学习新的土地改革法，首先就要研究学习土地改革法的第一条的规定，即‘废除地主封建剥削的土地所有制，实行农民的土地所有制，藉以解放农村生产力，发展农业生产，为新中国的工业化开辟道路’。这是我们实行土地改革的总目标总方向，其他各项都是为这一条服务”，“写土改的作品，首先就要充分反映这一条。这一条写不好，就失掉了灵魂，不能算好作品”。③

---

① 《文艺工作者怎样参加土改》，新华书店湖南省分店1950年版，第8页。

② 指思想意识的转变，觉悟的提高。

③ 《文艺工作者怎样参加土改》，新华书店湖南省分店1950年版，第8—9页。

在搞清楚土改政策的深层动机与国家的战略考量或者说明确总体方向后，有关下一步的具体创作问题，杜润生同样作出了指示，“在创作中明白政策后，就要反映如何执行政策，就是说反映党对土改的指导”。同时，基于土改运动总的指导原则就是走群众路线，发动群众并依靠广大群众的力量，“掀起一个大规模的群众运动”。唯有如此，才能彻底消灭封建剥削制度。“因此，我们就要歌颂这样一个轰轰烈烈的群众运动。农民运动就是农民造地主的反。造反要造得好，就要指导得好。所谓好的指导，就是用力小，收效大，农民运动胜利的快”①，反之亦然。

值得注意的是，在这本兼具政策学习与创作守则之功用的小册子里，还有这样一封《组织起来，参加土改，反映土改：给全区文艺工作者的公开信》（以下简称《公开信》），比杜润生的讲话及指示，显然阐述得要更为明确和到位——

> 土地改革是新民主主义革命的基本内容之一。廿多年来中国农民在……中国共产党的领导下，为了废除封建剥削的社会制度，变地主的土地所有制为农民的土地所有制，实行“耕者有其田”，进行了长期的、艰巨的规模宏大的革命斗争。这一革命斗争的目的，是要解放农村生产力，为国家工业化开辟出一条广阔发展的道路。
>
> ……这一次土地改革的胜利完成，将基本上改变广大农村社会的面貌，给中南区的经济建设，开辟出一条辽阔的大道。②

对于广大的贫苦农民群体而言，土改以前，他们一直被地主残酷压榨剥削与欺凌，对于这场意味着能够分得土地，从此摆脱受剥削压榨的贫穷屈辱的苦难命运的土地改革运动，他们从内心生发出来对共产党深深的感激之情，投身土改的热情和动力绝对是空前高涨的。

---

①《文艺工作者怎样参加土改》，新华书店湖南省分店 1950 年版，第 8—9 页。

②《文艺工作者怎样参加土改》，新华书店湖南省分店 1950 年版，第 1 页。

而在国家层面上，实行“耕者有其田”——让贫苦农民翻身，当家做主人的土地改革对于巩固工农联盟，在国共内战中牢牢抓住广大农民百姓的拥护与支援这一根本，无疑是当时最为关键和迫切的要素。同时，这也与新民主主义革命诉求相契合。尤其重要的是，这封公开信还指出了土地改革对于之后国家的工业化建设的重要支援的现实意义与战略考量。换句话说，农业支援国家工业化建设的这一战略考量其实早在土地改革之前（更不用说合作化运动之初了）就已经很明确地提出来了。这也变相说明或预示了：无论是土改运动抑或之后的合作化运动，其目的和意义都不在运动本身，而是在于更为长远的国家工业化建设的战略目标。

在谈及文艺工作者应该如何看待土地改革这个运动这一问题时，《公开信》给出了这样的解释：

> 文艺工作者要坚决用自己的实际行动，拥护土地改革，我们要拿起我们的文艺武器，为土地改革服务，为农民翻身服务。……只有实行土地改革，农村生产力得到解放，工业有了发展，人民的民主文化事业才有广大的发展……号召……所有……文艺工作者，组成一个强大的文艺界反封建的统一战线，认真地学习土改政策，把它们变成我们的思想指导原则，同时，动员组织更多的文艺工作者下乡，深入到农民中去，在热火朝天的土地改革的实际斗争中锻炼自己，帮助农民翻身，支持农民分配土地的正义要求，提高他们的政治觉悟和革命热情，向地主阶级进行合理合法的斗争。①

从这封《公开信》中可以看出其言外之意：土改运动具有无可争辩的“合法性”与重大意义，这也就等于是要求文艺工作者在对待土改运动、参与其中以及创作时，必须确保毛泽东在《讲话》中所指出的“原则”“立场”“态度”的正确鲜明而不能暧昧、犹豫与疏离。

---

① 《文艺工作者怎样参加土改》，新华书店湖南省分店 1950 年版，第 1—2 页。

在保证思想立场上的“政治正确”以及明确“写什么”的问题之后，进入创作阶段即“怎么写”的时候，《公开信》进一步为文艺工作者们指明了写作要领与规范：

> 我们这支文艺大军深入到农村中去，负有一项重大任务，这就是：把轰轰烈烈的土地改革群众运动中出现的新人物，新的品质，新的变化，以及紧跟着土改而来的生产高潮，作出文学……各种形式的艺术记载；大量写出能正确、生动反映这一次土地改革真实面貌的文艺作品，来教育广大人民。①

中南区第二次文艺工作会议以及杜润生的讲话、《公开信》中的思想动员与创作规范，其实折射出当时全国范围内土改期间的整个文艺界形势的整体面貌，窥一斑而知全豹。很多文艺工作者在参加此次思想教育动员大会之后，纷纷发言、撰文、谈创作经验与体会，柳青、丁玲、赵树理、康濯、孔厥等作家对土改运动表达了深深的认同感与积极拥护的立场。②

与之相同，在稍后开展的全国范围内的农业合作化运动中，对于文艺工作者如何参加土改的一系列规范指导，依然有效，只不过在具体创作中有所调整罢了。就合作化题材小说创作机制而言，作家们在看待合作化运动的态度，以及在创作合作化题材小说的过程中，同农民一样，不仅要

---

① 《文艺工作者怎样参加土改》，新华书店湖南省分店1950年版，第1—2页。

② 如熊复的《围绕土地改革，开展创作运动》《关于土改创作的一些问题：记中南文联筹委会土改创作座谈会》《文艺工作者参加河南土改的经验》《文工团（队）如何参加土改?》，丁玲的《到群众中去，从群众中来；从群众中来，到群众中去》，刘祖春的《先做好一个政治战士》，岳明讲、钱继扬记录的《从目前文艺创作任务谈到下乡创作问题》，赵树理的《也算经验》，柳青的《转弯路上》，孔厥的《下乡和创作》，康濯的《在学习路上》，张志明的《如何在土改中体验生活》，希坚的《接近农民和创作》，俞林的《我在土改中的一点经验》，柯蓝的《杂谈收集，研究民间故事》，马加的《我学习群众语言的一点经验》，李季的《我是怎样学习民歌的》，刘俊鹏的《我是怎样从现象看到本质的》，胡可的《记生活手册的几点经验》等篇目都是这方面的例证。

“身体”参加合作化，同时“思想”上也要参加合作化，即对合作化运动要有认同感，同时做到“身体入社”和“思想入社”。

在整个20世纪文学史中，与20世纪50至60年代合作化题材小说特质最为切近的，恐怕就是土改题材小说了。解放区文学的创作传统，除了毛泽东在《讲话》中所确立的两点最为核心的标准——“写工农兵”“为工农兵写”，以及“政治标准第一”“艺术标准第二”（“普及”与“提高”）之外，另一个就是文艺工作者如何将这两点落到实处并真正取得实效。就合作化题材小说而言，只有作家亲身到农民群众中去，长期体验农村生活，与农民同吃同住，一起劳动，才能够创作出合作化题材小说，这也成了能否创作出合乎“标准”的合作化题材小说的关键所在。

赵树理（及其他“山药蛋派”作家)、柳青、周立波、孙犁、王汶石、李准、刘绍棠等许多作家都曾经长期深入农村体验生活、了解农民的思想状况，与农民同吃同住，一起劳动，并指导创办互助组、合作社的工作。

赵树理“为了摸一摸农村工作转变的底”①，从北京回到了山西太行山区平顺县川底村，在那里住了七个多月，除了负责一些指导工作外，还为互助组义务地当起了会计，之后他在这些农村生活中积累的素材基础上创作出了长篇合作化题材小说《三里湾》，而1951年写就的电影故事《表明态度》以及1958年的短篇《“锻炼锻炼”》的创作过程也大致如此。柳青在1952年3月于上海参加“五反”运动过后，为了响应号召，在当年的5月，便到了陕西长安县的皇甫村安家落户，参加、见证了合作化运动的整个过程，并以自己亲身经历与从农民生活中观察到的见闻为素材创作了经典长篇《创业史》。周立波在1946年跟随部队到东北地区参加土改，以他在哈尔滨松花江畔元茂屯的土改工作与生活体验为蓝本，写出了著名的土改小说《暴风骤雨》，而在1954年11月，周立波回到湖南家乡益阳，参加了益阳县谢林岗区发展互助组、成立初级社的工作，以其间的生活经历与所见所闻为素材，创作了著名的长篇《山乡巨变》以及一

① 赵树理:《赵树理全集》第4卷，北岳文艺出版社2003年版，第272页。

系列短篇小说《盖满爹》《山那边人家》等。孙犁在1949年秋天，创作完成了反映冀中农村土改复查与生产互助题材的中篇《村歌》后，又于1952年到安国县农村体验生活达半年之久，并以当地的真人真事，融合其童年经验与往事，于1956年初夏之际，创作出了著名的中篇合作化题材小说《铁木前传》。刘绍棠响应共青团中央的号召，到家乡农村体验生活，创作出了中篇小说《运河的桨声》和《夏天》。此外，李准在短篇小说《不能走那条路》受到高度肯定之后，到开封县黄河农业社深入农民生活，在1954年又来到了荥阳县司马村安家落户，继续创作合作化题材小说。王汶石从1953年开始就多次深入渭南、咸阳农村体验生活，创作出了《风雪之夜》《新结识的伙伴》等作品。再如浩然，更是大多数时间都在农村体验生活和从事创作……

当然，其中也包括马烽、西戎、康濯、刘澍德等许多作家在内，凡是创作过合作化题材小说的作家，几乎都曾在深入农村生活、帮助指导或是收集素材之后才写出了合作化题材小说。

参加合作化运动的作家几乎都出身于农民家庭，对农村的传统道德、文化心理、农民的思想状况、乡村生活等都非常熟悉，为了更好地对农民进行思想教育和改造，使其放弃单干发家的思想而被组织到合作化运动大潮中，他们有的甚至几乎一直就生活在了农村，同农民一起劳动生产。抛开响应号召或者文艺政策的规训这一层面不谈，对于写作的热爱与强烈的社会责任感，让他们放下身份名利而与农民打成一片……的确也反映出了当时不少作家在那个年代并非完全出于迎合政治，而是真正出于对新中国成立后的农村美好未来的理想憧憬之下的自觉行为。

1951年12月，《全国互助合作决议（草案）》正式在全国范围内从中央到地方逐级下发传达之后，随着互助合作化运动的大面积开展，农业合作化题材的文学作品便开始不断涌现出来。尤其是此后的1952—1953年，中短篇小说开始出现增多之势，并在整个“十七年”文学版图中留下了浓重的一笔。

第二节　中短篇农村题材小说创作与苏联经验

左翼文学、解放区文学以至20世纪50至60年代文学的总的理论源头其实在于俄苏文学，尤其是列宁、斯大林等人的文学理论观点及苏联时期的文艺政策。由于在社会主义整个阵营中，苏联按照马克思主义设计的革命路线图成功建立了第一个社会主义国家，尽管存在很多问题，但是在诸多领域还是取得了重要的成绩。这也直接使得同样走社会主义道路的中华人民共和国将其作为学习的楷模。因此，在相当程度上，可以说中华人民共和国（成立前后）所走的道路以及对未来的构想其实就是直接参照苏联模式，苏联经验对中国的深刻影响几乎覆盖了政治、经济、文化、思想、军事等各个领域。

在文学领域，苏联经验对新中国文艺政策以及文学创作的重要影响非常深刻。20世纪50至60年代文学政策与战后苏联的文学政策之间几乎具有一种同质同构的特征。合作化题材小说的文本在很大程度上有着苏联集体化小说《磨刀石农庄》《被开垦的处女地》《金星英雄》，乃至其他经典如《静静的顿河》《钢铁是怎样炼成的》等作品的深深烙印。而这种影响产生的一个最为直接的契机是1949年中华人民共和国成立前夕，自上而下地发起的全面向苏联学习的运动。

一、当代农村生产生活建设与苏联经验

中华人民共和国成立后，面对国民党统治时期留下的烂摊子，全党工作重心与首要任务就是国民经济的恢复与发展。虽然苏联在工业、军事、经济建设等各方面遭到二战的重创，但是其在战后接收了大量的战利品，工业基础雄厚，因此，在缺乏城市管理经验、技术极为落后、一穷二白的特殊国情下，处处受西方资本主义国家阵营封锁扼制的中国，唯有向苏联寻求援助，才能在恢复经济、巩固政权、治理国家等诸多问题上得到切实保障。

面对这一亟待解决、至关重要的问题，中共中央领导层达成共识，确立了向苏联的“一边倒”的外交政策。全面学习苏联，争取外援。

比如，在经济政策制定和城市管理方面，工业、农业和商业如何协调发展，国家预算、地方预算，以及工厂、机关、学校、国营农场和集体农场的预算情况，国营企业、地方企业、工厂、机关、学校的副业与合作社是怎样的关系……总之，所学习的内容几乎涵盖了经济建设、机构设立及运行乃至文化教育等全部领域，涉及方方面面，而且都是非常具体而实际的问题。

在刘少奇率团访苏期间，中苏两国正式确立了“一边倒”的外交关系，并取得了苏联方面援助的重要承诺。1949 年 9 月 3 日，刘少奇在北平的高级干部会上，热情地称颂中苏友谊，“全党现在的任务就是集中全力恢复和发展人民经济，这是中国人民的最高利益，需要苏联在这方面的帮助。要学习苏联，在政治上、组织上、思想上、技术上，在法律、财政、经济、文化、教育等方面，都要学习苏联”①。这是中国领导人正式大力倡导“学习苏联”的开始，也是即将到来的“全面学习苏联”群众运动的直接契机。

值得注意的是，全面向苏联学习，其实在此之前，毛泽东于 1949 年 6 月 30 日发表的《论人民民主专政》一文中就已经明确提出。“苏联共产党是胜利了，在列宁斯大林领导下，他们不但会革命，也会建设。他们已建设起一个伟大的、光辉灿烂的社会主义国家。苏联共产党就是我们的最好的先生，我们必须向他们学习。”② 1950 年 2 月，毛泽东在访问苏联结束回国前的告别演说中，重申了他关于向苏联学习的观点：“苏联经济文化及各项重要建设经验，将成为新中国建设的榜样。”③

---

① 参见《党的文献》1991 年第 3 期。

② 《毛泽东选集》第 4 卷，人民出版社 1991 年版，第 1481 页。

③ 中共中央文献研究室编：《建国以来毛泽东文稿》第 1 册，中央文献出版社 1987 年版，第 266 页。

1949年10月5日，在中央领导人的号召与指示下，中苏友好协会于北京成立，由刘少奇担任总会长。刘少奇在大会成立的致辞中说道："苏联有许多世界上完全新的科学知识。我们只有从苏联才能学到这些科学知识。"① 经过国家领导层的指示和大力倡导，"全面向苏联学习"的热潮迅速在全国范围内兴起，从中央到地方，从城市到乡村，从机关到学校……遍布各行各业，"向苏联老大哥学习"的口号传遍全国，妇孺皆知。

1953年，随着过渡时期总路线的公布以及全面进入三大社会主义改造时期，国家领导层更加重视学习借鉴苏联的先进经验。1953年2月7日，毛泽东在全国政协第一届四次会议上再一次强调了向苏联学习的重要性。

> 要认真学习苏联的先进经验。无论共产党内、共产党外，老干部、新干部、技术人员、知识分子以及工人群众和农民群众，都必须诚心诚意地向苏联学习。……我们要在全国范围内掀起学习苏联的高潮，来建设我们的国家。②

1954年10月12日，周恩来在苏联驻华大使尤金为赫鲁晓夫访华举行的招待会上指出，只有全面向苏联学习，才能确保中华人民共和国"一五"建设计划顺利实施与实现，并且诚恳地表示了"以苏俄为师"的态度和决心。

> 中国人民目前正在努力进行第一个五年建设计划。为了保证这种建设的成功，必须如毛泽东同志所经常号召的那样，要老老实实、勤勤恳恳，学习苏联的社会主义建设的先进经验。苏联的今天就是我们

① 李涛：《借鉴与发展——中苏教育关系研究（1949—1976）》，浙江教育出版社2006年版，第53页。

② 转引自李斌《"向苏联老大哥学习"运动纪实》，东方出版社2014年版，第217—218页。

的明天。……苏联社会主义建设的光辉榜样，正照耀着我们前进的道路，我们一定要很好地完成向苏联学习的光荣任务。①

显然，国家领导层是站在全局的高度来提倡全民学习苏联各领域先进经验技术的。而作为“一五”计划建设这项艰巨任务中的一个“齿轮与螺丝钉”——意识形态重要组成部分的文学艺术同样需要全面地向苏联学习和借鉴创作经验。单就中华人民共和国文艺界学习苏联运动而言，为了更加有效地推进和扩大这一运动并取得实效，中苏两国在文化、文学艺术交流方面非常积极活跃。也正是在这一过程中，苏联文学对新中国文学创作产生了空前广泛和深刻的影响。

1949 年国庆节，以苏联著名作家法捷耶夫为团长、西蒙诺夫为副团长的苏联文化艺术科学工作者代表团抵京访问交流。苏联访华团不仅出席了中华人民共和国的开国大典，于 10 月 5 日出席了中苏友好协会总会成立大会，还捐赠了大量的文学名著以及影片。苏联文艺界、科学界代表团还在全中国各地访问。不久之后，苏联著名作家爱伦堡、冈查尔、科热夫尼科夫等人也相继来到中国访问交流。1952 年 11 月 2 日，以吉洪诺夫为首的苏联文化工作者代表团、以楚拉基为首的苏联艺术工作者代表团、以费道罗夫为首的苏联电影艺术工作者代表团纷纷来华参加“中苏友好月”活动。

在国家领导层的大力倡导推动下，文艺界发起组织的各种学习活动、座谈会也非常密集，在全国各地的各级文艺组织或机构都在集中精力参与全面学习苏联文艺创作的活动。值得注意的是，赵树理、柳青、周立波、孙犁、刘绍棠、浩然等很多作家都积极地参加了一系列中苏文学交流活动或是座谈会，他们纷纷撰文发表有关苏联作家、文学作品抑或文艺政策的评论文章，对苏联作家也表达了崇高的敬意。这一方面具有代表性的文章

① 原载于《新华月报》1954 年第 11 号，第 36 页。转引自宋超《建国初期中苏农业科学技术合作研究》，中国三峡出版社 2009 年版，第 115—116 页。

有：赵树理的《斯大林与文学》《参观之外》，周立波的《我们珍爱的苏联文学》，孙犁的《在苏联文学艺术的园林里》，刘绍棠的《苏联小说对我的影响和指引》……很多作家在文章当中都谈到了苏联文学对他们的深刻影响，同时也表达了进一步向苏联文学努力学习借鉴的决心和态度。

除了来自老解放区的作家外，来自新解放区（指原国统区）的著名作家茅盾、巴金、老舍等人也在他们的文章里响应这次旷日持久、影响深远的学习苏联运动。他们直接将苏联文学称为“中国人民的良师益友”，茅盾的《推荐的话》、巴金的《伟大的文学》以及老舍的《巨大的鼓舞力量》等文章都指出，苏联文学作品对中国青年人具有相当显著的激励和教育作用，它能够“提高我们的认识，激扬我们的革命干劲”。茅盾呼吁青年人要尤其“学习这些作品中的英雄人物的爱祖国、爱劳动，忠心耿耿地为保卫祖国和建设社会主义而牺牲自我的精神；学习他们的团结友爱，敢于和一切不利于社会主义的言行作斗争，不怕困难，永远朝气蓬勃勇往迈进的共产主义风格”。①

与茅盾的观点类似，巴金也认为苏联文学对于中国青年有激励与引导的重要意义。他指出，苏联文学“发散健康的气息，养育年青的心灵，用光明和希望鼓舞人们，用新的思想，新的人物形象引导人们前进”。他称赞苏联文学“甚至在阳光照不到的地方，甚至压迫与剥削，流血与饥寒使人们大批死亡的地区，苏联的作品也给人带来了勇气和信心，力量和希望（给人们带来了光明一定战胜黑暗的信仰）；在阳光普照的解放了的国土上，苏维埃人的英雄形象和优秀品质是人们学习和模仿的榜样”。②

老舍认为，苏联文学培养了人的美好道德情操，“教导人们怎样生活得更好”。他还指出，苏联文学不仅反映了时代，而且还会推动时代前进。

① 新华书店北京发行所编：《苏联文学是中国人民的良师益友》，新华书店北京发行所 1960 年版，第 1 页。

② 新华书店北京发行所编：《苏联文学是中国人民的良师益友》，新华书店北京发行所 1960 年版，第 2 页。

他尤为赞赏苏联文学的教育引导作用，“我们的读者在苏联文学中找到了学习的榜样，得到了鼓舞，得到了对生活与工作的勇气和信心”，同时也“使读者更加懂得怎样生活，怎样工作，怎样使自己变得更好，更有用，来为祖国和人民服务”。①

对于苏联文学中的“写光明”“写明天”的理想主义、乐观主义基调，老舍也表达了他的认同态度。“当我们初一接触苏联文学的时候，我们就看到了向来没有见过的光明与理想。”“当我们的革命事业受到挫折的时候，苏联文学是使我们坚定不移、再接再厉的一种力量。”我们也从苏联文学作品中“理解了什么是社会主义建设者应有的品质和作风，苏联作家笔下所创造的英雄人物成为我们的模范，使我们欢欣鼓舞……”最后，他还呼吁“无论在理论上，还是在创作上，中国作家都（应该）热情地向苏联作家学习”如何深入生活，以及“表现无产阶级的精神面貌”的创作态度和方法。像苏联作家那样，创作出更多更好的“以无产阶级为主人翁的作品”。②

著名文艺理论家陈荒煤在《学习发展苏联文学的伟大纲领》（《人民文学》1955 年第 3 期）、邵荃麟在《沿着社会主义现实主义的方向前进》（《人民文学》1953 年第 11 期）等文章中号召广大文艺工作者继续向苏联文学汲取宝贵经验。

在冷战时期，对西方资本主义国家的思想文化一直持有戒备心理并禁止公开出版的特殊时代语境里，苏联文学作品成了无数中国读者能够接触到的最好的读物。《静静的顿河》、《被开垦的处女地》（第一部）、《磨刀石农庄》、《金星英雄》、《钢铁是怎样炼成的》、《铁流》、《青年近卫军》、《士敏土》、《教育诗》等都一度是当时中国读者最喜爱的苏联文学作品。

---

① 新华书店北京发行所编：《苏联文学是中国人民的良师益友》，新华书店北京发行所 1960 年版，第 3 页。

② 新华书店北京发行所编：《苏联文学是中国人民的良师益友》，新华书店北京发行所 1960 年版，第 3 页。

其中，反映苏联农业集体化题材的名著——肖洛霍夫长篇小说的经典《被开垦的处女地》不仅直接成了土改小说名篇，如丁玲的《太阳照在桑干河上》与周立波的《暴风骤雨》以及很多20世纪50至60年代合作化题材小说创作的范本，甚至还被分发到许多指导互助合作化的干部手中，作为实际工作中的行动手册，从中可见苏联文学对合作化题材小说创作的重要影响。

为了照顾不同文化层次的读者，当时很多苏联文学名著还被改成了通俗本、缩写本、改编本、插图本，以使其得到更为广泛的普及。而这些名著中的经典人物形象——保尔·柯察金、达维多夫、丹娘、马特洛索夫、卓娅和舒拉等，也成了中国家喻户晓的英雄人物形象。他们的光辉形象和高尚品质深深影响了几代人。苏联电影及其剧中人物形象的英雄气质和牺牲奉献的精神品质更是感染了无数中国的青少年，让很多军人、大中小学生都以他们为学习的榜样。[①] 应该说，苏联在中华人民共和国成立前夕直至中苏关系恶化之前，对中国的经济建设、政治体制、工农业生产、文化思想等各个方面都产生了前所未有的重要影响。

同样，在20世纪50至60年代文学的文艺政策与文学创作领域，苏联文学及其政策对中华人民共和国文学生态的影响更是相当深远。其中，社会主义现实主义在中华人民共和国文艺界已经获得权威地位，被视为“整个文学创作和批评的最高准则”，此乃最具有说服力的证明。

二、中短篇农村题材小说中的苏联文学资源

除了经济、政治等领域全面学习苏联经验之外，文学艺术领域同样出现了向苏联“一边倒”的情况。作为意识形态上层建筑中的一个非常重要的组成部分——文学艺术，所受到的苏联战后文艺政策的影响更为重大而深远。

---

① 参见文艺报编辑部编《感谢苏联文学对我的帮助》，作家出版社1958年版，第124-126页。

由于资本主义与社会主义两大对立阵营之间的冷战的爆发，苏联战后的文艺政策也随之发生了重大的调整，采取了迅速收紧的策略，严格规约文艺创作与批评的思想倾向性。与苏联在二战时期相对宽松的文学政策截然不同，苏联战后的文艺政策的核心可被概括为“日丹诺夫主义”（1945—1953）。

苏联日丹诺夫时期要求文艺工作者严格按照社会主义现实主义的原则创作，尤其是要着重“写光明面”、“写明天”、“写新人英雄”、唱颂歌——以乐观主义与理想主义为基调，反映农村两条道路与阶级斗争的激烈与残酷，以及苏联无产阶级革命政权的强大而不可战胜……另外，比如在写新人英雄形象时不可以写其政治与道德品质方面的缺点等一系列政策主张，几乎全部被中华人民共和国文艺界直接移植套用。第一、二次文代会以及整风运动等无不有着战后苏联经验对新中国文艺界重大影响的深深烙印。

事实上，中华人民共和国20世纪50至60年代文学政策的制定及其背后的内在逻辑机制，与苏联“日丹诺夫主义”之间存在着很大的相似性。也正是在此过程中，在社会主义与资本主义两大阵营水火不容、紧张对峙的国际背景以及国内无产阶级与资产阶级之间的“明争暗斗”、相互角力等复杂因素影响下，20世纪50至60年代文学中的一切与“资本主义”相关联的如“小资情调”、“人道主义”、日常生活、情爱叙事、浪漫感伤主义等统统都被视为“异端”，是“非法”的存在。也正是在这一特定语境中，20世纪50至60年代文学的“艺术性”严重缺失，“一体化”或者说“一元化”文学格局的形成根源也正在于此。合作化题材小说创作也就自然演变成争夺农民思想文化阵地与牢牢把握亿万农民这个涉及政权稳固与否的“没有硝烟的战场”的代名词。

若从学理逻辑上来看，“日丹诺夫主义”为维护苏联的无产阶级专政而采取的一系列如需要塑造具有高尚品格和英雄品质的新人、必须要写社会主义前途的美好和光明等创作规范，以突显新政权的“合法性”以及政权不可动摇的稳固性是毫无问题的。

影响苏联战后文艺政策重大调整的，除了这一内在因素外，冷战也是

学创作与现实生活之间容易相互疏离的问题，即在一些作家作品中犹如两条轨道一样，要么是脱离了马克思主义理论的宏观指引而倒向碎片化的、细微的生活琐事，要么是过于经院哲学气，脱离现实生活与违背文学创作规律而过于抽象空洞，因此他一再号召文学家们首先要“知道生活”，“应该真实地反映生活”，而不能僵化、抽象地去套用那种违反文学创作规律的“辩证唯物主义创作方法”。

需要说明的是，斯大林有关“写真实”的判断，绝非照相机式机械地再现生活中的一切要素，绝不等于自然主义创作方法那样“有闻必录”。其实，斯大林所界定的“写真实”指的是“反映使生活走向社会主义的东西”，这句话相当重要。质言之，斯大林认为将现实生活中的真实细节反映出来，这仅仅是“写真实”的一部分而已，另一部分，也是更加关键的要素，则是在作品中要反映出社会生活发展的必然趋势和时代的本质，即要让读者从作品中看到社会发展的未来前途和目标，此乃苏联文学政策中“写真实”的要义所在。“观察现象时不仅要从各个现象的相互联系和相互制约方面去观察，而且要从它们的运动，它们的变化，它们的发展，它们的产生和衰亡方面去观察。”也就是说，斯大林的这一表述同他要求作家在创作中必须要反映出“使生活走向社会主义的东西”，二者在精神实质或者说本质内涵上是一致的。

社会主义现实主义基本要求的“写真实”的确切内涵是，一定要把生活的发展及其趋势涵盖在内。卢那察尔斯基认为，虽然社会主义现实主义首先是“忠于现实”，但是更应该“把现实理解为一种发展，一种在对立物的不断斗争中进行的运动”。“不了解发展过程的人永远看不到真实”，“因为真实”“不是停在原地不动的”，而是不断地“在飞跃”。在卢那察尔斯基看来，“真实就是发展”“冲突”“斗争”“明天”，“我们正是要这样看真实”。①

几乎与卢那察尔斯基同时提出这种主张的高尔基，在批评苏联文学界

① 卢那察尔斯基：《论文学》，人民文学出版社 1978 年版，第 65—66 页。

有人企图“使艺术作品直接符合现实”这一观点时，也说道：“从这里产生了一种非常的、有时候令人讨厌的事实细节的堆积，它把所有的现象平均化了，它堵塞了认识现实发展的各种趋势的道路。”①

换句话说，社会主义现实主义创作原则下的“真实”观，为苏联“日丹诺夫主义”时代的文艺创作，以及中国20世纪50至60年代文学——尤其是农业合作化题材小说创作中的“写明天”提供了内在的理论支撑。这也让我们更为深刻地认识了在合作化题材小说中之所以会刻画那么多农村美好幸福的生产生活图景的内在逻辑机制。而这也正如茅盾在第二次文代会上的报告《新的现实和新的任务》中强调的：“要教育人民正确地认识现实，使他们向前看”“就必须要求”“我们的作品能够真实地具体地反映现实，不但表现出人民的今天，并且要展望到人民的明天，要照亮他们前进的道路”。②

苏联的社会主义现实主义的文学创作原则，为中华人民共和国的第二次文代会上提出的“写新人英雄”“写光明”“写明天”等一系列文艺政策，无疑提供了最为重要的理论资源。也正因如此，20世纪50至60年代文学中的“真实”——生活实感，尤其是日常生活、家务事、儿女情，之所以会成为稀缺资源，除了是因被主流话语看作小资产阶级生活情调外，也与战后苏联文艺政策的直接影响不无关系。

---

① 转引自吴元迈《俄苏文学及文化研究》，中国社会科学出版社2014年版，第222页。

② 茅盾：《新的现实和新的任务》，《文艺报》1953年第19期。

第二章

农民新人形象的诞生

经由20世纪40年代初期的解放区、根据地组织发起的“自己动手丰衣足食”的生产自救运动，到土地改革直至中华人民共和国成立初的国民经济恢复时期，工农业建设战线上涌现出了大量的劳动模范、先进人物。作家们对这些劳动模范舍己为公的高尚品质、牺牲奉献精神与模范带头作用给予了高度赞扬，一个个具有类型化特征的农民新人形象也因此在合作化题材小说文本中不断地涌现出来。

几乎每一个新的时代的到来，都会有不同的时代新人被树立为典范榜样。农民新人或曰新人英雄形象的诞生正是合作化运动的直接产物。作为农业社会主义改造时期的重要模范带头人、排头兵，农民新人/新人英雄形象在合作化题材小说中无疑是表现的重心所在。他们与小说所表现的如宣传互助合作化的优越性、反映农业合作化运动的历史必然性的思想主题具有同等重要的意义，因此，它也一直被视为合作化题材小说创作的关键的要素之一。

与土地改革运动期间涌现出来的那一批曾经的“土改英雄”相比，农民新人有很大的不同之处。纵观一系列农民新人形象，其最大的共同特质就是对党忠诚、无私奉献、舍己为公、勇于献身革命事业。在中华人民共和国成立后的广大农村，在普遍开展互助合作化的新的历史时段，他们已然是合作化道路的引领者，扮演着政策宣讲员与教育改造落后农民的执行者的重要角色。

而土改时期的那些曾经风光无限、在乡村社会备受贫农拥护和爱戴，因而成为党员干部的“土改英雄”们，到了合作化时期，则开始显得与农业集体化这一国家战略诉求格格不入。面对农业社会主义改造以支援工业化建设这一顶层设计付诸实践的过程中，一心想着单干发家致富、无心搞互助合作化的“土改英雄”们无疑成了阻碍的因素，若将其称为合作化道路上的“绊脚石”再恰当不过了。因此，国家层面势必将新的历史使命交付真正能够担负此项重任的新一代农民，使之成为农业合作化道路上的“磨刀石”。

农民新人正是社会时代转型之下的历史产物。经过较长时间的思想教育、培植与历练，一批又一批普通农民一步一步逐渐成长为合作化时期的时代新人。对合作化题材小说文本的社会学考察，将有助于我们对农民新人形象的生成以及对苏联文学经典中新人英雄形象的移植与改写这一创作机制或者说创作伦理的透视和探究，同样将有助于我们对 20 世纪 50 至 60 年代合作化题材小说的创作伦理，个人与国家、文学与政治 / 经济等之间的复杂关系有一个更为切实而具体的把握和认识。

第一节　劳模、复员军人和返乡知青形象

合作化题材小说中很多新人形象都存在一个共同的特点，他们都是来自贫农家庭，要么是生产一线上的劳动英雄、互助组合作社的模范带头人，要么是从部队复员回到家乡的军人，带领农民群众在另一条战线（指走集体化道路与单干发家的道路斗争）上继续参加“战斗”、冲锋陷阵，还有一部分是来自农村返乡知青，他们响应国家号召，立志扎根农村，献身农业合作化事业……

对这些农民新人形象的诞生（及“出身”或者说身份政治）进行社会学分析，对于我们了解和把握农民新人的生成机制以及合作化题材小说的创作价值取向，无疑有重要帮助。

一、英雄劳模形象的出现与塑造

在当时全国各地众多来自各行各业的劳动模范中，李顺达便是其中一位。除了李顺达，还有很多与他一样闻名的劳动英雄代表，如陈学孟、耿长锁、郭玉恩、申纪兰……当时他们的事迹在全国范围都是非常典型的。

这些劳动模范及其先进事迹，直接为20世纪50年代初期兴起的合作化题材小说提供了重要的人物原型和创作素材。如赵树理曾专门为山西著名劳模郭玉恩写过小传，他塑造的《三里湾》中的劳动模范、党员干部王金生、王玉生就是以他在下乡体验生活、参加指导平顺县合作化工作期间见到的真人真事为蓝本。束为、韩文洲也曾为李顺达做过采写或写过传记，同样，柳青正是以王家斌为原型塑造出了梁生宝……

贫农出身的李顺达在中华人民共和国成立前后曾是全国闻名的劳动英雄模范，被“山药蛋派”作家韩文洲在专为其采写的传记《金星英雄传》中称为“金星英雄”（借鉴苏联小说家巴巴耶夫斯基的小说《金星英雄》），可见对李顺达评价之高。李顺达的经历和先进事迹颇有传奇色彩，他从一个贫农逐步成长为劳动模范，之后又被选为全国人大代表，甚至在中华人民共和国成立之际，受邀进京得到了毛泽东的接见。在举国掀起全面向苏联学习的热潮时，他随同访苏团在苏联多个集体农庄参观学习了三个月之久。回国后，他到各地宣讲农业集体化的优越性以及苏联集体农庄的重要经验。

1944年，还不到30岁的农民李顺达就被评为晋冀鲁豫边区的第一位劳动模范，他的先进事迹立即在全国广为宣传报道。然而，李顺达此前却有着一番坎坷悲惨的遭遇。李顺达，原籍河南林县，出身于底层的贫农家庭，因长期受地主盘剥，被迫随父亲外出做苦工，但工钱全被二掌柜借故独吞，父亲心有不甘将其告到县衙，却反被县衙以诬告为由关进监牢。1930年，被逼无奈，全家逃荒来到了山西平顺县西沟村，从地主手中租种了五亩三分地维持生计。然而，一整年下来，打的九石粮食中一大半要作为租子交给地主。全家依旧过着贫苦艰难的生活，抗日战争爆发后，红军到山西发动减租减息政策，他率先参加了农会，斗地主，英勇抗日，得到党的信任的李顺达被任命为民兵队长。由于其良好的表现，不久被批准入党。

此后，在当地贫农的拥护下，他被选为平顺县西沟村的党支部书记。一次，他到区里开会时，正值县区委传达毛泽东向边区群众发出的“组织起来”的动员令，他回村后立即组织开会，响应“党员要带头组织互助组，生产救灾，支援八路军，打败日本鬼子”的号召，带领贫雇农率先办起了互助组，开荒种田植树，几年下来，终于彻底摆脱了贫困，过上了富足的生活。在《土地法大纲》颁布的时候，很多同他一样已由贫雇农上升为中农的农民，对土地政策心怀顾虑，担心被分被斗，消极怠工。然而，李顺达却坚信党的政策，在其他组员游移不定、思想混乱之际，他带头修院宅，造砖瓦房，不到五年时间便实现了发家致富计划。此举在当时无疑具有很大的示范教育意义和功能，使得更多农民群众对党的土地政策更加信赖和拥护，李顺达的发家致富行为也为平顺县农民指明了方向。

由于李顺达坚信党的政策以及积极响应政府号召，尤其是通过实际行动办互助组，带领更多贫雇农脱贫致富，他曾先后三次被评选为县劳动模范，一次被评为太行区劳动英雄。在 1950 年，他还被评为山西省首位劳动英雄，他领导的西沟村也被评选为山西省模范村，后来他又被评为全国劳动英雄，曾三次受到毛泽东的接见①……当时他的先进事迹在全国各地农村引发了强烈反响，李顺达及其领导的西沟村互助组一时间成了很多农民、互助组学习的榜样。

在延安时期，边区政府对于贫农发家致富、增加粮食生产是极力认同

---

① 在毛泽东《组织起来》的文章中共计出现 9 次“劳动英雄”的字样，此后的一系列讲话、报告中也长期沿用这种称谓。当时为了破除国民党的经济封锁，延安边区军民发起了大规模的生产自救运动，当时的生产自救运动是一场具有战时意味的特殊的生产运动。因此，劳动模范自然也就被赋予了战时文化的意义，称为“劳动英雄”，或“英雄模范”。即便在此后的 20 世纪 50—70 年代，农民新人也因其与富农、富裕中农、“退坡”干部坚决斗争而被称为“新人英雄”。

并积极鼓励的。1943年年初，李顺达在劳动力弱、牲畜和农具等生产资料极度匮乏的情况下，发动贫雇农试办了互助组。大家本着自愿互利的原则，在党支部的组织领导下，适时调整改进生产计划和生产技术，尤其重视提高组员们的文化水平及觉悟，将互助生产与爱国生产相结合，互助组从当初的五六户猛增到十九户，粮食产量也逐年增多。虽然中间曾经由于分工、记分等事情闹过纠纷，但经过他领导的党支部及时与农户沟通调解以及自查自纠，成功化解了风波。其间，曾有些组员对李顺达一再受到表彰奖励而感到不满，于是李顺达将自己所受到的奖励分出一部分给所有互助组成员，让组员们意识到他个人的荣誉是属于整个集体的，互助组因此得到了巩固而更加具有了凝聚力。

除了李顺达个人获得很多赞誉外，他的家庭也被评为民主模范家庭，十二口人中有七人是党员，在家务农的有五人。老母亲曾担任妇女会主任，是远近闻名的纺织能手，妻子是妇女会的副主任。他家大门的一副对联带着鲜明的时代烙印：上联是“搞好生产保家卫国”,下联是“实际行动抗美援朝”，横批是“发家致富”。显然，在新民主主义时期，发家致富是受到国家极力提倡的。

经过多年的苦心经营与辛勤付出，李顺达所领导的西沟村互助组与成立之前相比已经发生了翻天覆地的巨变。他与组员们不断学习新的农业耕种技术，使用新式农具、改良土壤、改进山坡施肥技术，在荒山种上了林木，告别了过去住着破窑洞、衣不遮体、吃糠咽菜的艰苦生活，将山西平顺县最偏僻、最贫瘠的山村彻底建设成了一个富裕村、模范村。①

中华人民共和国成立前后的一系列工农生产建设战线上的无数劳动英雄都是被“组织起来”的，虽然其中亦不乏个人的自发与主观因素在内，但离开被“组织起来”这一外在因素而论，显然是不客观的。1943年，由于国民党针对中共边区人民发动的军事围剿与经济封锁，以及日军侵略袭扰的内外夹击，边区经济生产生活出现了极大困难。在艰难困境逼迫之

① 朱先立：《西沟村访问李顺达互助组》，《中国农业科学》1951年第4期。

下，毛泽东向全区工农兵群众发出了“组织起来”的号召，他在面向陕甘宁边区从农民群众、工厂、部队、机关学校中选举出来的劳动英雄及模范工作者们的招待会上的讲话《组织起来》（1943 年 11 月 9 日）中说道，“把群众组织起来”，“把一切老百姓”和“部队机关学校的力量”，“一切男女老少的全劳动力半劳动力……要毫无例外地动员起来，组织起来，成为一支劳动大军”。有了既能打仗，又能劳动生产的军队，“再加上做群众工作一项本领”，“我们就可以克服困难”。按照毛泽东的指示和号召，延安根据地开始了“自己动手、丰衣足食”的农副业生产自救运动。

毛泽东强调组织起来搞大生产运动的重大意义，他指出：“我们用自己动手的方法，达到了丰衣足食的目的。”整个边区，产生了许多农业、工业、机关学校乃至军队的劳动英雄，“凡此，都是实行把群众力量组织起来的结果”。他还指出：“把群众力量组织起来，这是一种方针。”①

与此同时，毛泽东在传达这一方针时，还将这种“自己动手丰衣足食”的生产自救运动作为一项重要的政治任务来看待。面对前方有战争、后方有灾荒的复杂艰难的境况，他要求无论军队、机关、学校、工人，还是农民都必须要克服一切困难，依靠过去积累的经验，辅以今年冬天的思想、组织和物质上的准备，明年“必须造成广大的运动”。大后方的自己动手、丰衣足食“是完全可以做到，并且必须做到的”。②

显然，在毛泽东看来，在生产自救问题上，不容许有任何迟疑、懈怠，因为这直接关系到边区、根据地革命政权的生死存亡。为了走出边区严重的经济困境，毛泽东将互助合作化作为首选途径。他通过对固有的个体经济私有制存在的弊端与合作化的独特优势进行比较，向人们号召大力开展互助合作化运动，并且明确指出，合作社是“经济上组织群众的最重要形式”。

---

① 毛泽东：《组织起来》，《毛泽东选集》第 3 卷，人民出版社 1991 年版，第 930 页。

② 毛泽东：《组织起来》，《毛泽东选集》第 3 卷，人民出版社 1991 年版，第 930—931 页。

不过，毛泽东指出，边区所创办的初级合作社的性质和形式不同于苏联的集体农庄，“我们的经济是新民主主义的，我们的合作社目前还是建立在个体经济（私有财产）基础上的集体劳动组织”。同时，他还解释了边区应该发展多种形式的合作社，除了这种集体互助的生产合作社以外，还要有像延安南区试办的多种形式的合作社，如覆盖生产、消费、运输（运盐）、信用、手工等诸多方面的合作社。① 至于苏联式的集体农庄，还要经过若干发展阶段才能向其过渡和转变。显然，毛泽东此时更为关心的是如何解决眼前的困难。用“有经有权”（郭沫若语）来形容毛泽东对待生产自救与之后的农业集体化的不同态度和举措，无疑是非常恰切的。

在论述合作社的种种好处之后，毛泽东甚至还为与会人员提出了一些具体的建议和注意事项。同时，为了让边区的大生产运动更快地收到实效，他还特别动员妇女群众也要“组织起来”参加到生产自救运动之中，甚至要求“二流子”接受改造，参加劳动生产，可见毛泽东对农业互助合作化的重视程度。

> 妇女群众也要全部动员参加一定分量的生产。所有二流子都要受到改造，参加生产，变成好人。在华北华中各抗日根据地内，都应该在群众自愿的基础上，广泛组织这种集体互助的生产合作社。②

而在之后的文艺作品中，开始出现大量有关家庭妇女挣脱旧伦理观念的束缚，大胆地走出家庭参加劳动生产，以及教育改造不务正业、游手好闲的二流子的故事情节。

毛泽东在讲话中也向一些党员干部与军队领导脱离群众、官僚主义、军阀主义、骄傲自满情绪等不良现象提出了告诫，要求他们要时刻联系群

① 毛泽东：《组织起来》，《毛泽东选集》第 3 卷，人民出版社 1991 年版，第 928—932 页。

② 毛泽东：《组织起来》，《毛泽东选集》第 3 卷，人民出版社 1991 年版，第 932 页。

众、戒骄戒躁、踏踏实实地搞好生产运动。在会议结束前，毛泽东再一次号召、强调参会人员要认真对待互助合作化，办好合作社，阐明了这对于整个边区生死存亡的重大意义。值得注意的是，在报告的结尾处，毛泽东强调“组织起来”以及党员干部的组织领导能力与作用的极端重要性：

> 每一个共产党员，必须学会组织群众的劳动。……帮助群众组织生产……总结经验。……帮助农民做按家生产计划，组织变工队，组织运盐队，组织综合性合作社……组织生产竞赛，奖励劳动英雄，组织生产展览会，发动群众的创造力和积极性……①

在劳动英雄大会的最后，毛泽东千叮咛万嘱咐地向在场的劳动英雄和模范们发出呼吁，希望他们回去之后，通过自己的大力宣传、领导以及带头示范作用，将更多的群众组织起来，搞好大生产运动：

> 各位劳动英雄和模范生产工作者，你们是人民的领袖，你们的工作是很有成绩的……我希望你们（回去以后）……领导人民，领导群众，把工作做得更好，首先是按自愿的原则把群众组织到合作社里来，组织得更多，更好。希望你们回去实行这一条，宣传这一条，使明年再开劳动英雄大会的时候，我们能够得到更大的成绩。②

从“各位劳动英雄和模范生产工作者，你们是人民的领袖”这一句极其特殊、意味深长的表述，可以深深地感受到毛泽东对于当时边区所遭遇的困境的焦虑，以及对劳动生产这一根本的生存保障线上的劳动英雄们抱有的真挚的敬意与恳切的心态。

---

① 毛泽东：《组织起来》，《毛泽东选集》第3卷，人民出版社1991年版，第932—933页。

② 毛泽东：《组织起来》，《毛泽东选集》第3卷，人民出版社1991年版，第935页。

各大边区与敌后根据地随即开展了大规模的生产自救运动，而当时这种生产自救运动的通用模式即建立在个体私有经济基础之上的互助组，也就是1951年之后逐步在全国推广的初级合作社的前身。虽然这仍属于个体私有制经济的一种存在形式，但它却为十年之后的大规模合作运动在全国的开展做了先期试验与尝试。

随着规模大小不等的生产、供销、消费、信用合作社在边区的大量创办成立，一大批地方乃至全国劳动英雄模范也随之诞生。在某种意义上，边区"合作化"时代的英雄劳模即新中国成立初期的合作化时代中"风光无限"的"农民新人"，也为合作化题材小说中的新人形象塑造提供了现实生活原型。

二、复员军人形象及社会学分析

农民新人形象除了源自合作化时期报纸、杂志和广播里经常宣传、表彰的劳动英雄模范这一群体之外，还有一个特别的原型就是复员军人。如李准的短篇小说《白杨树》中的进明、马烽的短篇小说《五万苗红薯秧》中的韩根生、康濯的短篇小说《代理人》中的王庆丰、刘澍德的短篇小说《目标——正前方》中的范祖农、李正发的中短篇小说《革命之花》中的望祥等，不一而足。

如果参照合作化题材长篇小说来看的话，就更加明显了。如浩然的长篇小说《艳阳天》中的萧长春、陈登科的长篇小说《风雷》中的祝永康、克非的长篇小说《春潮急》中的李克，都是复员军人。即便是柳青的长篇小说《创业史》中的梁生宝、周立波的长篇小说《山乡巨变》中的陈大春和任为群，也都曾当过民兵。这些经历过残酷战争的磨炼、洗礼与生死考验的复员军人，在其"成长"过程中受到了党组织的深刻思想教育和培养，铸成了他们顽强的战斗性、坚定的阶级立场与革命信仰以及坚韧顽强的意志力。

诚然，这些有着复员军人身份的农民新人在小说文本中无一不是怀着雄心大志，想要在家乡的合作化运动中大展身手的模范带头人。在个人与国家（集体）、公与私、个人发家创业与国家（集体）创业二者之间发生对立冲突时，他们毫不含糊，坚定地站在集体利益、国家利益的一边。

李准的短篇小说《白杨树》讲述了复员军人进明回乡后耐心地对一心单干的父亲进行思想教育、感化、帮扶，并用互助组增产增收、单干减产减收的实际效果证明了互助的优越性，最后成功劝导父亲加入了互助组，带领乡亲们大搞互助合作化、发展生产的故事。

返乡之初的进明怀着一腔热忱打算在家乡大干一番，先创办互助组，再带领乡亲们转为合作社，一心一意地走合作化的道路。然而，在动员父亲加入互助组一事上却遭到了父亲的严词拒绝，父子二人的关系也因此一度紧张、激化。进明整天不顾家地忙着往乡政府跑，一有空就去商量互助组的事，让老汉越来越看不顺眼。痴迷于办互助组、把复员带回家的钱款都存到了信贷社，甚至还用家里的牛搞运输赚钱以筹备成立互助组，惹怒了守贵老头，父子俩大吵一架后，守贵老头为了保全家里的十几亩土地，最终提出了分家，甚至还在院子里垒起了一道墙……

父亲对互助组毫不信任，进明以退为进，一边继续对父亲进行耐心的规劝，一边带着自己土改时期分得的九亩地加入了互助组，想用实际行动来逐步改变父亲的封建守旧思想观念。进明带领积极分子一心扑在办好互助组的事情上，在他看来，农民越早参加互助组，就越早摆脱饥荒，不再吃政府的救济粮。“咱村这几百口人种着这些地，好收成，也只够吃；一遇着天旱雨涝，几百张嘴等着政府救济，如果年年过这样的日子，啥时候才能到社会主义！”①

在办互助组至转成初级社这件事情上，进明态度非常坚定，“一个转业军人回来（和父亲守着）‘三十亩地一头牛’，我不会当这样的‘孝子’，一天不往前走，我就一天受不了”。即便父子关系闹僵了，他也毫不动摇搞互助合作化的决心。他现在一心想的“就是跟大伙在一起干社会主义”，父亲“生气只好叫他生了。遇着这样老的，也遇住这样的儿子，要

① 李准：《白杨树》，载《李双双小传》，人民文学出版社1977年版，第18、27页。

想不争吵是不行的。共产党员不能安安生生地随着落后潮流走，因为俺家有个我，所以俺家就得先晃动晃动……”。①

进明对父亲思想教育改造的策略重心放在了突显互助组在单干面前的各种优势，让事实说话，以此来争取父亲早日转变思想，加入互助组。父子俩在撒粪、追肥、收麦上开始了暗暗较量，搞起了竞赛。由于互助组采取“评工计分”的新方法，通过劳动力合理分配、生产计划科学化、提高劳动效率等经营管理手段，进明带领的互助组在割麦、抢收、粮食产量方面都远远超过了单干父亲种的那几亩地。相反，因劳力不足、年老体弱，守贵老头的几亩麦子差一点没收回来，幸亏互助组劳力多且年富力强，帮他抢收割麦、颗粒还家。“在打谷场上，守贵老头两只手扶着一张木锨站在人群外边，眼睛斜在麦堆上。麦子一口袋一口袋灌起来了。灌到五口袋时，他想着：‘去年这块地就是打了五口袋！’可是一转眼又灌起两口袋，最后他看着地下真是没有了，扫扫掠掠又是一口袋。”“他娘的，地也会巴结人了！”他轻轻地叹了口气。② 进明的帮助和规劝，尤其是互助组所突显出来的优越性让老汉最终打消了顾虑，不再单干。

小说的意图很明显，通过展现新人形象进明，对那些只想单干发家、对互助组疑虑重重的“落后”农民进行思想教育，让其看到互助组的优越性，进而动员其加入互助组。与此同时，进明这一农民新人形象的叙事功能还在于，他的一言一行无形中也为那些身为党员的乡村基层干部做出了示范与表率。换句话说，当那些党员干部在现实中遇到与进明相类似的家庭问题，如亲人长辈们拒绝参加互助组、合作社的时候，进明的做法无疑就成了他们应该学习和效法的榜样，小说中的新人形象的叙事功能由此得以突显。

李正发的中短篇《革命之花》（1956）中的农民新人形象望祥，同样有着复员军人的特殊身份。在抗美援朝战场上因身负重伤而复员回乡后，

---

① 李准：《白杨树》，载《李双双小传》，人民文学出版社 1977 年版，第 18、27 页。

② 李准：《白杨树》，载《李双双小传》，人民文学出版社 1977 年版，第 33—34 页。

望祥身残志坚，致力于献身家乡的互助合作化事业，凭借坚韧的毅力克服了一个又一个困难，不仅带领大家互助，还不顾身体的剧痛而亲自参加劳动。他的顽强毅力和一心为集体利益的热忱、无私奉献的品质，赢得了家乡群众的信任和拥护，成为名副其实的合作化道路上的模范带头人。

马烽一向擅长制造“误会”这种情节模式，从侧面刻画人物鲜明独特的性格，最具有代表性的当数短篇《我的第一个上级》中的农建局副局长老田这一人物形象。实际上，在合作化短篇小说《五万苗红薯秧》（1962）中，他依然沿用了这一手法。农民新人、孔家庄生产队队长韩根生在去县里开会返回途中遇见了本来作为社里福利的五万苗红薯秧被低价卖给邻村时，他坚决不同意，硬是让人卸下了车。然而，当他弄清楚社员孔汉三私自卖给邻村的红薯秧其实已经烂了根须一事之后，他立即决定让人买回好秧苗换给邻村，自己留下了烂根的秧苗……红薯秧风波的描写，从侧面反映出韩根生的正直无私的高尚品质。

康濯的短篇小说《代理人》中的农民新人王庆丰也同样很有代表性。王庆丰在部队复员转业后，受县委指派回乡担任代理村支书，通过“深入虎穴”式的调查走访，取得了民众的信任。同时，通过与贫农齐心协力将村里诡异的团团迷雾逐渐拨开，最终，把村副支书王金国及其威逼利诱的一伙完全倒向富农立场、坑害贫农利益的变质干部、坏分子一网打尽，使村里的政权重新回到了贫农手中。

需要指出的是，康濯笔下的王庆丰与《白杨树》中的进明、《五万苗红薯秧》中的韩根生等形象有所不同。小说在描写他遭遇地富反坏分子暗中阻挠，散播谣言，蓄意破坏互助合作化而展开斗争时，对他超出常人的敏锐的阶级斗争意识和英勇无畏的胆魄有拔高之嫌。某种程度上，康濯在塑造新人英雄的过程中，概念化的痕迹较为明显。当然，原因主要是小说所表现的公社化时期贫农与地主残余势力之间的两条道路斗争与阶级斗争这一特定的思想主题，直接导致了对新人英雄形象的塑造的政治化、概念化。

如果将合作化题材小说早期与后期的新人形象做一比较的话，会发现，20世纪60年代的新人形象更加突显了与阶级敌人斗争时的坚定的革命信念、英雄的气概与斗志，而50年代的新人形象则更多的是扮演教育、动员“落后”农民参加互助合作化这一政治任务的宣讲员、模范带头人的角色，其概念化的倾向较60年代的新人英雄无疑要弱化很多。从五六十年代的几部小说中，可以大致窥测到农民新人逐步向新人英雄演变的大致线索。

然而，即便是在政治化、概念化色彩极浓的20世纪60年代的农民新人形象系列中也有例外，最具代表性的就是刘澍德的《目标——正前方》（1961）中的新人形象范祖农。复员军人范祖农因为受到炮弹震伤而回家休养伤病。在返乡期间，他担任社支书，带领社员一起搞劳动生产。他不仅与旧时结仇的杨成“化干戈为玉帛”，成了生产战线上的战友，而且，他还求真务实，对劳动生产亲自检查核实，与“大跃进”时期的浮夸、脱离实际的不良现象以及社主任林旭的冒进思想错误倾向坚决作斗争，对其提出了严厉批评。同时还对杨成工作中的怕得罪人、徇私情的缺点进行了批评教育，帮助他在工作中更快地成长和成熟起来……

应该说，刘澍德的这部短篇借新人形象之口对急躁冒进的极左倾向提出批评的做法，较为难能可贵。

合作化题材小说文本中之所以会出现如此之多的带有复员军人身份的农民新人形象，与当时特殊的时代环境有很重要的关系。早在土改时期，“由于长期的革命战争环境，军队成为中共各级干部的重要来源，为解决新区干部严重不足的问题，中共中央和毛泽东明确提出了变军队为工作队的要求”①。在当时，“军队就是一个大学校”，“一切工作干部，主要地依靠军队本身来解决”。随着解放战争的胜利，尤其是在接收城市之后，那些经过学习培训的军人干部也就相应地转变为了城市管理者的角色，毛泽东提出：“军队变为工作队，现在已经要求我们这样提出任务了。”②

① 罗平汉：《党史现场③：西柏坡时期》，福建人民出版社2013年版，第284页。

② 毛泽东：《毛泽东选集》第4卷，人民出版社1991年版，第1406页。

而在农村互助合作运动时期，那些现实生活（包括小说文本）中涌现的大量乡村基层干部、互助组或合作社干部兼带头人即农民新人，则与1953年抗美援朝结束之后，国家将大批复员官兵转业安置到乡村基层有很直接的关系。在国家对大量官兵进行转业安置的过程中，五万名左右的官兵被派到了城市工作（此时新中国的城市管理与建设需要大量的干部），而另一部分官兵则在与本人协商后被派到了县区乡一级的政府工作，最后其余的一部分官兵中有的选择了回乡，在为支援国家工业化建设的农业生产“这条战线”上带领当地农民群众搞互助组、办合作社，合作化题材小说中的那些有着复员军人身份的新人英雄形象便由此而来。

就合作化题材小说文本而言，这些带有复员军人身份的农民新人形象的诞生，无形中表露出了合作化题材小说中新人形象的生产机制。这些新人形象的一个共性特征就是他们一致的政治身份，即出身贫苦农民家庭，长期遭受地主恶霸的剥削欺凌，对地主阶级怀有深仇大恨。同时，更为关键的一点则在于，他们都经历过战火的生死考验，练就了英勇无畏的斗志与胆魄，在部队受到了政治思想与革命信念的教育，深受党的信任……这些要素正是那些复员军人之所以能够成为新人英雄、担负时代重任的本质规定性，而这也成了合作化题材小说中的复员军人出身的农民新人形象诞生的一个非常重要的内在因素。

三、返乡知青形象及社会学分析

在农民新人形象系列中，返乡知青这一类人物形象同样占有很重要的分量。除了长篇小说中为人们所熟知的返乡知青、农民新人形象，如范灵芝（《三里湾》）、徐改霞（《创业史》）、焦淑红（《艳阳天》）等之外，中短篇小说里的返乡知青形象也有很多，如韩梅梅（《韩梅梅》）、春英（《弟弟的婚事》）、玉兰（《玉兰的决心》）、李小兰（《火苗》）等。这些返乡知青形象在小说中一般都是合作化运动期间的文化普及者、农民新人的得力助手的重要角色，他们除了担任夜校或冬校教员外，还帮助互助组合作社处理账务事项，如评工计分、入股分红，还推广农业技术与经验……

这些返乡知青大都具有高小或初中文化水平，大都曾经在是否返乡务农一事上经历了一番激烈的思想斗争。他们要面对来自家庭长辈们读书成才的传统观念以及乡邻的世俗偏见的巨大压力。后经老师的劝导鼓励，他们逐渐走出考学失利的阴霾，下定决心返乡并扎根农村，参加劳动生产，凭借自己的坚强的意志力与实际行动，终于取得了令人刮目相看的成绩，不仅化解了父母长辈们的怨愤无奈与乡邻的嘲讽，而且在合作化运动中，实现了自己的人生价值。应该说，这正是上述合作化题材小说中的返乡知青形象所传达出来的深层意蕴之所在。

韩梅梅（马烽《韩梅梅》）是甄家庄有名的返乡知青、女劳动模范。她由于劳动成绩突出被评为县里的先进劳模，在当地已是颇有名气的女青年。然而，韩梅梅在返乡务农之初，却经历了一番艰难痛苦的思想搏斗，父母的埋怨、乡邻的嘲讽让她承受着很大心理压力。一直被父母寄予很高期望的韩梅梅考中学失利之后，一度陷入迷茫和苦恼之中。班主任鼓励她："考不上中学就参加生产。在今天新社会里，不管做什么工作都有前途；只要把工作做好，对建设祖国就有贡献。"① 经老师的多次劝导，以及自己反复的思想斗争，她最终下定决心回乡入社，当农民参加合作化。父亲本想让女儿读书"学点本事，将来做阔事，赚大钱，全家跟上享荣华、受富贵"，而如今她却要回乡参加劳动生产，父亲心里很不痛快，常常大发脾气②，在他眼中，务农就是没出息的表现。

入社后，韩梅梅想到吕老师常常教导的"青年团员，应当到最艰苦的岗位上去"③ 那番话，于是拒绝了社长的好意，主动请缨去喂猪，当一个又脏又累、年轻人都不愿意当的饲养员。此举立即遭到家人和乡亲们的嘲讽和非议。在团支书的开导、鼓励下，韩梅梅放下了思想包袱，一

① 马烽：《我的第一个上级》，人民文学出版社 1959 年版，第 102 页。

② 马烽：《我的第一个上级》，人民文学出版社 1959 年版，第 104 页。

③ 马烽：《我的第一个上级》，人民文学出版社 1959 年版，第 105 页。

心要把社里的几十头猪喂好。为此，她从报纸上学习养猪经验，改进了社里养猪的老办法，发动团员们清理圈舍，改善卫生条件。韩梅梅对养好猪越来越有信心，经过她的辛勤付出和科学喂养，社里的猪膘肥体壮，还躲过了一场瘟疫，不仅没有让社里遭受任何损失，还为社里增加了不小的收益。

韩梅梅科学养猪获得成功，村人从此对她不再嘲笑，更不敢小看了，反而都称赞她："如今做什么事也离不开文化，有了文化，猪都能喂好！"此时，经常有人来向韩梅梅"取经"，交流养猪经验。秋收结束后，韩梅梅当选为劳模。农业社账目结算时，韩梅梅"总共挣了七十多个劳动日，分到一千多斤粮食"。她自己感到很充实："我过去是依靠父母来生活，现在我靠自己劳动能够过活了"。①

当初在女儿身上寄予很高期望的父亲曾一度灰心气馁，整天喝闷酒，对生活也失去了指望。而韩梅梅则认为："有时我觉得我爹有点可怜，我是可怜他受旧社会的影响太深，他自己是个庄稼人，但他却看不起体力劳动。"不久，县里通知让韩梅梅去国营农场培训，学习饲养猪的新方法。看到女儿的付出和成绩得到如此之高的认可后，父亲感动得流下眼泪。

小说结尾颇有现实教育意义，韩梅梅开完团会后，在街上偶遇从太原回来的小学同学张伟，后来得知，虚荣心很强的张伟一直想留在城市，先后换了多个工作，无论干什么都觉得对工作不满意，嫌脏嫌累，最终无奈又回到了农村。韩梅梅认为张伟"这山望着那山高，看不起劳动"的思想观念是错误的，打算帮助他解决好这个思想问题。结尾一句点明了主题，"应当……让所有的青年同学们都知道：任何成绩，任何荣誉，都不是顺手捡来的。"② 小说通过韩梅梅与张伟的对比，以及韩梅梅的不怕吃苦、不怕脏累，一心一意地扎根农村，通过将科学知识化作生产力，为合作社作贡献的事迹，教育引导那些心理上背负沉重精神包袱，对劳动生产抱有偏

---

① 马烽：《我的第一个上级》，人民文学出版社 1959 年版，第 113 页。

② 马烽：《我的第一个上级》，人民文学出版社 1959 年版，第 116 页。

见的返乡知青转变思想观念，参加合作化运动。

小说《弟弟的婚事》（张峻）中的农民新人春英，也是一位返乡知青，为了响应政府号召、支援家乡合作化运动，竟违背父母的意愿，主动放弃了考师范学校的机会。返乡之初，春英承受着来自家庭和乡亲们的不解和冷眼，备感压力。经历了一番痛苦纠结的思想搏斗之后，她下定决心，全身心地投入社里的工作——当会计、办民校、当教员，整天忙得马不停蹄……

与韩梅梅一样，小说《玉兰的决心：一个小学毕业生参加农业生产的故事》（寒冰）中的主人公玉兰，也是高小毕业后未能考上中学，一度灰心失落，与家人之间的关系也很紧张。她总是企盼当兵的表哥转业后到机关工作，为她谋到一份满意的工作，圆她的工人梦。玉兰很羡慕那些风光的人物和职业，骨子里对农业生产充满了抵触、鄙夷的态度。

然而，几件事情的发生逐渐改变了她对务农的偏见与隔膜。一件是当年的小学同学李桂香在村里当上了负责安装维修电井的技术员，一件是一次与班主任张老师偶遇时的谈心让她产生了很大触动。其中，对她触动最大的是表哥转业后并未选择当区干部，而是直接回乡参加生产。在社主任以及表哥的教育劝导下，她对自己的虚荣心以及以前的一些歧视劳动生产的言行进行了认真反思，认识到了参加农业生产的重要意义，决定扎根农村……

与上述几篇早期合作化题材小说中的返乡知青、农民新人形象皆有所不同，杨啸的短篇《火苗》（1963）中的李小兰本已是青年团干部先进典型，初中毕业后同母亲在国营旅馆当服务员，成绩出色，一直是标兵。国家号召知识青年返乡支援农业建设时，李小兰同母亲决定返回老家参加劳动生产，母亲当上了生产队副队长，小兰工作积极上进，在团里担任宣传委员，一直是团里的先进分子。她主动干又脏又累的养猪场饲养员的活儿，任劳任怨，通过取经求教、读书看报，学习和积累了很多养猪经验，甚至还学会了给猪打针治病……

上述小说的教育色彩相当浓厚，其创作意图主要在于教育劝导那些升学未果却一心想留在城市工作的农村知青，抛弃对体力劳动的偏见和歧视的传统观念，脚踏实地，响应号召，扎根农村，安心参加合作化事业。

事实上，返乡知青这一类农民新人形象的诞生，与20世纪五六十年代的特定时代背景直接相关。农业合作化时期，阻碍合作化进程的因素除了一心单干发家的农民落后保守的思想外，另一个现实因素就是当时绝大多数农民的文化素质普遍过低，极大地制约了合作化运动进展的步伐，很多农业技术的普及推广与农村扫盲工作都成了现实难题。破解这一现实难题的有效途径就是大力号召返乡知青回乡参加互助合作化，进而为国家工业化建设做贡献。

1944年3月22日，毛泽东在中共中央宣传委员会工作会议上的讲话《陕甘宁边区的文化教育问题》中，强调农村文化普及工作的重要性和迫切性。他指出，“文化”对“政治斗争和经济斗争”的指导作用是重大的，“任何社会没有文化就建设不起来”。① 在陕甘宁边区农村，组织变工队、合作社都需要记账，没有文化就会被拖住手脚，“落后的东西拖住了好的东西”，“不识字、不会算账”就“妨碍了我们的经济、政治、军事的发展”。相反，如果“文化高一点，那我们就会更快地前进”，一句话，“没有文化就不行”。② 不仅延安时期如此，合作化运动开始后，农村文化普及工作就显得更为迫切。

然而，当时的实际情况是，“好些高小毕业生都不愿意参加农业生产，都要求继续升学。每个人都有一个理想，不是要当工程师就是要当科学家”③，这些农村知青几乎都怀揣着城市梦、工人梦、大学梦，极少有人会主动选择返乡扎根农村，从事农业生产。农村知识青年大量流失，使得农村文化青年本来就严重匮乏的情况日益加剧。

---

① 中共中央文献研究室编：《毛泽东文艺论集》，中央文献出版社2002年版，第105页。

② 中共中央文献研究室编：《毛泽东文艺论集》，中央文献出版社2002年版，第106页。

③ 马烽：《关于〈韩梅梅〉的复信》，《文艺学习》1955年第7期。

基于这一情况，国家开始大力号召、动员农村知青返乡参加合作化运动。韩梅梅式的农民新人形象的出现，其实正是马烽、张峻、寒冰等作家响应政策号召、“赶任务”的产物。马烽在谈及小说创作动因时说，早在1951年冬下乡工作之际，他就已经发现了这一问题的存在，“从下乡回来以后，这些事情经常在脑子里缠来绕去”。[①] 1954年春，《中国少年报》和《中国青年报》向他约稿写一篇这方面题材的小说，同时“在报上看到了有关这一问题的指示和社论以后”，他“进一步认识到向高小毕业生进行劳动教育，是一个很重要的政治任务”。因此，《韩梅梅》“是先有了主题”和“政治概念”之后，为了“配合政治任务”“才进行创作的”。[②]

由于老一辈农民文化素质过低，新的农林牧业技术的使用与生产计划的科学制订、劳动力安排、生产效率与粮食产量的提高等各方面工作都受到了极大限制；合作社的规模与质量，则又直接影响到工业化进程的发展步伐。文化普及工作的缺失是造成三者之间形成负面连锁效应的主要原因。倘若扫除这一现实难题，农业种植技术得以推广，文盲大量减少，单干发家农民更好地学习和认同合作化政策，自觉加入合作社，无疑会大大有利于国家工业化建设的发展。

对于农村合作化期间知青流失、人才匮乏的问题，赵树理也深有感触。一方面，他在山西农村体验生活时，义务地为互助组、合作社担任会计员，处理账务，为当地合作社解决了大问题；另一方面，他还通过公开信的形式教育引导农村知青摒除读书成才的传统观念以及对体力劳动的偏见，甚至还多次劝导女儿赵广建放弃考大学留在城里工作的想法，动员她到农村入社从事劳动生产。同时，赵树理也不赞同某些农村知青一心通过考学实现自己的工人梦、城市梦，或者想通过当作家改变命运的做法，多次在公开信抑或作品中直接或间接地表达了批评和否定的态度，希望他们立志扎根农村，为合作化事业添砖加瓦。

---

① 马烽：《关于〈韩梅梅〉的复信》，《文艺学习》1955年第7期。

② 马烽：《关于〈韩梅梅〉的复信》，《文艺学习》1955年第7期。

若从国家、集体利益角度上看，想要将新民主主义性质的互助组发展为半社会主义性质的初级社，直至完全社会主义性质的高级社或人民公社，农村知识青年的参与和支援无疑是整个合作化事业链条中的一个关键环节。因此，《韩梅梅》等小说其实正是力图通过韩梅梅、玉兰等返乡知青、农民新人形象的示范作用让那些与其有相似处境的农村知青受到教育和感染，扭转思想观念的“误区”，决心回农村扎根，献身合作化这一时代伟业。

客观地讲，与韩梅梅、玉兰一样陷入两难抉择、复杂纠结或者是想通过升学实现自己的工人梦、大学梦、城市梦的农村知青在当时是非常常见的，当工人，留在城市，是那一代人的共同理想。离开农村，进工厂当工人的梦想，对于当时很多出身农村的年轻人而言，其实再正常不过了，无可厚非。因为，读书成才是他们从乡村进入城市，改变自己前途命运的唯一途径。不仅在20世纪五六十年代是如此，即便是20世纪七八十年代也依然是如此。路遥笔下的高加林为了进入县城而舍弃了真心爱他的美丽善良的农村姑娘巧珍，通过女同学黄亚萍的关系而留在了县城，仅从他当时所做出的艰难的人生抉择即可体会到当时农村知青改变自身命运的愿望之强烈与现实之艰难程度。

然而，20世纪五六十年代的这些农村知青的理想与选择背后其实牵涉到了一个非常沉重且长久以来始终没能得到根本解决的社会问题。在国家号召农村知青返乡务农、支援合作化的政策影响之外，另一社会现实则是大量农村知识青年涌入城市，导致本来城镇人口就业压力就很大的情况更为加剧。与此同时，在统购统销政策长期主导的特定时代背景下，粮食供应非常紧张。何况那时百废待兴，城市建设与发展本就举步维艰，因此，如何安置那些未能考上高中或是大学的农村知识青年就变成了一个社会难题。

质言之，城乡二元结构的固有矛盾、国家层面的现实考虑使得大量一心想离开农村到城市工作和生活的农村知青群体的个人理想诉求与国家政策之间产生了矛盾冲突。在诸多复杂因素的影响下，这些农村知青试图通过读书改变命运的唯一通道被关闭了。

事实上，中华人民共和国成立后，社会主义改造不仅限于三大产业这几个领域，而是涉及与三大改造相关联的各领域、各阶层的思想意识层面的改造，几乎达到了全覆盖的程度。合作化时期，针对农村中的自私保守、狭隘落后意识的农民的教育改造，以及号召大量农村知识青年返乡务农，转变观念，无不体现了这一点。通过对新社会各领域进行规划引导与改造，进而重塑新社会的各个阶层，使之能够各司其职地做农业集体化进程中的“齿轮与螺丝钉”，便是社会主义农业改造时期的最为内在的逻辑机理所在。

需要指出一点，尽管早期合作化题材小说在主题上带有明显的“教育小说”的色彩，宣传动员的意味很浓，结尾设置也有意识地在迎合时代主题，但是却没有过度拔高人物的倾向。小说对返乡知青一度陷入左右两难境地的复杂纠结心理的挖掘和展现，非常细腻真实，贴合当时的生活实际。与后期出现的返乡知青、农民新人（如《火苗》中的李小兰）的过于概念化的倾向还是有较为明显的反差。

第二节　农民新人对思想“退坡”干部的替代

1951 年，毛泽东在针对电影《武训传》的批评中再一次强调了作家们应该歌颂新的时代、新的思维、新的人物，反对那些与当下时代不合拍的落伍者。他对一些作者的创作立场出现严重偏差表达了不满：过去历史中的“压迫中国人民的敌人”与“旧人物”是应当被反对的，而那些“向着旧的社会经济形态及其上层建筑（政治、文化等）作斗争的新的社会经济形态，新的阶级力量，新的人物和新的思想”，才是“应当称赞或歌颂的”。[①] 虽然文章是针对电影《武训传》而写的，但却在无形中起到

① 毛泽东：《歌颂什么，反对什么》，中共中央文献研究室编《毛泽东文艺论集》，中央文献出版社 2002 年版，第 136—137 页。

了比其主旨意图本身更为广泛深刻的影响。尤其是文中批评作者不应该关注旧事物，而应该歌颂新事物的观点，对此后大量涌现的合作化题材小说以及农民新人形象的诞生同样起到了规约的作用。

在第二次文代会上（1953 年 9 月 23 日至 10 月 7 日），周扬在《为创造更多的优秀的文学艺术作品而奋斗》的报告中指出："当前文艺创作的最重要的、最中心的任务是表现新的人物和新的思想，同时反对人民的敌人。""创造正面的英雄人物，是为了以这种人物去做人民的榜样，以这种积极的、先进的力量去和一切阻碍社会前进的反动的和落后的事物作斗争。"此观点无疑是对此前毛泽东在批评《武训传》时提出的言论的一种积极回应与具体落实。

随着互助合作化运动的开展，塑造新人英雄形象的工农业生产建设题材小说大量涌现。在合作化题材小说中，农民新人英雄无疑成为表现的主体，他们承担着"教育农民"的时代使命。最具代表性的新人形象有梁生宝（《创业史》）、刘雨生（《山乡巨变》）、萧长春（《艳阳天》）、高大泉（《金光大道》）、祝永康（《风雷》）等，而中短篇小说中新人形象则就更多了。

事实上，20 世纪 50 至 60 年代合作化题材小说中新人英雄形象"绝不是从天上掉下来的"（周扬语），而是从当时的现实生活以及苏联文学作品中的一系列经典人物形象借鉴，并经本土化而来的。因此，对合作化题材小说中的新人英雄的诞生以及如何变迁的社会学考察与影响研究，无疑有助于我们对合作化题材小说与其外部文艺政策及其所处的特定历史语境的复杂关系有一个更为清晰、具体的认识和把握。

一、乡村基层干部新旧交替的时代动因

在合作化题材小说中，农民新人教育动员的对象除了那些思想落后保守、一心单干的普通农民外，就是变质"退坡"干部（土改英雄）。"退坡"干部/土改英雄形象出现在很多小说文本中，在长篇小说中有郭振山（《创业史》）、范登高《三里湾》、马之悦（《艳阳天》）、张金发（《金光大道》）等，中短篇小说中则有王永富（《表明态度》）、魏虎头（《冰化雪消》）、

赵明福（《运河的桨声》）、高正国（《桥》）等。

土改期间，这些曾经积极响应党的政策号召，勇于斗地主、打土豪、抗击日寇的土改英雄，由于受到党组织的信任与群众的拥护而成了当地乡村基层的领导者，既有威望而又手握权力。他们在土改期间的英勇付出，得到了来自党和群众的认可与回报。

土改过后，乡村恢复了往日的平静，那些当初破产失地的贫雇农在分土地、劈浮财之后，经过几年苦干，大多数都已经上升为中农，摆脱了过去的贫苦日子。土改英雄们在日益富足起来之后，全部心思都在憧憬着通过发家致富而早日成为当地的“头面人物”（郭振山就发誓要成为蛤蟆滩第一富户，马之悦、张金发、赵明福们也都想着将来成为当地的首户）。为了早日实现发家致富梦乃至成为当地的首户与头面人物，这些干部在土改时期曾经动员、带领一帮“穷哥们”坚决与地主恶霸斗争的政治觉悟与革命信念随着土改结束很快淡去。互助合作化之初，他们对政策非常抵触，认为“革命已经到了头”，终日所想的只有如何发家致富，曾经的土改英雄如今成了“退坡”干部。

王永富（赵树理《表明态度》）在老区土改期间表现积极英勇，斗争地主以及日寇扫荡期间保护群众，立下了很大功劳。他是村里最早入党的人之一，土改期间就当上了民兵中队主任，威望很高。然而，在分了地，家境富裕之后，他开始一门心思想着如何发家致富。对待各种大会小会也开始感到厌烦：“无非是什么‘抗美援朝’‘加紧春耕’一些扯淡话！有什么要紧事？”“一年尽开会，什么也不用办了！”① 村团支书、儿媳腊梅打算带着家里的土地、黄牛、大车入互助组时，他态度冷漠，不表态。就连互助组借用牛车拉石头他也坚决不借：“使坏了那又不是三两个钱的东西！”② 他因此被村党支部批评“思想越来越坏”，“不像个共产党员”。③

① 赵树理：《赵树理全集》第 2 卷，北岳文艺出版社 2003 年版，第 32 页。

② 赵树理：《赵树理全集》第 2 卷，北岳文艺出版社 2003 年版，第 33 页。

③ 赵树理：《赵树理全集》第 2 卷，北岳文艺出版社 2003 年版，第 36 页。

就在县武装部主任下乡检查工作时，王永富竟然把召集民兵开会一事忘在脑后，简直与之前曾经配合正规军挖地道炸过敌人碉堡的那个王永富判若两人。

尽管王永富在亲家李五以及儿媳腊梅等人的批评规劝下，最终表明了态度，做了深刻检查，但是，他这个曾经的土改英雄，如今的“退坡”干部无疑终将被新一代农民——儿媳腊梅所取代。全区模范团支书腊梅不仅一心要加入互助组，而且还在县团委书记会议上向全区发起生产竞赛的挑战。这无疑是在预示：年轻有为、思想进步的腊梅为代表的新一代农民必将取代思想观念与互助合作化格格不入的“旧人”，而成为合作化时期有力执行国家政策与现实诉求的一代“新人”。

李准的短篇小说《冰化雪消》（1954）中的土改英雄魏虎头，在合作化运动开始后，虽然加入了互助组并办起了合作社，但其思想观念和革命立场逐渐发生了退变。就在曾经志同道合的好友郑德明充满热忱、劲头十足地带领人们办合作社却遭遇困境之际，他反而冷言冷语地劝阻郑德明不要费力不讨好。“搞什么生产社！还不如叫大家把个人的地好好种住，省得你也操心，大家也少埋怨。”①

在全国大力提倡成立合作社之际，魏虎头只得顺应潮流也跟着办社时，却脱离了贫农而倒向富农一边，拉拢车强马壮的富农入社，以壮大实力。在好友郑德明坚决反对带有历史污点的富农焦魁（当过伪保长）入社后，魏虎头为此与之结下仇怨。在富农刘二兴的挑拨离间下，双方的分歧和积怨越来越深，最终导致友谊的破裂，两个社之间的矛盾恩怨也随之越发激化。

办社期间，富农刘二兴利用魏虎头对富农中农的偏袒，只顾自己在外面跑运输赚外快，自己的地统统扔给了合作社。秋后分红时，还将社章规定的“劳六地四”暗地里改为“劳四地六”，刘二兴甚至以握有魏虎头办假社的把柄而逼迫魏虎头指使会计做假账、多分红，想暗中剥削那些整日

---

① 李准：《李双双小传》，人民文学出版社 1977 年版，第 41 页。

劳作的贫农户，不劳而获。郑德明揭穿了刘二兴等人的诡计后，对魏虎头的“退坡”思想提出了严厉批评，指出他此举无异于要把合作社搞垮，“这样搞就等于咱们贫农给富农扛长工！”“不但把‘长工’送到富农家里”，“还给他打了个‘防空洞’”,让“他们既可以当‘光荣社员’，又可以剥削别人”……①

郑德明对魏虎头的“资本主义思想倾向”的批评，代表的其实是党组织乃至国家的立场和态度。魏虎头在合作化时期的“退坡”，无疑可被视为丧失了党员干部应有的政治信念与阶级立场的表现。魏虎头虽然最终被郑德明“挽救”了回来，重新站到了贫农的立场，但在办社期间表现积极且勇于与老一辈农民、“退坡”干部作斗争的年青一代农民新人魏小松、郑秀芝终将站在时代的前台，担负起教育、改造落后农民的自发资本主义思想的政治使命。

应该说，农民新人的涌现最为现实的原因之一就是，很多基层党员干部在合作化时期的思想“退坡”，作为“后土改时代”“既得利益者”的“退坡干部”，在分得土地、房屋、牲口、车辆等生产资料之后，不再热心投身于比之前的土改“更为深刻的土地革命”（莫里斯·迈斯纳）的合作化运动，而从土改时期的先进分子退化为合作化道路上的“绊脚石”。

曾风光一时的土改英雄为农民新人所取代实属历史必然。由于绝大多数老一辈的农民干部依然无法克服自身思想意识的局限，在新的历史发展潮流与时代诉求面前，他们显然已难当重任，因此也就注定了他们在合作化时期，终将退出历史舞台的中心。而这样一来，经历过部队锻炼、听任党的教导，或是接受过一定的文化教育、积极拥护党的政策的年轻一代农民就历史性地成为农民“新人”的最佳人选。“一代新人换旧人”，在合作化题材小说中得到了形象而深刻的诠释。

早期合作化题材小说大都是以农民新人对自私狭隘、保守落后的单干农民进行教育改造为主。然而，随着合作化进程的快速推进，尤其是在高

① 李准：《李双双小传》，人民文学出版社1977年版，第84—85页。

级化开始后，加之文艺政策的强烈规训（对表现道路斗争与阶级斗争主题的强调），其开始相应地调整为以农民新人同阻碍、暗中破坏合作化进程的异己分子进行较量斗争为表现重心。因此，农民新人形象也从最初的教育改造落后农民的合作化政策宣讲员、模范带头人而转变为同那些阻碍破坏合作化事业进程的异己分子在没有硝烟的战场上英勇斗争的新人英雄。这种表现重心与农民新人角色的转变在刘绍棠的合作化题材小说姊妹篇《运河的桨声》（1955）和《夏天》（1956）中体现得最为突出。

“退坡”干部赵明福原本是山楂村最早的党员之一，抗日战争年代出生入死。而在与地主女儿结婚以后，革命意志日渐消沉，一心想着发家致富，私下经营买卖，放高利贷，买田置地，日子也越来越富裕。经过1952年冬的整党，“他也做了一次严格的思想检查，像是从浓雾中走出来”，但入社“不久，自私自利的思想又萌芽了，挪动公款去贩粮食，跟（富农）田财模糊了界限，远离了党和同志，渐渐地发霉，一直烂到根儿了”。①

而与之形成鲜明对照的是，副主任春枝与爱人俞山松等人坚决按照党和政府的指示，一心维护集体利益，时刻紧盯富农的动向和套购粮食、投机倒把的不法行为。他们有着敏锐的阶级斗争意识和洞察力，丝毫不畏惧富农与破坏分子的人身威胁，同种种破坏行为展开了激烈的斗争，对赵明福暗中与富农、破坏分子相勾结的退化变质行为一究到底。

显然，在推行高级化之后，农民新人除了要具备一心为公、无私奉献的精神品质外，坚定的革命信仰、敏锐的阶级斗争意识及英勇无畏的斗争意志也成了他们必备的、核心的政治品格。在合作化道路上，这些农民新人/新人英雄，扮演的无疑是当下时代的“磨刀石”的重要角色。他们在宣传政策、动员落后农民入社的同时，还要向那些停留在新民主主义时代的土改英雄，如今的“退坡”干部“夺权”，重构乡村基层的政权秩序，以更加有力地执行向社会主义过渡的政治任务与历史使命。这便是合作化题材小说中“一代新人换旧人”的创作伦理的重心所在。

---

①　刘绍棠：《运河的桨声》，河北人民出版社1980年版，第77页。

土改英雄退变这一表象背后是当时中国农村社会基层党员干部队伍建设的问题。土改完成后，各地农村普遍出现了程度不同却日益突出的两极分化现象。从贫雇农上升为中农甚至富裕中农的农民群体以及党员干部，对于互助合作化运动，毫不信任、心存顾虑，态度相当冷漠，只想着单干发家。

事实上，干部队伍不纯的问题早在土改期间就已经开始显露端倪，如土改不彻底、工作不力、多分多占，甚至与国家政策相对抗、相掣肘等现象时有发生。1947 年 3 月 31 日，晋绥解放区临县开展土改情况调查时发现了不少地方干部与地主勾结、斗争不力的问题。一些干部竟因害怕“变天”，暗中向地主妥协，不倾听群众意见，也有的地方机关干部或基层干部因出身地主家庭而暗中阻挠、破坏土改运动。为此，那些工作不力、对地主妥协、暗中阻碍土改运动的问题干部被撤换，他们的落后思想观念与错误行为被揭发，不被选举到领导机关。因此，土改运动复查时发现的干部队伍不纯洁的问题，也就催生了新思想观念、政治信念、阶级斗争意识过硬的干部来代替那些不称职的问题干部。①

其中，较早进行土改的东北地区在中共中央于 1946 年 5 月 4 日发出《关于土地问题的指示》（“五四指示”）之后，针对干部队伍不纯的问题，在各地开展了“煮夹生饭”运动，目的之一就在于清理整治那些思想觉悟不够，对地主妥协偏袒（搞假分假斗），利用职权贪污多占，脱离贫农而倒向地富，吸纳地痞流氓进入基层政权组织的党员干部。与此同时，开始注重在贫农小户出身的青年农民群体中大力扶持培养青年骨干力量。在对群众发动起来之后，在贫雇农内部还开展了“一条心运动”——“洗脸，翻心，反两面光，挖臭根，清洗了狗腿流氓伪人员，一批真正劳苦农民中的积极分子取得了领导地位”。②

---

① 《刘少奇关于彻底解决土地问题给晋绥同志的一封信》（1947 年 4 月 22 日），参见《中国的土地改革》编辑部、中国社会科学院及经济研究所现代经济史组编《中国土地改革史料选编》，国防大学出版社 1988 年版，第 354—356 页。

② 《中央工委关于东北地区土地改革概况向中央的报告》（1947 年 8 月），参见中央档案馆等编《中共中央在西柏坡》，海天出版社 1998 年版，第 188 页。

合作化运动期间，农村基层干部队伍不纯的问题依然普遍存在，当初在土改时期英勇无畏、革命立场坚定，现今已经上升为富农或富裕中农的“土改英雄”们，在分到了土地、牲畜、农具等充足的生产资料之后，普遍滋生了“革命到头了”的思想观念。这种“革命完成论”的思想意识直接导致了很多基层干部工作上不思进取，开始满足于“三十亩地一头牛，老婆娃娃热炕头”的生活，以致土改完成后，各地农村党支部中出现了种种乱象，如山西襄垣县某村党支部书记公开宣布解散党支部，“我们……现在分了地，日本、老蒋都打倒了，任务完成了，所以我们的支部宣布解散”①。作为新解放区的湖南农村，许多乡村党员干部要么“请长假”，要么辞职不干，有的还没有得到上级的批准便卷起铺盖走人，造成了乡村工作无人管的局面。类似现象在华北老解放区也较为常见。

其中，湖南的李四喜是当时土改后的“退坡”干部代表之一。李四喜原为贫雇农，当过十几年的长工，土改期间，因表现积极而被选为青年团支部书记。土改后，娶妻生子的李四喜对工作开始冷漠、厌烦，只想回家专心搞生产闹发家。在上级干部对他进行思想劝导时，竟大哭起来：“我一生受苦没得田，现在分了田，我已经心满意足了，还要革命干什么?”②

李四喜现象在当时非常普遍，在当时东北局就土改后出现的新情况、新问题向中共中央提交的报告中，除了请示如何对待新富农这一新情况外，另一个请示的问题恰恰就是如何解决干部思想退坡的新问题。东北土改结束后向互助合作化过渡之初，一些农村党员干部“开始雇长工”，“有的党员听了不应剥削雇工的党课后，回到家里全家大哭，于是卖牲口，解雇长工，感到没有前途”。③

当这些基层党员干部在合作化运动这一“更为深刻的土地革命”（莫

---

① 陶鲁笳：《毛主席教我们当省委书记》，中央文献出版社 1996 年版，第 132 页。转引自王里鹏《20 世纪 50 年代山西老区农村合作制度的变迁》，《当代中国史研究》2009 年第 2 期。

② 《〈新湖南报〉关于李四喜思想的讨论》，《人民日报》1951 年 9 月 26 日。

③ 罗平汉：《农业合作化运动史》，福建人民出版社 2004 年版，第 29—30 页。

里斯·迈斯纳）开始后，态度更加消极、工作懈怠，甚至暗中阻挠破坏，等于与合作化进程相掣肘。无疑，曾经冲锋陷阵的土改英雄此时已经退变为了时代的“落伍者”，合作化进程中的“绊脚石”。因此，在整社整干的过程中，集中清理整顿、撤换掉了一批态度消极、工作不力、思想没有入社，甚至立场完全倾向富农一边的干部。

1954 年 8 月，黑龙江省委报告中提到的互助合作化运动中领导干部工作不力导致诸多不健康现象的发生，恰是缘于上述问题存在，并未得到根本解决。有些干部为了应付了事而办假社或是富农社，如“强找强”“争骨干”，排斥孤立贫雇农。1955 年 7 月 31 日，毛泽东在面向省委、市委和区党委书记的会议上的讲话中，对党员干部队伍的思想退坡问题提出了严厉批评。①

可以说，从土改至高级化阶段，农村基层干部队伍的思想退坡问题都一直存在。相比土改运动，合作化对于包括基层干部群体在内的农民心理的冲击无疑更大，刚刚分到手里的土地、车马、农具又要以互助合作、入股分红的方式“交出去”，这无论如何都让他们难以接受。

囿于传统思想意识，在新的时代任务与历史使命召唤之下，农民“旧人”（指“退坡”干部）显然与农民“新人”在思想意识与执行力上存在明显的差距。也因此，那些能够积极响应党的号召、与党同心同德、“志同道合”的农民“新人”成了重点培养与任用的对象。如毛泽东在《关于农业合作化问题》中指出的那样，将乡村中的干部，尤其党团员、积极分子作为主力，培养、锻炼，使之成为骨干分子，带头引导、宣传教育、改造落后农民，引领其走社会主义道路，实现农业集体化。

相比那些“退坡”干部以及迷恋单干发家的老一辈落后农民群体，新人英雄形象几乎都是年轻一代农民，他们受过思想文化教育，有的还经历过革命战争的洗礼，革命信仰更加坚定。在个人与集体、国家利益发生冲突时，往往能够“舍生取义”，富有坚定的革命立场与无私奉献的政治与

---

① 毛泽东：《关于农业合作化问题》，人民出版社 1955 年版，第 35—36 页。

精神品质。

总而言之，从“绊脚石”到“磨刀石”，即从“退坡”干部到担负新的历史使命的农民新人形象的转换，正折射出了文学创作外部环境变化——从土改到合作化时期的整个农村社会的剧烈变动与国家农业集体化、工业化诉求对文学创作产生的重要影响。而这成了“一代新人换旧人”背后的现实层面的深刻动因。

二、对苏联小说中新人英雄形象的借鉴与改写

俄国十月革命的胜利与苏维埃政权的建立，为中国无产阶级革命道路指明了方向。1950 年 2 月 14 日，中苏正式签订《中苏友好同盟互助条约》。随着中苏友好同盟互助关系的确立，新中国全面“以苏俄为师”的时代也正式开启。实际上，即便在中苏关系破裂之后，苏联经验在中国依然具有广泛而深刻的影响。

新中国成立前夕，刘少奇在北平召开的高级干部会议上对中苏友谊做出了高度的评价，他指出，要在全面恢复国民经济、发展建设的过程中，在各个领域都要向苏联学习，借鉴先进的经验。这成为中国领导层大力提倡“全面学习苏联”并发起全国性群众运动的标志性起点。① 此后，全国范围内自上而下地掀起全面“向苏联老大哥学习”的运动，“苏联的今天就是我们的明天”等宣传口号传遍全国各地。

1953 年，毛泽东在全国政协一届四次会议闭幕式上，以及 1954 年周恩来与苏联驻华大使尤金商定赫鲁晓夫访华事宜举行的招待会上，强调党内党外、各行各业都要全面学习苏联各领域的先进经验的重要性和迫切性，并将苏联当作学习的光辉榜样。② 虽然早在“五四”时期中国就已经开始了向苏联学习，借鉴革命、思想、文化、文学等诸方面的理论和经验，但是相对于这次学习苏联还是有着重要差别的。此次学习苏

① 李斌：《“向苏联老大哥学习”运动纪实》，东方出版社 2014 年版，第 11 页。

② 李斌：《“向苏联老大哥学习”运动纪实》，东方出版社 2014 年版，第 30—31 页。

联，对当时中国的各个领域所产生的影响也是极为深远和重大的，这也成了新中国文艺界全面向苏联借鉴文艺政策的制定与创作经验的最重要的背景因素。

此时，中苏文化界的交流互动更是相当频繁和不断深化。随着中苏友好协会的成立、《中苏友好报》的创办以及“中苏友好月”的举办，苏联文学经典著作大量涌入中国，对苏联文学经典的译介、出版的数量也达到了前所未有的程度。开始全面向苏联学习后，文艺界人士也迅速有了反应，作家、翻译家乃至主管领导们纷纷表态。著名翻译家金人（肖洛霍夫《静静的顿河》的翻译者）认为，由于中苏两国都有共同的革命目标，两国人民的革命信仰和感情息息相通、生死与共，因此，苏联的经验正是中国借鉴的重要资源，苏联毫无疑问就是中国学习的典范。①

周扬在《社会主义现实主义：中国文学前进的道路》一文中的阐述最具代表性，他不仅对苏联文学的成就和地位给予了极高的评价，而且强调要竭尽全力地以苏联文学作为中华人民共和国文学创作的光辉榜样。他指出，自中华人民共和国成立前直至现在，苏联文学为中国人民带来了“斗争的信心、勇气”，提供了宝贵的经验。苏联文学让“我们看到了世界上前所未有的一种最先进的、美好的、真正体现了人间幸福的社会制度，看到了人类最高尚的品格和最崇高的道德范例”，甚至说道，“没有”“苏联文学的伟大影响和示范，中国人民文学在今天的成就也是不可想象的”②。

在谈到新人形象的塑造以及如何向苏联文学经典中的新人形象借鉴的问题时，周扬明确指出，要表现生活中的新旧力量之间的斗争，“必须着重表现代表新的力量的人物的真实面貌”，作品中新人英雄形象“应当起积极的、进攻的作用，能够改变周围的生活”。“只有通过这种人物，作品

---

① 金人：《从〈静静的顿河〉和〈磨刀石农庄〉看阶级斗争》，《读书》1960年第3期。

② 此文系周扬为苏联文学杂志《旗帜》所写，载《旗帜》1952年12月号，《人民日报》1953年1月11日转载。

才能够真正做到用社会主义精神教育群众。”为此，他强调了学习苏联文学经典中的新人英雄形象的重要性——

> 苏联的文学创造了正在建设共产主义世界的完全新的人物的形象，这是特别值得我们的作家去学习的。
>
> 对于我们，今天最重要的，就是学习如何描写生活中新的和旧的力量的矛盾和斗争，学习如何创作体现了共产主义高尚道德和品质的新的人物的性格。①

随着社会主义现实主义在中华人民共和国文艺界的权威地位的确立，在全国文艺工作者向苏联文学经典学习的运动中，以苏联新人英雄形象为参照，塑造本土的新人英雄便成了作家们的一项重要的写作任务。在20世纪50至60年代文学创作领域，无数新人英雄形象犹如工厂流水线上的产品一般，纷纷涌现于大量小说文本中。

苏联农业集体化题材的小说经典——潘菲洛夫的《磨刀石农庄》、肖洛霍夫的《被开垦的处女地》以及巴巴耶夫斯基的《金星英雄》等作品在中国受到很多作家与读者的热捧。由于这几部小说都曾获得过斯大林奖金，其所产生的影响力自然也就更为广泛。其中，肖洛霍夫的《被开垦的处女地》所受到的评价最高，产生的影响最大。在土改与互助合作化运动中，直接将苏联模式作为“示范”“样板”，除了向苏联学习借鉴相关方面的具体政策和经验外，甚至还将肖洛霍夫的反映苏联农业集体化题材的著名长篇《被开垦的处女地》（第一部）分发到干部手中，人手一本，作为指导土地改革与互助合作化运动中的行动指南。从中可以看出，《被开垦的处女地》具有“教科书”的重要意义与实用价值。《磨刀石农庄》的翻译者金人直言：“我国人民非常热烈地喜爱苏联的文学作品，把苏联的

① 此文系周扬为苏联文学杂志《旗帜》所写，载《旗帜》1952年12月号，《人民日报》1953年1月11日转载。

文学作品看成我们的良师益友。”① 对苏联文学的大量译介、传播，各种通俗本、缩写本、改编本的出现颇能说明问题。

苏联第一部反映农业集体化题材的长篇小说中的人物形象——潘菲洛夫的《磨刀石农庄》中的新人英雄司契潘·奥格尼约夫、肖洛霍夫的农业集体化小说经典《被开垦的处女地》中的达维多夫、巴巴耶夫斯基的《金星英雄》中的谢尔格依等一系列苏联新人英雄形象，对20世纪50至60年代合作化题材小说塑造农民新人/新人英雄形象方面都产生了直接的影响。当然，包括新人形象塑造在内，合作化题材小说在主题思想与情节结构的设计等方面也直接取法《被开垦的处女地》等苏联文学经典，从柳青、周立波、刘绍棠等作家的代表作品中都能看到《被开垦的处女地》等小说经典的影子。

20世纪50年代初，作协曾组织召开过学习、讨论肖洛霍夫的《被开垦的处女地》等作品的座谈会，《磨刀石农庄》《被开垦的处女地》《金星英雄》等小说中的奥格尼约夫、日达尔金、达维多夫、谢尔格依等经典的新人英雄形象为中国作家提供了直接或间接的重要参照。可以这样说，梁生宝（《创业史》）、萧长春（《艳阳天》）、高大泉（《金光大道》）、王庆丰（《代理人》）以及俞山松和春枝（《运河的桨声》《夏天》）等新人形象，无不是上述苏联新人英雄形象的“翻版”，很大程度上都有着苏联集体化小说中新人形象的影子。

然而，将20世纪50至60年代合作化题材小说中的一系列新人英雄形象与《被开垦的处女地》《磨刀石农庄》等作品的新人英雄形象两相对比，还会发现达维多夫、奥格尼约夫等新人英雄形象并未直接被照搬到20世纪50至60年代合作化题材小说文本中。二者之间最大的区别就在于中国作家向苏联学习、借鉴塑造新人英雄形象的经验方法时，只借鉴了苏联新人英雄形象的政治品格与道德品质的优点而有意忽略或者回避了其道德品质上的缺点。《被开垦的处女地》中新人英雄形象达维多夫的不正派的

① 金人：《从〈静静的顿河〉和〈磨刀石农庄〉看阶级斗争》，《读书》1960年第3期。

生活作风以及《磨刀石农庄》中奥格尼约夫的重大工作失误——将富农分子任命为集体农庄的经理，给集体利益造成巨大损失等这些不光彩的问题与缺点全部过滤掉了，借鉴的只是这些农民新人英雄的无私奉献、对党忠诚、英勇无畏的高尚精神品质与优秀的政治品格。对苏联农民新人英雄形象的过滤与提纯的处理，无疑是当时文艺政策对作家的严格而明确的规范使然。

对苏联经典新人形象的改写，折射出了苏联战后文艺政策对20世纪50至60年代文艺政策制定的重要影响。可以说，战后的苏联与中华人民共和国的文艺政策几乎是同质同构的。随着中苏友好同盟关系、“一边倒”的外交政策的确立，苏联的政策对中国的影响也就更为直接和深刻了。1945至1953年，被称为苏联文艺界的“日丹诺夫主义”时代。相比于二战时相对宽松的文艺政策，因冷战的爆发，战后的苏联对此前的文艺政策采取了迅速收紧的措施，对文艺创作的管控力度空前加大。

战后苏联的文艺政策最为突显的特点就是：“唱颂歌”“写光明面”以及塑造品格高尚、战无不胜的新人英雄形象。无论是描写战争抑或描写阶级斗争的题材，都“必须根据共产主义设计出来的‘新心理状态’来描绘战争。胜利是完全可能的，因为苏维埃人是不可思议的”，“因为政权和党所使然”。同时，“必须歌颂党的路线。这意味着斯大林是一贯正确的，绝对不许提到失败或挫折”①。而文艺政策之所以如此规定，“是为了日常宣传的目的的一种总的‘安排历史’的一部分。苏联作家必须时刻牢记这些目的”②。

在“日丹诺夫主义”时代，苏联作家创作的当代题材小说“其内容主要是围绕着建设问题，特别是农村的建设问题。不断地提醒读者们，苏联

① ［美］马克·斯洛宁：《苏维埃俄罗斯文学（1917—1977）》，浦立民、刘峰译，上海文艺出版社1983年版，第329页。

② ［美］马克·斯洛宁：《苏维埃俄罗斯文学（1917—1977）》，浦立民，刘峰译，上海文艺出版社1983年版，第329页。

是一个集体农庄的国家，典型的主人公都是刚从前线归来的人”，这些新人英雄形象往往“是来发动建造水坝或地方发电站，或向邻近的集体农庄挑战，开展使小麦产量翻一番的竞赛。每个人都一定会遇到物质上的困难和遭到农村的落后势力和资产阶级分子的反对，他们全都依靠党组织的帮助，克服了这些困难”。最有代表性的便是谢苗·巴巴耶夫斯基写的两部皆获得斯大林奖金的畅销书——《金星英雄》（1947—1948）和《光明普照大地》（1949—1950），以及加林娜·尼古拉耶娃的《收获》（1951）。这些作品塑造出了农业建设这条战线上的光辉的新人英雄形象，他们带领群众建设水坝、发电站。在他们的带领下，落后的集体农庄被改造成了先进的模范集体农庄。① 可见，在和平时期生产建设这条战线上，奋勇当先、无私奉献、带领农民群众搞农业集体化的新人英雄，无疑是阶级斗争取得胜利的关键之所在。

显然，如何塑造新人英雄形象，与主题思想的设定（苏联无产阶级革命斗争必胜）一样属于同样重要的原则性问题。马林科夫在《苏联共产党（布）中央委员会的报告》中指出：“必须创造正面的艺术形象，表现新型人物的人格的光辉灿烂，并借此以帮助培养我们社会人民身上的那些摆脱了资本主义所产生的毒疮和恶性的品质、习惯和风气。”同时，还指出必须将文学创作当成一个有效的教育工具，必须发现和表现人的正面、高尚的精神品质，作家必须要创作值得别人效仿的高大、英勇、无私、明朗的新人英雄形象。② 而完成于20世纪50年代中期的《被开垦的处女地》第二部与早前的第一部相比，同样存在对新人形象的“提纯”“过滤”的改写的现象。

其实，对中华人民共和国成立前后的文艺政策制定，影响最大的就是“日丹诺夫主义”。周扬在第一、二次文代会以及这期间的座谈会与报告中

① ［美］马克·斯洛宁：《苏维埃俄罗斯文学（1917—1977）》，浦立民、刘峰译，上海文艺出版社1983年版，第331—332页。

② 马林科夫：《苏联共产党（布）中央委员会的报告》，《文艺报》1952年第21期。

的一系列指示，都有着“日丹诺夫主义”影响的烙印。如1949年，周扬在第一次文代会上的报告《新的人民的文艺》中就指出，新人英雄形象的缺点最好不要写。1953年，在第二次文代会上，周扬进一步明确，要多写正面人物，不能写他们的动摇，因为写动摇就不是新人英雄了。而在能否写英雄的缺点的问题上，相比第一次文代会，周扬的态度无疑要更为明确，即新人英雄的缺点可以写，但是政治品质和道德上的缺点不要写，因为写了就不能教育人民。① 如果我们将这一表述落实到农民新人形象的生产机制中来的话，便可以表述为，农民新人英雄形象的政治、道德上的缺点不能写，写了就教育不了农民。

可见，在借鉴苏联农民新人英雄形象的过程中，对其进行严格的过滤、提纯与重新改造是最为关键的一环。而英勇无畏、无私奉献的达维多夫不受理性与革命意志的控制，无法抵御情欲的诱惑与冲动，竟然与革命战友的前妻有了不正当的两性关系，以及奥格尼约夫的阶级斗争意识的松懈大意等政治上、道德上的“污点”，都被过滤掉了。经过对其过滤提纯之后，便铸就了20世纪50至60年代合作化题材小说中的“高大光辉”的新人英雄形象。

同样，柳青对梁生宝的原型王家斌也进行了“提纯”处理——将王家斌“还曾经打算过买地，也曾对党的统购统销政策一度感到困惑。在领导工作上，他还表现（出）了一些过于拘谨的毛病，等等”② 的缺点一并给回避掉了，并且还对其进行了人为的“拔高”“美化”的处理，于是才有了小说文本中对党赤胆忠心、艰苦勤俭、一心为革命、坚定地走社会主义道路的梁生宝这一新人英雄形象。

20世纪50至60年代合作化题材小说在对苏联农民新人英雄形象抑或

① 周扬：《在全国第一届电影剧作会议上关于学习社会主义现实主义问题的报告》（1953年3月11日），《周扬文集》第2卷，人民文学出版社1985年版，第217页。

② 李士文：《从生活素材到艺术形象：谈〈创业史〉中的梁生宝的形象创造》，《人民日报》1961年8月9日。

是现实生活中的原型进行改写的内在逻辑机制，即在于对农民新人形象的过滤提纯与“美化”（拔高、理想化），实际上意在让其担负起教育改造无数现实中的新人英雄，进而使其起到带头示范的榜样作用，成为合作化运动这一政治任务的忠诚而有力执行者。因而，20世纪50至60年代合作化题材小说便“责无旁贷”地被主流意识形态作为塑造“千人一面”、同质化的农民新人的“最佳途径”,①“要利用文艺的教育作用，教育、改造和提高人民的思想觉悟，创造社会主义新人”②，通过塑造农民新人重构整个农村社会。

① 张均：《中国当代文学制度研究（1949—1976）》，北京大学出版社2011年版，第165页。

② 旷新年：《人民文学：未完成的历史建构》，《文艺理论与批评》2005年第6期。

第三章

中短篇农村题材小说思想主题的表现及流变

个人主义与集体主义的冲突（两条道路斗争）主题一般被认为是在中后期合作化题材小说中才出现的，这主要是1957年夏在农村开展的批判富农思想的“大辩论”等政治因素的直接影响使然。在此后的20世纪60年代，反映这一主题的小说在数量上远远超过了20世纪50年代。

描写个人发家与集体创业之间的冲突之所以被合作化题材小说作为表现的重心，除了受当时政治环境的影响外，文艺政策对作家创作的深刻影响无疑是更为关键的要素。最能说明问题的就是，反右运动以及“大辩论”刚一结束，1958年年初，周扬在作协党组扩大会议上的报告中就直接对文艺工作者提出了在“革命派”与“反革命派”、“社会主义道路”与“资本主义道路”之间必须“二者择一”“选边站队”“向党表忠心”的严正警告。这无疑对20世纪50年代末之后的小说主题的表现重心产生了前所未有的深刻影响。

本书将合作化题材小说中个人主义与集体主义的冲突主题的初显到之后的大规模出现及演变作为切入点，将小说文本中有关个人主义与集体主义的冲突的表象与文本之外的复杂的时代历史背景与文艺政策的影响相勾连，并进行探究与阐释。与此同时，文中还将欧阳山的小说《高干大》与“十七年”合作化题材小说做一历时性的比较分析，从中探寻、考证个人主义与集体主义的冲突主题在小说文本中的“起点”性问题，以及从新民主主义时期到社会主义时期的重大变异与重构。

第一节 早期（20世纪50年代）中短篇农村题材小说思想主题的表现

个人主义与集体主义的冲突主题在“十七年”合作化题材小说中占有很重的分量，表现这一思想主题的小说文本非常之多。仅就中短篇小说而言，李准的《冰化雪消》、刘绍棠的《运河的桨声》与《夏天》、王汶石的《新任队长彦三》、康濯的《代理人》、刘澍德的《新居：春联的故事》与《桥》、段荃法的《鞋》、朋斯克的《一场斗争》、翟毓秀的《河庙里的钟声》等，都很有代表性。

实际上，无论长篇抑或中短篇小说，在反映个人主义与集体主义的冲突主题这一点上，它们都存在着明显的同质化的倾向。故事大都是农民新人在带领农民走向集体化的道路上，与那些阻碍合作化进程的变质“退坡”干部抑或暗中破坏合作化与统购统销政策的富农、坏分子之间进行周旋斗争。最终，经过上级领导的教育指引，新人英雄们不仅粉碎了富农、破坏分子的阴谋，捍卫了集体与国家的利益，同时，还将那些立场倒向革命对立面的“退坡”干部挤出了乡村政治权力的中心，从而使乡村权力秩序得以巩固。

与20世纪60年代的合作化题材小说中的更为激烈、白热化的道路与阶级斗争主题表现的政治化倾向相比，20世纪50年代初期刚刚兴起的合作化题材小说在道路斗争主题的表现方面无疑要相对弱化一些。不过，尽管此时的文艺政策规范还尚未达到20世纪50年代末期那般严苛，但是，道路斗争主题已经在某些中短篇小说中显露端倪。

一、中期合作化题材小说思想主题的最初形态

李准的短篇小说《不能走那条路》的发表（1953年10月2日），被几乎所有当代文学史论著视为“十七年”合作化题材小说的发端或者说标

志性起点。草稿完成于 1951 年的《表明态度》（赵树理）或许应被视为最早的合作化题材小说。实际上，早于李准的《不能走那条路》的短篇合作化题材小说还有刘绍棠的《青枝绿叶》（1952 年 9 月）、《摆渡口》（1952 年 8 月）、《大青骡子》（1952 年 12 月）、《运河滩上》（1953 年 6 月）等作品。

《不能走那条路》这部短篇小说之所以具有如此重要的文学史地位，一个重要原因在于小说的题目表达出了明确的立场和态度，即“教育农民”不能走单干发家的“资本主义道路”。小说主要讲述了在身为党员干部的宋东山的耐心劝导、思想教育改造之下，一心要买地，即走资本主义自发道路的父亲思想转变的故事。然而，这部短篇小说实际上还不能算得上是真正反映两条道路斗争主题的小说，更多还是将重心放在了通过农民新人而对落后农民的单干发家的小农意识进行教育改造的层面。

最早明确地表现出个人主义与集体主义冲突这一思想主题的小说是李准的《冰化雪消》（1954），还有紧随其后相继问世的刘绍棠的两部中篇《运河的桨声》（1955）和《夏天》（1956）。毋庸置疑，中短篇小说对两条道路斗争与阶级斗争主题的表现，远远要早于长篇小说，显示出了中短篇把握时代脉搏、风云变幻的敏锐性、迅捷性的独特优势。

《冰化雪消》讲述了红旗社社长郑德明与红光社社长魏虎头因对待合作社的思想态度上的分歧而产生了很深的矛盾，经县委领导陆廉的帮助指引、整社以及他们各自反省之后，两位社长之间的思想分歧与仇怨最终归于“冰化雪消”的故事。

郑德明与魏虎头原本都是土改期间的英雄人物，是最早入党的农村干部。尤其是魏虎头，在反霸、土改期间，他带领群众打土豪恶霸、斗地主，曾两三个月没有脱衣服睡觉，革命立场坚定，不徇私情。“我现在一天就不知道乏，反正是把这一条命交给共产党了。”然而，合作化开始后，魏虎头不再如土改期间那样冲在前面，而是一直往后退缩，要么对志同道合办社的好友泼冷水，要么私下拉拢富农办假社、作假账，侵害贫雇农利益。

郑德明对魏虎头没有“思想入社”，尤其是偏袒富农利益而置贫雇农利益于不顾的错误立场，提出了严厉的告诫，却遭到了魏虎头的严词回绝，正副乡长及其所领导的两个社之间的矛盾也随之日趋尖锐、激化。而此时，隐瞒富农真实身份的刘二兴的不劳而获、剥削贫农的意图和不法行为被郑德明揭穿后，对郑德明恨之入骨："有这个人在咱村，就没有咱们过的日子！妈的，整天鼓动着想走'社会'（主义道路）！……"①

在郑德明与魏虎头之间的矛盾仇怨不断激化之际，备感焦虑的郑德明无奈之下向县委汇报情况，请求帮助指导。小说中描写县委书记陆廉在为郑德明分析这些现象背后的根源所在的一处情节中，个人发家与集体创业之间的冲突的主题初显端倪。

县委书记陆廉在听了郑德明的汇报后，分析了一下魏虎头合作社社员成分比例的情况后，提醒郑德明要提高两条道路斗争与阶级斗争的警惕性：

> 他（陆廉）点了点头，严肃地对郑德明说："你们村子里党支部得注意这些事情啊！搞社会主义并不是风平浪静。农村这块阵地，我们不去占领，敌人就要占领。把咱们的党员、团员、积极分子发动起来，必须去占领它，把敌人挤出去。不要让敌人顶着我们的牌号来搞鬼！……你们要提高警惕。……"
>
> 陆廉想了想说："虎头这个干部啊，资本主义思想还相当严重。……""咳！这个干部这几年落后了……""……魏虎头的社还要整顿，不过要特别注意敌人。不要怕困难，别泄气……你是从小农经济汪洋大海的斗争中滚出来的人，你可要注意和敌人斗争这个仗还没有打完，别看着你们村已经成立了几个生产社，这个仗还是要打。……"②

从这段人物对话中，其实已经能够嗅到个人发家与集体创业之间的冲

① 李准：《李双双小传》，人民文学出版社 1977 年版，第 62 页。

② 李准：《李双双小传》，人民文学出版社 1977 年版，第 74—75 页。

突的气息了。某种意义上，《冰化雪消》与在其之后出现的《艳阳天》《金光大道》《风雷》等政治化、概念化倾向非常明显的小说文本有着一定的相似性。尤其是在陆廉直接引述领袖人物的语录、合作化政策的一处细节上，体现得相当明显。

郑德明从县里回来后，按照陆廉书记的指示，对魏虎头进行了思想上的批评引导，帮助这个思想还未入社的“退坡”干部认识自己的问题所在。起初，郑德明态度温和地与魏虎头谈心，一点一点化解他思想上的疙瘩。然而，当郑德明听到魏虎头语气强硬地说出“车多碍辙，船多擦边!”这句话时，顿时被激怒了。小说文本中两个人之间的对话，再一次流露出了两条道路斗争的气息：

> “啊！——虎头，你要这样想，你可真是想错了。……只有资本主义思想才碍咱们走社会主义的辙，咱们走社会主义也碍走资本主义的辙。……咱们不但碍他们的辙，还要把它堵死！……”“你被资本主义思想圈住了，我要把你拉出来，我们不拉你，敌人要拉你！……”
>
> “我明白地说，”郑德明又坚决地说，“你是有资本主义思想！你还不知道当领导咱们办生产社是为啥！……你……不管什么人只管往你社里拉。你这样搞能把社搞垮，你这样搞就等于咱们贫农给富农扛长工!”
>
> …………
>
> ……“你不但把‘长工’送到富农家里，你还给他打了个‘防空洞’！他们既可以当‘光荣社员’，又可以剥削别人。……”
>
> 魏虎头没有说话……心里像被扭着一样。他……浑身无力地斜靠在墙上。①

在小说的第十一、十二、十三等几小节中，车强马壮的富农刘二兴以联合其他中农闹退社胁迫魏虎头将社章规定的“地四劳六”改为“地六劳

---

① 李准：《李双双小传》，人民文学出版社1977年版，第83—85页。

四”，想凭借地多的优势多分红利，将自己的地抛给贫农耕种，丝毫不耽误在外面跑运输赚外快。同时，他还逼迫魏虎头指使会计做假账、多分红……郑德明得知刘二兴的这一阴谋诡计后，立即与支委一起商量对策。在他看来，富农刘二兴不仅不用参加劳动生产，反而得到了更高的工分，分到了更多的粮食，这无疑是对那些常年在地里劳动忙碌的贫农的一种新的剥削行为。为此，郑德明拿着县委刚刚下达的秋后整社指示，开党支部动员会议。从他的言辞激烈的讲话中，可以明显地感受到浓烈的阶级斗争的火药味。

> 郑德明严肃地说：“……上午不是还有人说：‘这不是大问题！’其实这就是大问题。过去我们给人家搭戏台子，让他们去唱戏。反过来我们不让他们唱，他们却要拆台。现在查明了，刘二兴就是个富农。他和焦魁勾勾搭搭……把红光社的社章都改了，把分红的‘劳六地四’比例颠倒过来了。咱们的魏虎头……把印把子交给人家！”……“现在我们就是要按照县委的指示向富农开火！……这是咱们的天下！哪怕一个互助组、单干户也是咱们的，不给敌人留一点空子。……”①

这里与20世纪六七十年代的《艳阳天》《金光大道》《风雷》等小说相比，无论是人物的语言还是情节的设计、叙述的语气等都颇为相似。可以说，合作化运动不断发展推进的过程，其实就是个人主义与集体主义的冲突越发激烈、白热化的过程。

郑德明派人调查与刘二兴因账目不清而发生矛盾的几户中农闹退社的真实动机，发现富农刘二兴其实也想从中盘剥牟利。在摸清了其余十几户贫农搞合作社的强烈意愿后，他更加坚定了“向富农开火”，揭穿刘二兴阴谋诡计的决心。郑德明临时决定将县委指示的秋后整社提前到红光社分红的当天，将刘二兴等人欲不劳而获的剥削行为当场揭穿，并发动贫农对

① 李准：《李双双小传》，人民文学出版社1977年版，第93—94页。

他进行严厉的批判与震慑。小说中的这一场面描写，将个人发家与集体创业之间的冲突的主题予以最大程度的突显。

> 郑德明说："……刚才大家看得很清楚，刘二兴就是这样来搞垮我们的生产社的。……他……给我们来了个'倒四六'！用'地六劳四'来分红。这就是刘二兴的把戏，他有几十亩地，他就想这样来揩咱们的汗汁子！……当年地主魏老四用'二八分场'来揩咱们……现在刘二兴还想用'倒四六'来揩咱们，当然不行！……"
>
> …………
>
> 郑德明接着说："……他是个富农！是咱们的对头。光他剥削人的真凭实据，也不只十宗八宗。……这个家伙，趁着咱们建社，就被你们社长虎头请来当副社长了。他怎么会给咱们办好事呢？……"
>
> …………
>
> 郑德明说："刘二兴……你想搞我们的生产社，不行！不是时候了。……农村是我们的天下，你想搞我们，我们就要搞住你哩！"刘二兴这时低着头恶狠狠地说："我知道，你郑德明和我有仇！你想报复！"郑德明说："是有仇啊！这仇恨的根子是你总想剥削我们，不让我们走社会主义，可我总是要反对你！"①

小说结尾处，阴谋被揭穿的富农刘二兴最终受到了贫农的强烈谴责，被开除出合作社。同时，此事也批评教育了魏虎头的资本主义倾向和"退坡"思想的错误立场，将他"拉了回来"，使其重新走上正确的道路。

从李准的这部中短篇小说的情节结构与人物语言、心理刻画上看，土改小说中的开诉苦会发动贫雇农斗争地主的情节模式被移用到了合作化题材小说创作中，只不过斗争的对象从地主转变为了富农，而斗争的火药味也较土改小说更为浓厚。到了20世纪60年代合作化题材小说中，其对个

---

① 李准：《李双双小传》，人民文学出版社1977年版，第96—98页。

人发家与集体创业之间的冲突这一主题的表现则更为突出。

《冰化雪消》虽然是创作于1954年，但是相比李准之前创作的《不能走那条路》《白杨树》等小说，围绕郑德明与魏虎头这两位经历过为地主扛长工、土改的老一辈农民、基层乡村干部、合作社领导在社会主义与资本主义立场上的分歧，尤其是将富农形象置于阶级敌人、贫农的对立面的这一做法，其实已经突显出了将个人主义与集体主义冲突意识形态化的倾向。

相比李准的《冰化雪消》，刘绍棠的《运河的桨声》（1955）及其姊妹篇《夏天》（1956）在表现个人主义与集体主义的冲突主题这一点上，无疑要更为突出，同20世纪70年代的《金光大道》完全可以相提并论。

小说《运河的桨声》中的山楂村合作社副主任春枝在区长俞山松的带领指引下，同贪污合作社公款，与富农、不法粮贩暗中勾结套购的“退坡”变质干部赵明福，以及投机倒把的富农田财、与国民党特务分子有暗中联络的反动粮商王六等反面人物展开了激烈的斗争。

在小说《夏天》中，春枝此时已经成为代理党支书兼社主任，她具有异常敏锐的阶级意识和坚定的政治信念，不畏生命危险，一心保卫合作社和国家的利益。在区长俞山松的指引下，她与党支书刘景桂及团支书春宝等人同私下套购粮食、投机倒把的富农周振山以及带有反革命历史污点、混进党内的破坏分子阎德海，还有历史不清、一味偏袒富农，甚至对统购统销政策提出批评的县委办事员高明、杜青山等人展开了激烈的斗争。

《运河的桨声》《夏天》相比《冰化雪消》，无疑更进一步突显了解决个人主义与集体主义冲突抑或说两条道路斗争的紧迫性、必要性与艰巨性，而概念化、政治化的倾向也达到前所未有的程度。不难看出，这两部小说对新中国成立之初开展的“反投机倒把”“三反五反”运动以及统购统销政策皆予以了直接反映，紧跟政治与时代主旋律的创作姿态非常明显。

上述几篇合作化题材小说中的个人主义与集体主义的冲突主题的突显，与新中国成立初期的复杂时代语境（政治、经济、意识形态等领域）无疑有着极为密切的关联。

二、思想主题的表现与小说创作的时代烙印

早在1949年与1950年，东北局与山西省委分别向中共中央与华北局上交的有关欲推行互助合作化、试办初级社的报告与拟订的方案时，引发了高层领导的意见分歧。之后，在毛泽东的指示下，陈伯达拟定了“互助合作决议初稿”，并主持召开全国第一次互助合作会议，1951年，最终通过了《全国互助合作决议（草案）》[以下简称《互助决议（草案）》]。

在此后具体执行《互助决议（草案）》的过程中很多地方盲目办初级社、急躁冒进的倾向越来越突出，极大地伤害了农民的切身利益，也因此遭到了很多农民的抵触和不满，一些地方甚至出现了宰杀牲畜、闹退社以及干部群众之间矛盾激化等情况。与此同时，当时的中央农村工作部也采取了防止急躁冒进办社、扩社的措施。为此，围绕是否办社与扩社的问题上，产生了两种不同意见和分歧。

就在1950年工商业进行调整之后，为了争夺市场的领导权，一些“私人资本主义中的投机资本”同“人民政府”展开了“限制与反限制的首次较量”。[①] 一些不法资本家开始了日益猖獗的违法犯罪活动，在同政府较量的过程中，搞激烈的价格战、投机倒把、囤积居奇、哄抬物价、扰乱市场……充分暴露了资本家们唯利是图、损人利己的贪婪和剥削的本性。正是基于这一现实因素，中共中央决定开展针对资本家的反行贿、反偷税漏税、反盗骗国家财产、反偷工减料、反盗窃国家经济情报的“五反”运动。

至1952年，三年国民经济恢复任务基本完成，国营经济成分在比重与实力上都得到了迅速提升，优势地位也得到初步确立。在是年9月24日的中央书记处会议上，毛泽东提出了用十至十五年的时间基本完成从新民主主义向社会主义过渡的主张。[②] 其实，过渡时期总路线的提出也就意味着私人资本主义被改造（被消灭）已经正式提上日程。

① 罗平汉：《党史现场②：延安时期》，福建人民出版社2013年版，第253页。

② 薄一波：《若干重大决策与事件的回顾》，中共中央党校出版社1991年版，第213页。

受当时政治经济形势，尤其是意识形态的直接影响，在第二次文代会上，周扬在报告中突出强调了，“当前文艺创作的最重要的、最中心的任务”就是“表现新的人物和新的思想，同时反对人民的敌人，反对人民内部的一切落后的现象”（《为创作更多的优秀的文学艺术作品而奋斗》）。茅盾在报告《新的现实和新的任务》中谈到文艺工作者如何创作时指出，在表现三大改造这一时代主题时，“要继续”“和国内残余的潜伏的反革命分子作斗争”，还要在作品中反映出“我们社会的阶级关系将产生比过去更深刻的变化，在社会的精神生活上也将反映出这种错综万状的变化”。同时指出，过渡时期的“文学的任务”除了反映这些错综万状的变化外，尤为重要的一点就是“以艺术的力量推进社会主义的改造工作”，“要对资本主义的思想”、“对于社会主义改造的抵抗的各种思想”、对畏惧苦难与“保守自私落后意识”作斗争，并强调这些都是摆在文艺工作者面前的重要课题。①

20 世纪 50 年代初期的政治经济意识形态领域的特殊语境，尤其是第二次文代会上的一系列文学政策的规范，直接影响到了李准、刘绍棠等作家的文学创作。当时的文艺工作者几乎都是通过经常性地看报纸杂志、参加各种学习班、座谈会等方式来了解政策与学习政治的。在作家主观认同、迎合政治主旋律之外，文艺界的主管机构也会通过发动的整风、批评（甚至批判）、强力介入等形式将文艺政策落实到作家们的具体创作中去，使文学创作更好地配合政治。

在主管文艺界意识形态的最高主管层眼中，这一系列学习运动的目的，就在于通过不断让作家们“努力去学习马克思列宁主义，学习党的政策，继续努力思想改造”，以加强“思想的武装”，提高“政治水平”，因为“政治学习和生活实践，对于作家来说，无论什么时候，都是最基本的问题”。②

① 参见茅盾在第二次文代会上的报告《新的现实和新的任务》，《文艺报》1953 年第 19 期。

② 参见茅盾在第二次文代会上的报告《新的现实和新的任务》，《文艺报》1953 年第 19 期。

作家要紧跟时代政策，在创作中与时代政策保持同步，乃是周扬在第二次文代会上提出的明确要求。他以1951年由电影《武训传》引发的批判运动及之后的整风学习运动为例，认为这“给了我们文艺工作者特别是党的文艺工作者以极深刻的难忘的教育。这个批判运动和随之来的文艺的整风学习，以及积极地参加反对资产阶级的思想侵蚀和非法行为的‘三反’‘五反’斗争，大大地帮助了文艺工作者在思想上划清了工人阶级和资产阶级的界限”。[①] 通过周扬的这段话我们不难理解其指向。

从中华人民共和国政治经济层面的政策变动，到第二次文代会上文艺政策的制定，我们可以非常清晰地看出早期合作化题材小说中个人主义与集体主义的冲突初显的背后成因。当然，如果结合当时作家们的创作心态来综合透视考察的话，无疑会看得更为清楚一些。李准在谈到小说《不能走那条路》《冰化雪消》等的创作过程与创作经验时说道，“作品要影响生活，指导生活”，“作者能够经常保持新鲜的头脑，站在社会运动的最前列，就需要不断地学习和参加斗争，平常也要注意读报纸，作者不详细读报纸是一件危险的事情”。同时，他还提醒道，“单单是积累些生活，不能分析复杂纷纭的生活现象，把最本质的东西提取出来，仍然不能正确地表现生活”，只有“学透了农业社会主义改造的理论”，才能“从很多事情上发现资本主义和社会主义的矛盾”。[②] 对于作者应该持有的政治立场，他同样非常看重，“搞合作化就是政治”，“搞合作化是当时的主要任务、中心工作”。[③] 而“政治工作的基本任务是向农民群众不断地灌输社会主义思想，批判资本主义思想”[④]，“农村党组织应该保证不使农民两极分化，而是应该引导农民向共同上升的社会主义道路走”。[⑤] 在这种思想意识主导下，李准自觉地将小说当作了诠释图解合作化政策的重要工具。

---

① 周扬：《为创造更多的优秀的文学艺术作品而奋斗》，《人民文学》1953年第11期。

② 李准、未央等著：《我是怎样学习创作的》，长江文艺出版社1956年版，第4、6页。

③ 李准、丁振海：《毛泽东文艺思想新论》，文化艺术出版社1983年版，第43—44页。

④ 毛泽东：《毛泽东选集》第5卷，人民出版社1977年版，第244—245页。

⑤ 李准、未央等编：《我是怎样学习创作的》，长江文艺出版社1956年版，第9页。

另外，刘绍棠在创作《青枝绿叶》时，“适逢下达一份关于农村工作的中央文件。文件要求采取行动，制止新富农的滋生，同时，以苏联为榜样，加强对农民进行社会主义前途教育”。于是在总编的强烈建议下，他“在小样上增加一段批判新富农的情节，每个正面人物常把‘学习苏联’挂在嘴边上”。而在他将小说《夏天》交给出版社，“正要付印时，毛泽东同志发表了《(关于）农业合作化问题》，号召反对‘小脚女人走路’，掀起中国农村的社会主义高潮”。出版社要求他增加一章批评“小脚女人”的情节描写做结尾，刘绍棠表示，“政治任务，至高为上，身为党员，义不容辞，我马上遵命而行，敢说是一挥而就，立等可取”。① 某种意义上，《夏天》等小说，是作者刘绍棠与编辑部（代表主流文艺政策）合力完成的合作化题材小说文本。

由此可见，大多数作家群体——尤其是年轻一代作家或由解放区培养成长起来的作家，在合作化题材小说创作中，紧跟时代步伐，及时反映新政策、新的社会矛盾的创作意图与诠释政治的痕迹还是相当明显的。在上述复杂而具体的历史语境的影响下，个人主义与集体主义的冲突主题在早期合作化题材小说文本中的初步显现，也就不难理解了。

第二节　中后期（20世纪60年代初期）中短篇农村题材小说思想主题的表现

尽管个人主义与集体主义冲突的思想主题在早期合作化题材小说中就已开始有所显现，但是就数量上来讲，远远不及中后期合作化题材小说。另外，同样是表现个人主义与集体主义的冲突，二者在表现重心上也有明显差异。早期合作化题材小说在叙事与情节设置上，主要是表现合作社成员对富农社员戒备和排斥的心理，对其资本主义思想予以批评教育，对待

① 郑学诗：《走出写作障碍》，山西教育出版社 2014 年版，第 283—284 页。

“退坡”干部也主要是以教育和帮助为主，而鲜有阶级敌人出现在小说中；即便是有，也为数甚少，并不普遍。

然而，中后期合作化题材小说中的个人主义与集体主义的冲突主题的表现重心则发生了明显的变化。在早期表现形态的基础上，更加突显了合作社党员干部内部的严重分歧，白热化的程度与概念化的痕迹普遍超过早期合作化题材小说。这一主题变异的背后，其实与1957—1958年的复杂社会政治环境与文艺政策的空前严厉的强制性规范无疑有着极为深刻的联系。

一、个人主义与集体主义冲突的思想主题在1958年之后的表现

合作化题材小说在1958年之后，开始大规模进入表现个人主义与集体主义的冲突主题的阶段，一直持续到临近“文化大革命”结束（以浩然的《金光大道》为明显标志）。这一方面的中短篇合作化题材小说代表作主要有刘澍德的中篇《桥》（1959）及短篇《新居：春联的故事》（1961）、段荃法的短篇《鞋》（1963）、朋斯克的中短篇《一场斗争》（1965）、翟毓秀的中篇《河庙里的钟声》（1965）、康濯的《代理人》（1964）等。

《新居：春联的故事》讲述的是对新社会心怀仇视态度的曾怀宝暗中唆使连襟、富裕中农老田喜，抢先一步占了本该分给队长、贫农田乐的新房，还指使人写匿名信诬告队长田乐，想趁整风之机将其赶下台，对乡村权力秩序进行破坏。小说一方面刻画了队长田乐的冷静睿智与敏锐警觉的阶级斗争意识，另一方面也对暗中激烈较量的敌我斗争与浓厚的火药味进行了渲染。

在小说《鞋》中，素娥（已过世的地主恶霸杜建臣的三姨太）在接受改造后，以欲嫁给贫农为由，主动为生产队支书的弟弟苏怀春做鞋子示好，还私下里请干部吃饭，企图拉拢杜姓“中农贫农社员和生产队副队长，打算续家谱、搞反动的封建宗族活动”。最终，在对地主怀着刻骨仇恨与明察秋毫的支书苏怀信的带领之下，支委会与贫农群众发动斗争，素

娥的这一反动阴谋被识破、粉碎。原本一件日常生活琐事——已接受改造、“改邪归正”的素娥为心上人做一双鞋子，却被当作了地主残余势力向贫农搞阴谋，小说的概念化痕迹可见一斑，同时，支书苏怀信这一农民新人形象也有被过度拔高之嫌。

小说《一场斗争》主要描写的是内蒙古地区某生产队、民兵会针对老地主、富农暗中破坏合作社利益而与之发生的一场斗争。老地主哈尔套特与富农勾结偷社里的麦子卖钱，并指使老婆薛金花以调虎离山计来作掩护，结果其反动图谋被当场揭穿，在他们欲疯狂反扑之时，被一网打尽。小说的情节与主题设计、人物刻画方面的模式化、公式化倾向相当突出。作者不遗余力地运用贬损富农的修辞手法，意在丑化他们的形象。尤其是对地主老婆薛金花的丑化几乎达到了无以复加的程度，除品行不端、贪婪阴险外，其形象也异常可怖：“这干瘦的女人，头扎白布手巾，裤腿裹着白带，脚穿尖尖的小白鞋，在石峰下站着，在黄昏的灰暗中显得一片惨白，活像个传说中的鬼怪。”①

中篇《河庙里的钟声》描写的是一口曾被用作集合村人护堤、土改时期工作组召集群众开斗争会的大钟，时隔多年后再一次被敲响，以用作公社化时期提高贫农阶级觉悟、提防地富分子夺走胜利果实的警钟。

在20世纪60年代的小说中，康濯的《代理人》无疑是最具代表性的，其情节紧凑，气氛紧张、惊心动魄。这部中篇小说较之前的小说更加突显出了浓厚的意识形态色彩，着重表现了公社化时期，贫农与地主残余势力之间的残酷、激烈的阶级斗争。

受县委的指派，复员军人王庆丰回村担任代理党支书一职，通过“深入虎穴”式的调查走访，取得贫农群众的信任后，合力将村里在生产中与干群关系中的团团诡异的迷雾拨开，将以村副支书王金国为首的一伙专门为富农办事、坑害贫农利益的坏分子一网打尽，乡村政权秩序得以重新巩固。小说全篇都弥漫着阶级斗争的火药味与紧张、神秘的气氛。

---

① 朋斯克等著：《一场斗争》，群众出版社1965年版，第52页。

王庆丰在抗美援朝期间负伤，伤愈后主动要求下放农村，回乡工作。县委和公社党委对他寄予厚望，让他担任代理村支书，主要负责查明村子里的诸多怪异现象。王庆丰刚走到村口，首先迎接他的“竟是郁沉沉如浓烟一般的雾气，直刺得他满身火呛，满眼模糊”①。进了村之后，他热情地向久别的乡亲寒暄，但乡亲们却异常冷淡。让他更诧异的是，回到家后，父亲一反常态地对他大嚷……回村后的种种不正常的迹象让王庆丰感到了这团迷雾实在是太神秘、太诡异。显然，作者在有意使用“天气政治”的隐喻修辞与怪异气氛的营造来影射即将在小村庄里上演的一场激烈斗争。

王庆丰到村西北那块地里找村干部了解情况，一路上看到村西北的苗势远远不如村东南地块的，村东南有锅驼机抽水浇地，长势非常好；而村西北本就贫瘠的土地非但没有任何改观，反而“那庄稼还都像遭了火烧的一样！枯茎败叶，缺苗断垄，少肥没水，稀稀拉拉”②，这大为出乎他的意料，让王庆丰不解的是，虽然连续两年遭遇大旱，但为何两片地之间的反差会如此之大？

回到家后，父亲的一番问话对他有所提醒，其实也是小说有意在点题明宗：“我说庆丰，你是回来代理党支书的？”“你有没有考虑过……光你一个人顶什么用？你能代理谁？能代表哪些人说话，办事？”这时，他娘也耳语道：“光你一个人怕扛不住！村里有问题！即便要回来，少说吧，你也得跟上县里一个工作组！”王庆丰“不禁全身一震，只觉得满天迷雾，满眼浓烟”③。“迷雾”一词的再次出现，预示着王庆丰将要面对的困难绝非他能够轻松应对的。

这时，穿着时髦、摆着“意气洋洋的派势”④ 的副支书王金国拉着他钻胡同，穿小路，走进了村里饭店后院的一间屋子。屋子里坐满了人，炕

① 康濯：《第一户社员》，湖南人民出版社 1964 年版，第 144 页。
② 康濯：《第一户社员》，湖南人民出版社 1964 年版，第 146 页。
③ 康濯：《第一户社员》，湖南人民出版社 1964 年版，第 148 页。
④ 康濯：《第一户社员》，湖南人民出版社 1964 年版，第 149 页。

桌上摆满了酒菜，代理支书被强迫着坐在桌前，让他不解的是，村干部、生产队队长等一行人“闹了个满嘴油滴滴和醉醺醺”①。而在座的两个年长的党支部委员此时想趁机跟代理书记耳语几句，却被副书记立即插话制止……眼前的一切，让王庆丰一头雾水。饭后，王庆丰则抢着付了账，并对村干部将饭钱记到公家账上的行为进行了批评，这为王庆丰即将与副支书首次较量埋下了伏笔。

回到村里一段时间后，王庆丰备感疑惑：“为什么生产并不太坏，村里这两年却总是气味不对？特别是为什么过去一批一直相当先进的积极分子，在如今……倒反而变得情绪不高？”公社干部觉得“村里生产上问题不多，平时去得少，也没个准底码”。② 另外，村里的干群关系也很冷淡。在王庆丰向县委领导汇报情况时，县委书记拿出来两封匿名信，要求他对王金国展开全面深入的调查。

回村后，会计按照副书记王金国的规定和“惯例”给了代理书记一笔补助款。王庆丰察觉到了队里的公款有被挪用和贪污的问题，在取得老党员吴石天老汉的信任后，他了解到了更多内幕。原来王金国在担任副书记期间，利用职权，提拔收买了一批亲信，大吃大喝，贪占队里的公款，同时还排斥异己，对贫农骨干吴石天、积极分子吴惠芝等真正一心为社工作、维护集体利益的人处处排斥和打击。

尤其让他感到忧虑的是，村子里的贫富分化现象日益严重，劳动生产过程中，富裕户挤压那些劳力不强、车马也弱的队，在好的地块搞生产，“功效易见，工分也高”。连富裕户家里的有机肥料也因生活强、肥质好而在折价时比贫农的折得多。此外，富裕户家里的子女也被优先派给好工作，学技术。相反，“穷学生连学学技术都沾不着边儿”③，只能到那些不出活、工分低的地里劳动，以致富的越富，穷的越穷，因富裕户人强马

① 康濯：《第一户社员》，湖南人民出版社 1964 年版，第 152 页。

② 康濯：《第一户社员》，湖南人民出版社 1964 年版，第 161 页。

③ 康濯：《第一户社员》，湖南人民出版社 1964 年版，第 177 页。

壮、处处得势，而大多数贫农户则敢怒不敢言，渐渐出现了人心涣散的问题。看得出，小说意在借贫农户之口，道出广大农村社会出现的日趋严重的阶级分化现象，影射农村干部与贫农户离心离德，反而站在富裕户一边，为其服务的错误立场。

王庆丰逐渐意识到了，刚一回村时，乡亲和父母因他没有带工作组回来而感到忧虑和无望的原因所在。而此时村里的诡异气氛与呛人的“迷雾”背后的真相也显露出了端倪。他虽对吴王庄的前途感到充满信心，但眼前的“怪现状”却让他“气愤和焦心。这疙瘩的根根显然已证明就是副支书，不过问题的性质却仍然还难以肯定”①。根据目前的种种迹象，王庆丰开始对副支书的真实身份有所怀疑。小说为此还特意插叙了一段王金国的特殊身世：王金国本是外地人，土改后随母亲来到吴王庄，在贫农继父家中长大，劳动、读书，表现积极，入团入党，“现在的问题是除了生产上那些失掉立场的错误，他娘俩同地富分子也已证明确有联系，但联系的内容和证据却又还不清楚”②。

王庆丰将这些情况再次向县委汇报，县委书记提醒他——要看清迷雾背后的真相以及问题的本质，要对村庄里的阶级斗争、两条道路的斗争提高警惕。经过教导指引，王庆丰的阶级斗争意识更加敏锐了，“迷雾”也随即被拨开。

回到村里后，分别代表贫农户与富裕户的两位村支书之间的真正较量开始了。小说共描写了代理支书王庆丰与副支书王金国的三次较量，王庆丰逐渐转变被动局面而改为主动出击，凭借军人的镇定气魄慑服了气焰嚣张的副支书。王金国在提议将王庆丰捐出的大笔退伍金、存款为富农地块换电动抽水机一事被否决后，转而当场诋毁贫农代表吴石天、吴惠芝父女俩目无组织、散播谣言、磨洋工……③相反，王庆丰则认为，

① 康濯：《第一户社员》，湖南人民出版社 1964 年版，第 178 页。
② 康濯：《第一户社员》，湖南人民出版社 1964 年版，第 178 页。
③ 康濯：《第一户社员》，湖南人民出版社 1964 年版，第 180 页。

首先应将款项用在村西北贫农集中的、条件很差的地块，以提高产量，而非条件本就很好的村西南。同时，还为吴石天受打击排挤以及吴惠芝的预备党员长期无法转正等打抱不平，据理力争。两位正副支书展开了首次正面交锋，支委会上也第一次出现两派对峙、互不相让的紧张气氛，最终闹得不欢而散。

此时，作者再一次使用“天气政治”的隐喻修辞，对吴王庄这个村子里的道路斗争、夺权斗争的紧张氛围予以了渲染。

> 吴王庄空气紧张起来。郁沉沉的烟雾在翻腾浮动。天气也开始燥热，节气就到麦收。这是一九六一年旱灾威胁下的麦收，这一季收成自是十分重要。但是，王金国却在暗地里忙着上县上公社，王庆丰也公开跑过公社和县城。王金国不知都去干了些什么，王庆丰倒是掌握的材料越来越多，当然得去汇报和研究村里的大事。
>
> 这恐怕是比一季麦收还更重要的大事……①

有关王金国做假账、私囤粮食、欲为地主分子安排当干部、工作作风主观专断、排斥打击贫农、置贫农切身利益于不顾等问题，王庆丰此时都已查清核实。小说在王庆丰向县委书记汇报的描写中，再一次流露出强烈的道路斗争的意味。

> 县委第一书记看了这份资料，立即把问题提到很高的原则上，说是这证明不仅在生产发展方向上，即便在生产制度和生产管理上，也都有两条道路的斗争！这一分析实在叫王庆丰吃了一惊……
>
> 但吴王庄根本问题还不在这里。王庆丰告给上级道：
>
> “这些年，咱们村外调的干部实在太多了！留下的领导骨干太少，太弱，这怕就是村里出问题的根子！”

---

① 康濯：《第一户社员》，湖南人民出版社 1964 年版，第 182 页。

第一书记说，他们干部外调确实是多了一些，不过这还不是根本的关键。

庆丰说："关键是在阶级斗争和内部矛盾，对不对?"

县委书记表示同意……同时指出了庆丰的工作是正确依靠了贫农下中农，又指示他要进一步抓紧对王金国进行全面的考察。①

很明显，此处借县委书记与王庆丰之间的对话直接点明了小说《代理人》所表现的两条道路斗争与阶级斗争的思想主题。王庆丰在与王金国的最后一次交锋中，将矛头直指王金国的真实身份，将两条道路与阶级斗争推向高点。

代理支书王庆丰回到村里后，每天都抽空找王金国谈话，"又劝说，又引导，要他心里有什么话都吐个干净；但也全无效果"，只是不停地抱怨党对自己不信任。麦收结束后，王金国依然坚称自己没有问题，王庆丰突然"严厉地对他说道：'你有没有问题，问题严不严重，自己还能不知道?'同时身子一立，坚毅得就像一根铁柱子，'走吧，现在全体党员都已经集合，咱们上支部大会再谈！'"到了会场上，党员们开始揭发副支书王金国的问题。这面揭发，那面他就辩解，气氛十分紧张。此时，代理书记王庆丰沉着冷静地控制了会场，当场揭穿了副支书王金国的地主身份。

"王金国，你姓什么？你原来姓什么?"

问的话音调不高，王金国的反应却宛如地裂天崩一样。只见他骤然猛烈地肩膀一抖，脸上立即就灰乌暗黑，眼也青得发紫，全身更是丢神失色地垮透了底，日常的精气连一星半点都再也恢复不过来。这时，有两个党员站起身凛然说道：

"王金国原来的老家不是贫农，是地主！反动地主！……他娘跟

① 康濯：《第一户社员》，湖南人民出版社1964年版，第182—184页。

他是土改以后，假造了贫农成分的证明信，钻到咱们这里来的。”

“那时候，王金国才是个十几岁的小孩，”门外有人插话，公社书记在这关口走进屋子说：“小孩儿并不就是地主分子。可是，他一直不接受人民的教育，最近对王庆丰同志和公社党委改造他、挽救他的努力，都照样顽抗到底！反转来倒一股劲死心跟着他母亲那个反动地主婆，妄想天高，竟敢指望要改造咱们，搞垮咱们的天下！”①

小说中借着贫农党员之口喊出的“王金国原来的老家不是贫农，是地主！”以及公社书记的“妄想天高，竟敢指望要改造咱们，搞垮咱们的天下！”这两句话，其用意再明显不过了，毋庸多言。从这段文字描写中，能够感觉到小说太过夸大地主婆母子二人的能力和野心，将工作作风问题上升到了阶级斗争的政治高度。可见，作者有意通过这样的情节设置将小说表现的主题提升到敌我斗争的高度，以迎合20世纪60年代初期的“以阶级斗争为纲”这一时代主题。

公社书记当众宣布对王金国撤职审查的处理办法，同时，村里召开会议揭发王金国等人的种种“错误和罪恶”。在村干们自我检讨时，连富裕中农也站出来揭发王金国在生产管理上对贫农不公的做法。被副支书收买的干部王来厚在自我检讨坦白过程中和盘托出王金国为搞垮代理支书而设计的阴谋圈套：鼓动社员讽刺打击王庆丰，假造代理支书“制造宗派”“乱搞男女关系”，甚至还“要把村里的老干部都换个干净”，“提拔几个什么有文化的‘好地主’”。而“他娘俩过日子也总是忘不了地主那一套，常常半夜里大吃大喝，还偷过大队的仓库的粮食……”②。

王金国的“阴谋”诡计，无疑是力图暗中将代理支书挤出吴王庄的政治权力中心，通过排斥异己而独揽大权，一步一步让吴王庄“变天”。这一贬损化的叙事修辞，彻底将这个代表富裕中农利益的“代理人”推上了

① 康濯：《第一户社员》，湖南人民出版社1964年版，第185页。

② 康濯：《第一户社员》，湖南人民出版社1964年版，第187页。

阶级敌人的位置。其中，最能体现出个人主义与集体主义的冲突主题，以及小说中的政治化、概念化痕迹的，非篇末处的一段文字描写莫属：

> 关于粮食，大家很快就从王金国家挖出了个粮食窖，窖里边……还同时埋着一本什么“变天复仇账”，账本上头一页写的是：“纸笔千年能说话，子孙万代要报仇……”
>
> ……大家创出了一笔最根本的大账，工作上这就开始眉清目楚，村里的烟雾也开始纷纷消散……支部……会上首先对敌对阶级的代理人王金国进行了严肃的处理……改选了党支部委员，代理支书王庆丰被一致选为支部书记。①

毫无疑问，这段文字无疑在于传达道路斗争与阶级斗争、占领广大农村阵地、重构乡村政治权力秩序，进而巩固贫农阶层利益的紧迫性与必要性。

二、中后期思想主题表现与时代背景

“十七年”中短篇合作化题材小说中的主题的表现在20世纪50年代后期开始呈现出集束式的“普及”化的态势，在20世纪60年代以后，“抓革命，促生产”更是成了时代的中心主题。实际上，1957至1958年的政治环境与文艺政策的重大调整，是合作化题材小说中主题集中显现的直接动因。

1957年下半年，在广大农村开展了一场关于社会主义和资本主义两条道路的“大辩论”。这场大辩论所产生的剧烈震荡直接波及了文艺界政策的重大调整。反右运动与“大辩论”之后，个人主义与集体主义的冲突的思想主题在合作化题材小说创作中，开始体现为从少数作家个人的“自发”行为而骤变为作家“集体自觉”的行为，是否反映这一思想主题以及

---

① 康濯：《第一户社员》，湖南人民出版社1964年版，第187—188页。

持何种政治态度成了衡量作家们党性原则立场的唯一标尺。

1958年2月28日，作协党组扩大会议将两条道路斗争落实了到文艺政策层面，此后出现的合作化题材小说几乎无一例外地将两条道路、阶级斗争作为了小说思想主题的核心要素。这从上述提及的多篇小说文本思想主题的表现，即可看出。

周扬在讲话时郑重强调、告诫道，作家们必须要经受住国内外特殊环境之下的“大风浪中的考验”。他指出，每当阶级斗争形势有所异变时，作为晴雨表、风向标的文艺就必须做出迅速快捷的反应。两条道路的斗争是长期且曲折的，但“斗争的最后结局，总是革命战胜反革命，新事物、新思想战胜旧事物、旧思想，整个社会的发展如此，文艺的发展也不例外”①。这番讲话，无疑为此后的合作化题材小说在人物形象塑造与道路斗争思想主题的表现等方面定下了调子。

受毛泽东对当时阶级斗争的估计过于严重的直接影响，在谈到三大改造之后出现的新的阶级状况与动向时，周扬几乎等于是将毛泽东的相关论断移植到了文艺领域，对其进行了具体深入的阐释。他将矛头直指资产阶级的剥削本性，认为资产阶级“不肯放弃剥削制度和剥削思想”，“厌恶社会主义新制度而迷恋资本主义制度”，甚至还“妄想资本主义在中国复辟”。在他看来，资产阶级的个体私有制经济基础正在土崩瓦解，然而，他们却又不愿依附到社会主义公有制经济基础上来。基于这一现状，为了巩固、发展社会主义制度，“使社会主义的上层建筑能和基础相适应”，“在政治上、思想上进行一场社会主义革命，就是必要的和不可避免的”。②

值得一提的是，周扬还结合风云变幻的复杂的国际环境——匈牙利事件与苏共二十大上对斯大林的批判以及出现的“苏修”等问题，予以与会

① 周扬：《文艺战线上的一场大辩论》，《人民日报》1958年2月28日，另见《文艺报》1958年第4期。

② 周扬：《文艺战线上的一场大辩论》，《人民日报》1958年2月28日，另见《文艺报》1958年第4期。

者相当严肃的告诫："如何对待匈牙利事件，成了测量一个人是否是真正的共产主义者、真正的革命家的重要标准。"显然，这样的告诫即等于说，在这一紧要关头，那些不受负面影响反而对其持以正确的立场态度的作家才被认为是对党忠诚，立场坚定，经得住大风浪考验的无产阶级革命作家。作家有无党性完全取决于其态度和实际行动。① 周扬强调指出：

> 走社会主义道路，还是资本主义道路？作为革命派，还是作反动派？这是摆在每个中国人面前，要求抉择的迫切问题。……现在是到了社会主义革命阶段。要做革命派，就必须反对资本主义，走社会主义的道路。你要走资本主义道路，就是反动派。两者之中，必择其一。中间道路是没有的。②

坦率地讲，周扬的这番话与其说是"号召""强调"，不如说是"命令""摊牌"。他通过这样一番措辞严厉的讲话向广大的文艺工作者发出"死命令"，其所产生的重大影响可想而知。周扬的言外之意很明确，即文艺工作者必须"表明态度""选边站队"，用文艺作品的主题思想倾向来表明自己的党性原则，向党表忠诚。

1958 年 2 月底的这次会议，周扬通过"亮出底线"式的强调，将此前反右与两条道路"大辩论"转化落实为了一项不可逾越"政治红线"的文艺政策。而这也就成为 20 世纪 60 年代道路与阶级斗争作为核心主题的最为深刻的背景因素了。当然，1962 年 9 月 24 日，中共八届十中全会上，毛泽东首次提出"千万不要忘记阶级斗争"的口号，同样是一个不可小视的重要诱因。

---

① 周扬：《文艺战线上的一场大辩论》，《人民日报》1958 年 2 月 28 日，另见《文艺报》1958 年第 4 期。

② 周扬：《文艺战线上的一场大辩论》，《人民日报》1958 年 2 月 28 日，另见《文艺报》1958 年第 4 期。

第三节 《高干大》的思想主题、情节设置、人物塑造及其嬗变

欧阳山的长篇小说《高干大》开始写于1945年8月，初稿完成于1946年1月，是年10月欧阳山去瓦窑堡将小说《高干大》付印。几经周折，小说于1948年7月、9月，先后由太岳专区新华书店以及晋冀鲁豫新华书店出版。中华人民共和国成立后，小说《高干大》于1952年出版，并于1960年再版。在文学史上，《高干大》具有较为重要的地位和意义。

1944年9月，经毛泽东介绍推荐，欧阳山到延安边区的南区合作社担任文书、会计助理。1945年8月在被调回边区文协后，开始了《高干大》的创作。据作者讲，高生亮的原型是当时南区合作社主任刘建章，他及其领导的南区合作社，毛泽东在《组织起来》的报告中给予了高度评价，将南区合作社提倡为边区合作社的方向。① 《高干大》在文艺界也得到了很高的认可，小说描写的“不仅仅是农村的生产问题或是反映乡干部的活动”，而且“反映的是全面的边区的生活”②。赵树理从干部队伍建设问题的角度对《高干大》给予了高度肯定：“主观主义、官僚主义在1944年至1945年，虽然在解放区到处遭到反对，可是据我所见，还没有任何一个作品能够像这本书揭发得那样彻底。”③ 也有评论家认为，小说对农民的封建迷信的落后思想提出了批评。限于当时历史语境的因素，对小说《高干大》的评价基本都是围绕这两个角度而展开的。

到了20世纪80年代，黄修己给出了与之前的观点很不一样的评价：

---

① 欧阳代娜编著：《百年欧阳山：欧阳山访谈录》，中国文史出版社2008年版，第112页。

② 欧阳代娜编著：《百年欧阳山：欧阳山访谈录》，中国文史出版社2008年版，第113页。

③ 赵树理：《介绍一本好小说——〈高干大〉》，原载《人民日报》1948年10月7日。转引自《赵树理全集》第3卷，大众文艺出版社2006年版，第277页。

“（《高干大》所展现的边区农民生活与生产建设生活）在40年代，乃至‘五四’以来的现代小说中，都是开拓性的题材”，“《高干大》把40年代解放区农村经济战线上的思想斗争写得相当深刻，实在难能可贵”。① 笔者对这一评价深有同感，黄修己的评价非常准确，虽然他没有直接说出小说中所潜含的“两条道路斗争”的字眼，但他其实敏锐意识到了小说中的思想斗争，即后来的两条道路的斗争的雏形。

《高干大》以1941年为时间点，描述的是边区的任家沟合作社正副主任在办社理念与原则上的严重分歧和冲突。某种意义上，这部小说与十几年后的表现个人主义与集体主义的冲突这一主题的合作化题材小说有着内在的同质同构性。《高干大》或许可以被视为新民主主义时期最早表现个人主义与集体主义的冲突斗争的“合作化”题材小说，在此意义上，它也成了20世纪50至60年代合作化题材小说中的个人主义与集体主义的冲突主题表现的发轫之作。

一、《高干大》思想主题的雏形

小说开篇处描写的是任家沟的风土人情以及新民主主义时期边区农民百姓的生活环境。任家沟虽然庄户不多，仅有二三十家，但是光景过得还不错。“因为树木多，牲畜多，没出嫁的姑娘多，很有名气。”一出沟口，出现一条大车路，人来人往，旁边有一条清澈见底的小河，从庄子高处向下望，葱郁的树木、成群的牛羊、大车路上的骡马，还有河边洗衣服的姑娘，“都配搭衬托得那么好看，简直是一幅风景画儿”。②

然而，任家沟的庄户们在土改后的光景虽说过得都还不错，当地百姓却对任常有及其领导的合作社颇为抵触，人们还编了一首顺口溜来表达不满情绪：

---

① 黄修己：《中国现代文学简史》，中国青年出版社1984年版，第430页。

② 欧阳山：《高干大》，人民文学出版社1960年版，第1页。

任家沟，任家沟，
树大草肥喂牲口；
年轻姑娘人人爱，
就是讨厌任常有！①

合作社本来是造福当地农民群众的组织，但社主任任常有对农民百姓内心真正诉求的无视与强迫命令、官僚做派惹得民众心中怀有怨气。

任常有五十来岁，自1936年8月入党时起，就在任家沟合作社当主任，到1941年8月的时候，刚好五年整。“他虽然没有什么出色的本领，有时还爱贪点小利，可是人挺和气，也不招是惹非，按照上级的指示，一心一意地给人民合作社办好。”按照他的计算，五年间，合作社的财产从最初的一百二十块钱（边币）到现在已经达到了七千二百块钱。对于老百姓的怨气，他很是不解。“合作社就算出息不大，到底也发展了六十倍了。”“政府不是给老百姓分了地了么（吗）？从前的穷光蛋现在不是有吃有穿了么（吗）？革命不是给他们很多的利益了么（吗）？为什么还对合作社这一部分革命工作，老是叽叽咕咕不满意呢？可是老百姓不跟他朝这么算，他们偏要朝那么算……”② 显然，社主任任常有对于来自百姓的批评并不认同，觉得老百姓忘了本，太不知足。这一段简短的心理描写能够让人感受到任常有与当地百姓之间存在很深的隔阂，也流露出了他忽视百姓心声、脱离群众的思想倾向。

不过，当地农民对合作社的看法与任常有不同，他们认为合作社成立五年来，共计征收了二十五石小米，而现在全部财产只值二十石小米。五年中，一次也没有兑现分红的承诺，退股又不允许。不仅如此，政府还提高了摊派股金的比例，这让他们心里很不痛快。尤其让老百姓无法接受的是，合作社（供销合作社）卖的东西既少又贵，还不赊账。人们抱怨不

---

① 欧阳山：《高干大》，人民文学出版社1960年版，第1—2页。

② 欧阳山：《高干大》，人民文学出版社1960年版，第2页。

迭："这叫什么入股呀，这老老实实就是革命负担。""合作社——活捉社，把人民都捉定了！"[1]

本来是为边区农民谋福利的合作社，反倒成了百姓心中的一个"革命负担"，以致将合作社讽刺为"活捉社"，从农民的抱怨与拒绝缴纳股金的言行中可以看出，问题其实缘于任常有领导的合作社无论是入股分红，还是日常生活用品供应及便利程度，都不尽如人意，人们因此对合作社的态度越来越冷淡。

与农民对合作社的抱怨抵触态度形成强烈反差的是，任常有却对眼前的合作社非常满足，即便是只有五间房子、几口破缸、一副破旧得不能用的鞍架，一些霉烂的麻索和一堆砖瓦。在他看来这是"附近一二十里最漂亮的房子，材料是最结实的材料，样式是最合意的样式，工程呢，那就没有能比较的了"。他越看越入迷："这样的合作社，难道还能够对它不满意么（吗）？"[2] 而事实上，这五间房子里的货品实在不怎么样，房子里堆放着乱七八糟的杂物，仅有的三个货架上的东西更是显得异常萧条、冷清：

> 货架上面，放着两三匹老布，几块红红绿绿，黄黄黑黑的，摆旧了的线春山绸之类的零剪布头，三四刀麻纸，几十盒洋火，几封水烟，几条烟纸，此外就是一些神香黄表之类。货架大部分空着，而这些空着的地方都落下了铜元厚的灰尘。[3]

让人感到困惑不解的是，如此萧索、冷清模样的五间房子的合作社竟然能让任常有如此心满意足。眼下的合作社因农民拒绝上缴股金已达濒临垮掉的地步，包括正副主任、会计、保管员、大师傅在内的几个人的吃饭

① 欧阳山：《高干大》，人民文学出版社 1960 年版，第 2—3 页。
② 欧阳山：《高干大》，人民文学出版社 1960 年版，第 2 页。
③ 欧阳山：《高干大》，人民文学出版社 1960 年版，第 4 页。

都成了问题。“炖锅里空着，肉架上也空着，只有案板上放着几条黄瓜和一把葱儿……”① 合作社只有寄希望于高生亮下到庄里收齐了股金才能继续维持下去。

会计张四海对合作社这副濒临倒闭的样子，颇感无奈，认为干脆垮掉算了，对政府办合作社的做法很不理解。然而，副主任兼推销员高生亮则持反对意见，他说道：“不对不对。……办合作社的用意是好的。只是办法不对。你碰见一百个老百姓，一百个都会对你说：‘合作社是好的。’一百个也都会对你说：‘把钞票撂在河里，它还会浮起来；把钞票撂在合作社里，那就连浮也浮不起来了！’这是什么？——办法不对！”② 显然，高生亮认为办合作社的方法出了问题，不合乎老百姓的愿望是根由所在。按照他的想法，合作社应该更加灵活一些，应该允许少数有钱的几个股东加入进来，充实合作社的资金实力，置办更多百姓日常所需的东西，盈利之后，还要分红，激励入股人的积极性。这样一来，合作社就有活力了。

不料，高生亮的想法和建议却遭到了主任任常有的强烈反对，他认为高生亮召集股东凑钱做生意分红的办法违背了合作社的性质，在这一问题上，两个人发生了严重分歧，矛盾也越来越深。起初，二人的争论焦点是收股金到底是强迫命令收还是倾听农民的真实想法，兑现分红，取得农民信任后再动员其多交股金。然而，正副主任之间意见不合，随即争吵起来：

> 任常有说：“收股金好比收账，要心狠嘴滑脸皮厚！”高生亮说：“人家对合作社有意见！”任常有说：“意见是从来就有的，要看你怎样解释。”高生亮说：“人家骂得很凶，你怎么不去听一听？”任常有说：“那还要听？听了有什么法子？他们总是要骂的，这就是农民！”高生亮说：“人家现在不说没钱的话了，人家老老实实说有钱……不

---

① 欧阳山：《高干大》，人民文学出版社 1960 年版，第 5 页。

② 欧阳山：《高干大》，人民文学出版社 1960 年版，第 6 页。

给！”……“那些大道理人家还没有听够么（吗）？这回你拿棒槌也敲不进人家耳朵里面去。”……“咱们凭良心说，合作社办了五年，给过全体人民什么利益？人家正是向咱们要利益嘛！……咱们光会口说，实际上什么利益也没给别人拿出来！”①

两个人争论不休，任常有狠狠训斥高生亮：“合作社是一份公家的生意……不是一份私人的生意，咱们是有组织的，有领导的……上级叫咱们怎么办，咱就怎么办……上级给咱动员了五千块股金，叫咱去收，咱就得去收……这是上级给咱的政治任务。”“给了咱，咱就得去完成……咱们在这里干一天，就得服从上级的领导。”② 这一番训斥让高生亮无话可说，任常有说的其实并没有错，但分歧就在于高生亮坚持认为合作社目前的办法不对头。改变现有的办社方法提高农民的积极性，同时增加收益，又能完成上级政府的任务，这才是他真正的意图所在。对于合作社，高生亮怀有很高的热忱，他想听取农民群众的心里话，顺应他们的真正诉求，打消他们的顾虑，让更多的农民都愿意入股合作社。为此，他一直绞尽脑汁地想办法，决心一定要把合作社办好。

带着主任任常有下达的收缴股金任务到了各个庄子后，高生亮却遭到了此前从未遇到过的冷遇。他让村长召集农民开会动员人们上缴股金时，了解到庄里很多娃娃患上了热病却因没有医生治病，请了巫神驱魔也不管用，不少娃娃因此夭折，给附近几个庄子蒙上了一层阴霾。本来农民就不愿上缴股金，而现在又出现了这样的事情，人们更没有意愿上缴股金了。他在这个庄子里曾亲眼看着一个刚出生不久的女娃得了热病却无能为力，眼睁睁看着娃娃痛苦地死去。这让高生亮很自责，他决定要在任家沟试办一家医药合作社。他的提议得到了所有村民的支持，人们都纷纷表示，如果娃娃有救了，就都上缴股金，再多也拿得出。高生亮了解了农民的真实

① 欧阳山：《高干大》，人民文学出版社 1960 年版，第 22—23 页。
② 欧阳山：《高干大》，人民文学出版社 1960 年版，第 22、23 页。

诉求后，下决心一定要把这个医药合作社办起来。

然而，当他带着试办医药合作社的想法向区里领导请示时，区长程浩明脸色很难看，不仅否定了他试办医药合作社的提议，而且还严厉地批评了他存在“尾巴主义”思想。① 即便如此，高生亮也并未放弃这一念头，他通过自己的勇敢尝试和探索，顶住了来自主任、乡长、区长的巨大压力，率先组织试办了任家沟第一家医疗合作社，让庄里因没有医生、药品只能请巫神驱魔而耽误病情致娃娃病死的事件不再发生。医药合作社的办成让高生亮得到了农民的极大信任和支持。同时，在试办合作社的过程中，他始终站在普通百姓的立场上为他们排忧解难、任劳任怨，在上级政府分摊救国公粮与救国公债的时候，也同样站在政府的立场上，积极维护政府利益，为其献力献策。高生亮扮演着底层群众与政府之间的传达协调者的重要角色。无论是群众诉求，还是政府的权益，他都力争克服一切困难，不遗余力地去完成任务。

从高生亮为了扭转合作社濒临垮掉的困境而试图改变办社模式时起，任常有与他之间的争执、矛盾更是日趋激化。值得注意的是，关于任家沟合作社的改革以及在试办医药合作社的问题上，区里的两位主要领导之间的分歧也很大。区长程浩明认为高生亮的立场和做法是错误的，提议若高生亮不放弃现有的办社模式，就将其撤掉，却立即遭到了区委书记赵士杰的反对。为了解决合作社的内部分歧，区委书记赵士杰亲自来到任家沟合作社调查走访，在保管室门外就听见里面的人已经争论得异常激烈。

在任常有以及与他站在同一原则立场的区长程浩明看来，高生亮的做法无疑是背离甚至背叛了革命信仰，是走资本主义道路的反革命行为。任常有尖声叫嚷着，脸通红，嗓音和神气与平时简直判若两人。

> “我告诉你，高生亮，你这回一错不知道错到哪里去了！”“要是在苏维埃时代，我们开个群众大会，就能给你判个死罪。……你的思

---

① 欧阳山：《高干大》，人民文学出版社 1960 年版，第 30 页。

> 想是什么思想？你的提法是什么提法？你的行为是什么行为？你违反了合作社的原则，你违反了上级的领导，简直就是个反革命！”①

任常有的这一番“上纲上线”“扣帽子”，激怒了高生亮，他态度坚决地回击道：

> “任常有，你凭什么球资格乱放这号屁？我是反革命？你看这地方，”他说到这里，用手指着自己的左脸，“你看一看，这是什么人把它戳成窟窿，把我的嘴和下巴戳成这个样子的？……你问问咱们这方圆五六十里的老百姓，谁不恨死你！你没开口，人家早已把你枪毙了！你把合作社做了五年……做到哪里去了？你把这份革命财产花到什么上去了？你把合作社……往死里掐！别人要救活它，你不让救！你不是对革命怠工，破坏革命么（吗）？你不是暗藏的内奸，暗藏的破坏分子么（吗）？”②

某种意义上，任常有和高生亮之间的分歧与斗争，与20世纪50至60年代合作化题材小说中出现的个人主义与集体主义的冲突已无任何实质性的差别。任常有对高生亮依旧在不断上纲上线、扣帽子、人身攻击，副主任便“以眼还眼，以牙还牙”。正副主任之间的唇枪舌剑也早已超出了合作社问题的本身，长期累积的矛盾终于在此刻彻底激化，全面爆发了。

此时，刚进门的区委书记赵士杰听到任常有和高生亮的争吵后，感到了事情的严重性。他对争执不下的双方进行了劝导，气氛终于缓和下来。高生亮首先开口向赵书记解释自己的改革合作社办法的真实用意，是完全出于对百姓真实利益诉求的负责，同时也为了更好地完成政府下达的任务，对个人与集体、国家都有实实在在的好处，而首先要做的就是倾听百

---

① 欧阳山：《高干大》，人民文学出版社1960年版，第36页。

② 欧阳山：《高干大》，人民文学出版社1960年版，第37页。

某种意义上，任常有与高生亮之间的决裂，也折射出了他们二人（以及上级领导——区长程浩明与书记赵士杰）之间在关于个人主义与集体主义上的分歧矛盾。在小说第十三章“动摇”中，区里两位主要领导之间又一次就办合作社的原则问题进行了一番激烈争执，关于个人主义与集体主义的冲突也从中再一次突显出来。

事实上，区委书记赵士杰从延安开完合作社会议后，并没有得到十分确切的意见和指示。而此时（1942 年 2 月）边区建设厅提出了一个新的口号——“克服包办代替，实行民办公助”，即政府不出资，由合作社与当地农民协商、自筹资金办社。同时，一改以往的立场，指出，政府过去包办合作社的政策是错误的，应该“使合作社成为人民自己的东西，由人民出钱，由人民出人，由人民出主意，县政府和区政府只是帮助合作社解决困难问题，只是在政策上、原则上加以领导”①。这个口号提出之后，让大家都没了信心，更没有了主意，“都感觉这回是合作社要起革命了”。就在区委书记赵士杰把这次会议的结果向县委做报告时，关于高生亮的做法到底是否正确，县委领导层中也出现了意见不统一的情况。②

区里的两位主要领导虽然经过多次辩论、争执，但最后依然没有达成共识，双方仍各执己见。在区委书记赵士杰看来，“高生亮的办法是正确的，主张完全打破合作社那旧的一套，把高生亮的办法推广到各区去试办去”③。不过，这一提议并未获得县委一致通过，最后只是让高生亮的合作社试办一年，再作决定。然而，区里两位领导的分歧与任常有和高生亮之间的争执有明显的不同，他们对合作社怎么办的问题分析得更为深刻，触及了问题的实质，即在“经”与“权”之间如何做出选择。质言之，究竟是从现实出发，解决眼前的实际困难，至于合作社的性质——原则、道路、方向问题稍后再予以解决，还是与之相反。两位领导各自谈了自己的

① 欧阳山：《高干大》，人民文学出版社 1960 年版，第 109 页。

② 欧阳山：《高干大》，人民文学出版社 1960 年版，第 110 页。

③ 欧阳山：《高干大》，人民文学出版社 1960 年版，第 110 页。

想法和认识，最令程浩明担忧的是政府丧失对高生亮吸收私人入股的合作社的领导权问题，认为高生亮的办社方法是在争取“资本主义前途”，“把整个合作社都资本主义化了”。而赵士杰则从更为实际的角度来看问题，认为目前谈对高生亮的合作社领导权的担心还尚早，在解决实际困难后，再谈领导权问题也不迟。从程、赵二人关注的焦点及其思想立场分歧中，完全可以看到两个时代的个人主义与集体主义之间的冲突这一主题竟是何等相似。

赵士杰承认“争取非资本主义的前途，抑制私人资本的过分剥削”的原则是正确的，并且指出，要达到这一目的，就要把落后农村的经济先发展起来，逐步把个体经济组织起来，使之逐步转变为集体经济。然而，眼前的实际情况却距离这一目标还很遥远。

> “现在咱们都穷得很，经济上又落后，又停滞，生活过不美，文化提不高，什么都赶不上人家，咱们谈得上社会主义么（吗）？咱们想抑制私人资本，可是私人资本比合作社有力得多，咱们空喊抑制，有什么用？——所以，咱们要发展农民的个体经济，才能够发展合作社。合作社一方面发展自己，一方面帮助那些个体经济发展，再转回来又使自己向前更进一步发展。这样才能达到咱们的目的，——高生亮正是这样做的。”①

对于赵士杰的这番解释，程浩明很不认同：“刚才说的那一套我多半解不下，也说不上你对还是不对。凭过去的经验，我知道，高生亮正是这样，在共产党的中央所在地发展着资本主义，传播资本主义的经济思想。”赵士杰立即从桌子上的一堆书报里面抽出一本《新民主主义论》，翻开一段念给他听：“这个共和国并不没收其他资本主义的私有财产，并不禁止‘不能操纵国民生计’的资本主义生产的发展，这是因为中国经济还十分

① 欧阳山：《高干大》，人民文学出版社 1960 年版，第 110—111 页。

“置换重构”。

以20世纪50至60年代合作化题材小说为参照来回看对比《高干大》，这种剧情反转与置换重构便会显得更为清晰和明了。首先一点，小说《高干大》反映的是1941年的新民主主义时期，不同于20世纪50至60年代合作化题材小说开始兴起的从新民主主义向社会主义过渡的时期，更不同于三大改造完成后的社会主义时期。同时，《高干大》所表现的主题重心在于批评党内有些干部在对待农民真实诉求上的脱离群众、官僚主义、教条主义的不良工作作风，其次才是围绕合作社办社模式所引发的道路问题上的分歧和争论。而早期的合作化题材小说到了1957年之后，其主题表现的重心无一例外地聚焦到了个人主义与集体主义冲突上，与早期合作化题材小说所表现的对落后农民的教育改造的思想主题也有了明显的不同。

再者，《高干大》与20世纪50至60年代合作化题材小说在“大结局”的设计上，也截然不同。在小说《高干大》的大结局——“胜利”一章中，欧阳山显然难掩对高生亮的高度认可和褒扬的态度。高生亮通过不懈尝试、探索与付出，不仅将新式的公办民助（公私合营的性质）合作社办得生龙活虎，取得了农民群众的极大拥护和支持，而且这位新民主主义时期边区农村的任家沟合作社副主任，敢于突破教条和禁区的“改革者”、“探索者”、实干家，还被树立为全区的先进英雄模范。对高干大这个人物形象，欧阳山毫不吝啬自己的笔墨，由衷地表达了对他的肯定与赞扬：

> 来自社会上各行各界的人士，甚至还有分区、边区政府的干部纷纷前来看望。他在伤愈复出之后，当选上了任家沟合作总社正主任。“高干大的名字成为人人都知道的名字，那事件也成为轰动一时的事件了。高干大胜利了！”而更为重要的是：“任家沟合作社开了社员代表大会，分了红。区委书记赵士杰给合作社做了结论：高干大的方向是正确的。是跟边区建设厅所提出来的口号：‘克服包办代替，实行

民办公助’完全一致的……”①

欧阳山细数高生亮在采取新的办社模式后发生的天翻地覆的变化，以及所取得的显著成绩。合作社股金由最初的一万二千元增长到后来的四十八万四千元，翻了四十倍之多。除了创办医药合作社之外，还开办了纺织工厂，“组织了一百五十三个纺妇”。同时，还“吸收了五个工人和四个小商人参加合作社工作，并且教育、改造了那些小商人，成立了一个信用合作社，调剂和组织了农村的借贷关系”。“包交了三万块钱的公债，把负担变成了股金；成立了三个运输队，替老百姓包运了六百驮公盐”，效益相当可观。老百姓和集体，乃至全边区，在经济收益、生活条件的改善方面都得到了真正的实惠，之前难以无法克服的很多实际难题都得以解决。另外，高生亮还将二十万元边币作为农村活动资金，“减除了老百姓的公盐负担以外，还节省了老百姓一万二千个畜工和一万二千个人工”，“包交了八十二石公粮，粉碎了破坏分子的谣言，安定了大家努力生产的信心”。甚至，高生亮创办的合作社还帮助各乡组织起了九个变工互助组，改造了不少游手好闲、不务正业的“二流子”，“这些工作，都直接或间接地大大帮助了老百姓的农业生产”。②

从上述几乎事无巨细的描述中，可以体会到欧阳山对高生亮的办社模式抱有很深的认同感，虽然高生亮这个农民干部还有不少的缺点，有过动摇，残存着封建迷信思想，脾气急躁暴烈，并非完人，但是他的坚持不懈与强大的意志力，尤其是他那一心为群众的无私奉献的高尚品质，以及不畏上级的批判、阻挠而敢于冲破教条主义的藩篱，不顾个人利益的保全乃至生命的安危，承受着常人难以想象的重压，坚持一切从实际出发、实事求是、务实实干的精神品格，恰是作者欧阳山对他如此赞赏与敬佩的根本原因所在。

---

① 欧阳山：《高干大》，人民文学出版社 1960 年版，第 221 页。

② 欧阳山：《高干大》，人民文学出版社 1960 年版，第 227 页。

欧阳山为了增加小说的可信度与说服力，尤其是表明合作社主任高生亮及其支持者——区委书记赵士杰所代表的办社道路方向的正确性，还特地在小说中直接站出来发表评论，又浓墨重彩地特意交代了一番：

> 一九四二年冬天，高干会开过了。毛主席曾经指出来：南区合作社的方向是全边区合作社的方向，是正确的方向。大家研究一下，发现高干大的任家沟合作社，和刘建章的南区合作社比较，虽然规模小些，可是在基本方向上，在群众观点上，在工作作风上，都是一样样的。这以后，高干大的办法被大家承认了，合作社更向前发展了。任家沟合作社受到了各方面的奖励，任家沟合作社也胜利了！
>
> 赵士杰也同样受到了奖励，他也胜利了！……①

可以看出，欧阳山在小说中表达了对当时的那些真抓实干、一心为民的好干部高生亮、赵士杰及其所走的道路的高度认同与肯定的态度。

然而，不到十年的光景，高生亮所生活奋斗的时代和边区农村的缩影——任家沟，早已是时空变换。从前的新民主主义时期，已经变换为如今的社会主义时期，之前的边区任家沟供销合作社也被新中国各地农村的生产合作社所取代。

而最为突出的“剧情反转”则表现在《高干大》与此后的合作化题材小说结局的不同。20世纪50至60年代合作化题材小说中，无论是李准的《冰化雪消》、刘绍棠的《运河的桨声》《夏天》，抑或是康濯的《代理人》、刘澍德的《新居：春联的故事》、段荃法的短篇《鞋》、朋斯克的《一场斗争》、翟毓秀的《河庙里的钟声》等文本中，个人主义与集体主义冲突的结局无不是走农业集体化道路——社会主义道路的农民新人一方获得最终的胜利，而那些走资本主义道路的“退坡”变质干部、富农一方以失败告终。

---

① 欧阳山：《高干大》，人民文学出版社1960年版，第221页。

另外，在小说《高干大》中，高生亮领导的新民主主义道路模式的合作社受到毛泽东的赞扬而获得了胜利，被树立为边区的方向。作者欧阳山当时的创作意图与立场无疑顺应了新民主主义时期的时代主旋律；而20世纪50至60年代合作化题材小说的创作立场则正与其相反，配合的是社会主义时期的“中心任务”，表现的是农业社会主义改造这一时代主题。虽然两个时代的作家都做出了顺应时代主题、紧跟政治的创作姿态，却站在了完全相悖的方向与道路之上。

与此同时，《高干大》中的任常有、程浩明与高生亮、赵士杰对立双方的人物关系模式，虽然在20世纪50至60年代合作化题材小说中依然延续下来了，但是他们的政治立场与精神品格在合作化题材小说中却被做了颠覆性的置换与重构。《高干大》中的合作社主任任常有与高生亮这两个人物形象的政治品质与道德品质上的优点皆延续或者说被征用到了梁生宝、萧长春、高大泉以及春枝、王庆丰、苏怀信等众多新人英雄形象的身上。譬如任常有坚定地按照上级领导指示、绝对服从上级党组织、坚决按政策办事，以及高生亮的对党忠诚、一心为民、吃苦耐劳、无私奉献、实干务实的优秀品质，通过将其整合重构之后一并赋予了农民新人形象。相反，任常有的教条主义、官僚主义、简单粗暴、强迫命令、脱离群众的缺点，以及高生亮的暴躁性急、愚昧迷信、文化水平过低、违背政策原则而搞公私合营、走资本主义道路等道德品质与政治品质上的“缺点”，到了梁生宝、萧长春、高大泉、王庆丰、春枝等新人形象那里则无一例外地被过滤掉了，反而成了那些“退坡”干部所特有的共性“缺点”。

换句话说，《高干大》中围绕办社方法而产生严重分歧与激烈斗争的对立双方——任常有及其背后的支持者（区长程浩明）与高生亮及其背后的支持者（区委书记赵士杰）“二元对立”的模式，在十余年后的农业合作化题材小说中来了一个重大翻转与置换。具体而言，备受群众支持、拥护，甘愿为党和群众牺牲、奉献，无私忘我的高生亮与社主任任常有之间被做了身份和立场的对调。高生亮从原来坚持走“资本主义道路”（受当时所处时代的“新民主主义”因素影响）转换成了走“社会主义道路”，蜕变成了梁生宝、萧长春、高大泉、春枝式的有阶级觉悟和坚定信仰的基层干部；而任常有则由一切听从政府指示、教条主义、官僚做派的基层干部转换成了如郭振山、马之悦、张金发、赵明福式的一心奔着发家致富，与党和政府离心离德的“退坡”干部。

与此同时，20 世纪 40 年代高生亮所代表的实事求是、务实实干的工作作风战胜了政策原则与理论，即半社会主义性质（实为资本主义性质）的公私合营合作社的办社模式战胜了社会主义性质的办社模式。也就是说，新民主主义取得了胜利。而到了 20 世纪 50 年代，在个人主义与集体主义的冲突公开化、白热化之际，延安边区时代的任常有所代表的社会主义性质的办社模式与原则却被树立为正确方向，高生亮所走的道路则被视为“右倾机会主义”路线，最终归于失败。

与此同时，作者欧阳山在小说《高干大》中所持有的创作立场与自我意识在十余年后也被完全翻转过来，由对高生亮所引领的发家致富道路的认同赞扬转变为“一边倒”式的批判与否定。毫无疑问，历史翻转其实折射出的乃是特定时代的主导观念、意识形态领域内的变异与斗争。

三、欧阳山的自我意识与创作姿态

1960 年，当欧阳山的《高干大》再版之际，他写下了这样一段情感真挚的序言：“这本书所描写的生活景象是四十年代初期的陕甘宁边区抗日民主根据地的情况。那一切和现在的实际情况都相差得很远”，“由于现实的变化与发展，那以后不久，不单是全国的其他合作社，就是西北地区的任何一个合作社，那做法也已经完全不一样”，“从前（的）那种合作社，早已成为历史的陈迹了”。①

从这段文字中能够体会到欧阳山内心对时代变迁、世事沧桑的深深感慨，一个是二十年前的陕甘宁边区的合作社，另一个则是眼前的人民公

① 欧阳山：《高干大》（再版序言），人民文学出版社 1960 年版。

社，二者之间最大的不同，在他看来就在于两种根本不同的“做法”——一个是建立在新民主主义私有制经济基础之上，而当前的则是建立在社会主义公有制经济基础之上。“从前（的）那种合作社，早已成为历史的陈迹了”这一句话，其实颇能折射出欧阳山某种欲说还休、欲言又止的复杂微妙的心理。

在再版序言中，欧阳山深情地讴歌了让他难以忘却的那个敢于冲破禁区的“改革者”和“探索者”高生亮，动情地写道，“我仍然非常爱我描写的那个主要人物高生亮”，他既不是一个“真有其人的人”，也不是主观臆造、完全虚构出来的人，甚至不是什么担当重任、完美无缺的高大形象，但是，“他是真实的人，一个可爱可敬的人，一个从贫瘠的土壤生长起来的英雄人物”。[1] 在欧阳山眼中，高生亮这个人物形象是否完美、高大并不重要，他最看重的其实是高生亮在平时工作中时刻“关心群众、联系群众、处处为群众打算”的工作作风与精神品格，他认为这种工作作风与精神品格“永远不会过时，永远不会成为历史的陈迹的”。[2]

尤其令欧阳山感佩的是，高生亮虽然自身带有很多思想意识上的重负，但是他却执着地、义无反顾地“要改变家乡贫穷、多病和落后的现象”，以此为自己的毕生理想和奋斗目标，这是高生亮这个“英雄人物”形象让欧阳山最为感动和尊敬的根本原因所在。一方面，高生亮要组织带领农民群众办合作社搞副业，为农民谋实惠、谋福祉，改善百姓生活，改变方圆几十里的任家沟过去一直没有医生治病、买不到药的历史，同时还要与自己和周围群众意识观念中的自私保守与封建迷信思想作斗争。

高生亮对于在他所坚持的办社方针与前进的道路上所遭遇的种种艰难困苦、人为阻碍乃至面临生命的危险，都毫不畏惧和退缩，勇往直前。作者欧阳山再一次表达了由衷的敬佩之情，他情不自禁地为笔下的高生亮曾经所遭受的苦难和压迫鸣不平，将矛头指向了那些“流氓、恶棍，一些浅

① 欧阳山：《高干大》（再版序言），人民文学出版社 1960 年版。
② 欧阳山：《高干大》（再版序言），人民文学出版社 1960 年版。

薄而傲慢的知识分子和墨守成规的人，一些主观主义者和官僚主义者”。从此可以看出欧阳山对高生亮的偏爱，以及对那些在高生亮真心实意为农民谋福祉、倾听百姓心声、顺应农民真实诉求而做事时却从中作梗、阻碍改善民生的人的深深厌恶之情和批判立场。

在序言的结尾处，欧阳山难以抑制自己内心的感慨，又一次向延安边区的那个勇于冲破禁区的“改革者”和“探索者”——高生亮表达了深情的赞颂：

> 高干大总是排除一切障碍前进。党在支持着他。先进的群众在支持着他。……虽然他所做过的事情已经成了历史的陈迹，但是他所具有的一种精神上的特质是永远不会过时的，是万古犹新的。甚至在此刻我还能看见他精神奕奕地站在我的面前，像一株苍劲的松树一样。①

欧阳山的这段文字，意味颇深，流露出了他的真实心声，即在变换了另一个时空，在一个全新的时代里，他对早已成为“历史的陈迹”的过去往事，以及旧时代的“英雄人物”的无法割舍的深切怀念与追忆。

事实上，最让欧阳山无限慨叹和怀恋的实际上并非已经成为过去的那个时代，他内心深深地期待在当下时代里（公社化时期）能够再度涌现出像“高生亮”这样勇敢、赤诚的“改革者”“探索者”式的英雄人物，再度同这个全新的时代里的教条主义、主观主义、官僚主义者们作斗争，带领农民群众实干，改变物质生活水平低下的现状。

尤其是欧阳山一再强调，虽然高生亮的事迹已经化为历史陈迹，可他的那种心系百姓、“为民请命”式的精神品格“永远不会过时”，“是万古犹新的”，“甚至在此刻我还能看见他精神奕奕地站在我的面前，像一株苍

① 欧阳山：《高干大》（再版序言），人民文学出版社 1960 年版。

劲的松树一样”①。这番话语中显然流露出了作家欧阳山内心中的真实而急切的愿望。他是多么希望在20世纪50年代，那个曾经的高生亮能够“复活”，与一切歪风、置农民群众切身利益而不顾的那些官僚主义者继续斗争……从这段带有“缅怀”意味的话里其实能够听到有一种感慨叹息在回荡，能够感受到作者渴望“奇迹”的出现。

欧阳山写《高干大》再版序言这一时间点，也非常富有深意。一个是二十年前的新民主主义时期，而与之形成对照的则是此时的社会主义——“大跃进”“人民公社”时期，两个时代之间的反差无疑是非常明显的。但是，欧阳山在序言中丝毫没有提及20世纪60年代的一人一事，反而对早已成为历史的那个“处处为群众打算”、倾听农民群众诉求、真心为农民群众办实事的高生亮赞不绝口。言语间，隐隐能感受到欧阳山“有话不能直说”、欲言又止的复杂与纠结。

小说《高干大》中有一处细节描写，同样也颇含意味，高生亮认为原有的合作社必须要进行改革，为此，他去了区政府找赵书记。到了区政府，高生亮偶然看见了刚运到陕甘宁边区不久的一本书——出版于1939年的《联共党史》，最后一页中的一则希腊神话深深吸引了他。这时，区委书记赵士杰回到了窑洞里，见到高生亮后，亲自给他念起了关于大力神安泰（父亲为海王波塞冬，母亲是地神盖娅，力大无穷，但脚一旦离开地面，将会遭遇致命危险）的故事：

> 这安泰很有力量，任何英雄都战他不过；因此大家都叫他无敌英雄……他的力量就在于每当他与敌人决斗而遇到困难时，他总是在地身上，也就是说，在生育和抚养了他的母亲身上一靠，于是就得到新的力量。可是，他终究有他自己的弱点，就是害怕人家用某种方法使他脱离地面。敌人因为知道他这个弱点，所以就时刻暗中窥视他。有一次，他碰到了一个敌人，这敌人利用了他这个弱点，

① 欧阳山：《高干大》（再版序言），人民文学出版社1960年版。

并战胜了他……这敌人设法使他离开了地面，把他举在空中，使他失去与地面接触的可能，于是就在空中把他扼死了。①

在给高生亮念完这段故事之后，区委书记赵士杰还谈了他自己的体会，他认为，布尔什维克就如同英雄安泰一样，布尔什维克主义者们之所以战无不胜，是因为他们时时刻刻“与自己的那生育，抚养和教导了他们的母亲，即群众，保持着联系”，同群众鱼水情深、一心为群众办事，这正是共产党人之所以不可战胜的重要法宝。② 赵士杰为高生亮念这一段希腊神话的细节描写，绝非闲笔，而是有着非常深刻的寓意，即脱离人民群众的真实诉求，同百姓离心离德便会失去根基、走向失败。事实上，这既是小说中的区委书记的一种认知，更是作者借人物之口表达的自己内心真实的声音。

就在《高干大》再版的同一年，欧阳山发表了一部同样具有深意的短篇合作化题材小说《乡下奇人》（《人民文学》1960 年第 12 期）。小说借主人公赵奇的言行对 1959—1960 年农村的不良社会风气表达了批评的态度。

真拱小队第三生产小组组长、民兵队长赵奇，三十六岁，身材魁梧，耿直较真，敢讲真话，办事一向认真负责、说话算话，是全队里最有名的劳动能手。公社化之初，很多乡社一级的党员干部都沉迷于生产“大跃进”的极左思想意识中。县里工作组干部徐清下乡督促包产计划、制订粮食增产“大跃进”指标，罔顾实际生产条件而一味地顺着上级领导意愿的队长王水养附和徐清提出的每亩最低产量由原来的四百斤一下提高至六百斤的指标。然而，赵奇却对这一过高的指标提出了强烈的反对意见，坚持认为上限最多只能定在四百五十斤。赵奇自土地改革以来，每逢各种运动，都是一马当先，冲在最前面。可是，“大跃进”、公社化运动开始后，

① 欧阳山：《高干大》，人民文学出版社 1960 年版，第 27 页。
② 欧阳山：《高干大》，人民文学出版社 1960 年版，第 27 页。

他像变了个人一样，不再往前冲了。

徐清、王水养同赵奇发生了激烈的争执，徐清以上级领导的身份压制、批评赵奇的“右倾保守主义”思想……结果，除了赵奇之外的队长与其他两个生产小组的组长还是应下了六百斤的包产计划指标。徐清此时得意地想象着“这个包产指标，准能在全县造成一个大大的轰动”。

正当人们为队长王水养迎合上级领导拍板定下了六百斤的指标而发愁之际，赵奇在冷静思考一番过后，态度突然发生了转变：“没订包产计划的时候，我反对六百斤的目标。可是现在包产计划已经订下来了，我一定要争取达到这个指标！”下定决心大干一番的赵奇，在开完小组会之后，便起早贪晚，拼命苦干起来，整片田地里没有一根杂草，庄稼长得绿油油、齐整整……到了秋季收割以后，赵奇的小组产量四百五十一斤，在全公社所有生产小组中排名第一，而其他几个组仅仅是四百斤多一点。

令人不解的是，在公社总结大会上赵奇未得到表彰，队长王水养反而受到了表彰。在制订和上报包产指标的问题上，赵奇认为，既然是包产计划和制订指标，就不能当成儿戏，随口一说，拍板就定，而是要从实际生产条件出发。另外，他觉得既然指标已经定了下来，就应该动员所有人全力以赴地尽量多打粮食、真抓实干才行，而非嘴上喊出来、表格填上数字就万事大吉了。

在第二年上报包产指标时，赵奇依然反对徐清、王水养等人通过的六百斤的指标，而是建议将指标上限调整到四百八十斤。他认为六百斤的指标太不切实际，无论如何也完不成任务，如果达不到指标，即便实际上比上一年增了产，也得不到奖励，反而还要受惩罚，这无疑会极大地挫伤群众的生产热情。他对王徐清、王水养等干部的这种不负责任、盲目跟风的做法非常不满。可是，这位“乡下奇人”一旦横下心来，提出产量达到四百八十斤的目标后，便又开始了起早贪晚，拼命苦干……

无疑，作者通过《乡下奇人》这部短篇将公社化时期盛行的“浮夸风”、“瞎指挥”、虚报乱报的荒谬做法揭示了出来，并借赵奇之口提出了批评。从中可以看到作者欧阳山对赵奇踏踏实实、实事求是、真抓实干的工作作风予以了肯定和赞扬，而对工作组干部徐清搞“包产计划”指标“大跃进”所暗藏的私心（希望得到县里领导的赏识提拔、最好能给一辆自行车）则予以了辛辣的讽刺和批判。如果将这部短篇与同一年再版的《高干大》做一番对比阅读的话，作者欧阳山的创作意图以及他的那段再版序言中所富含的深意就显得更加明了了。

值得一提的是，小说《高干大》中有一段情节描写耐人寻味，高生亮在与要将他置于死地的巫神郝四儿殊死搏斗的时候，二人意外坠崖，高生亮幸运地逃过了一劫，保住了性命，但还是受了重伤。他的左腿摔断了，左额头被撞破了一个洞。非常奇怪，土地革命期间，高生亮的左脸留下了一块伤疤，而在抗日战争期间，尽管没有参加前线的战斗，却又在左额头上留下了一块伤疤，左脚也摔成了跛脚，“对于他的肉体上的一切损害都在左面”①。

至此，作者欧阳山似乎已经按捺不住要直接告诉读者高生亮所遭遇的伤害以及这种奇怪现象背后的特殊寓意了。即为何高生亮这样一心为群众的好干部却在土地革命、抗日战争时期，以及在造福农民百姓、为边区发展生产添砖加瓦无私奉献的时候，左脸、左额和左腿却都受到了如此之大的创伤？其中的隐喻或者说现实指涉其实已经不言自明。

---

① 欧阳山：《高干大》，人民文学出版社 1960 年版，第 210 页。

第四章

中短篇农村题材小说的审美特质及其文学史意义

长久以来，学界普遍认为20世纪50至60年代的文学政治色彩浓厚，文学性匮乏。这种观点确有其合理性的一面。然而，如果将那些在文学史或者研究界经常被提及的几部长中短篇代表作暂且搁置一边，而以数量更多、更为庞杂的中短篇小说文本作为考察对象的话，或许这种“盖棺定论”与“刻板印象”会在某种程度上有些许改变。

事实上，有一部分作家在20世纪50至60年代的特殊语境中，一面坚持“政治标准”，一面又兼顾“艺术标准”，力图使二者实现有机融合，浑然一体，如赵树理、马烽、刘澍德；或是在表现政治主题的同时，执着于对艺术审美要素——日常、伦理、情爱、大自然等予以观照和抒写，如孙犁、刘绍棠；抑或在创作“遵命文学”的同时，还倾心于对浓郁的地域色彩、风土人情的描绘，如周立波、张峻等。

这些小说文本叙事上的裂隙和张力、与主流政治话语的疏离，以及作者创作姿态的双重立场或者说“异质性”，无疑突显出了20世纪50至60年代的合作化题材小说的丰富、复杂的一面。对大量中短篇合作化题材小说文本的发掘整理，结合作家在当时特定语境下的创作姿态、思想意识，有助于我们更为全面、客观地认识和理解这些作家寄寓在小说之中的深意，以及窥探文学、个人、政治、时代之间错综扭结的关系。

第一节　赵树理的自我意识与双重身份

山西省长治市地委试办初级社一开始，赵树理便对其予以了高度关注，从北京返回山西农村亲自参加指导试办初级社的工作。他以自己长期下乡体验生活的所见所闻所感为素材，创作了合作化题材小说《表明态度》（电影故事）、《三里湾》、《“锻炼锻炼”》、《套不住的手》、《实干家潘永福》等重要作品。

一方面，赵树理在小说文本中如实地展现了合作化期间山西农村的真实情形与农民的思想状况，表达了对合作化运动的高度认同感与支持态度，通过宣传合作化的优越性，以教育改造思想自私落后的农民群众。称赵树理为合作化运动时期的政策“宣讲员”丝毫不为过，其鲜明的集体立场，或者说国家立场，体现得非常鲜明。

而另一方面，赵树理也将自己长期下乡体验生活，与农民一同生活劳动过程中发现的许多实际具体的问题反映在了小说之中。他通过在报纸、杂志上发表公开信、座谈会发言等方式表达了对合作化运动中存在的诸多问题的质疑和不满，并且经过调查研究与思考之后，将意见和对策向政府主管部门汇报反映，从中不难看出赵树理的另一重身份与角色——“谏言者”。

20 世纪 60 年代，赵树理敢于冒着巨大的政治风险、置自身的名利安危于不顾，坚守摆事实、说真话的实事求是的精神品格，以及对合作化期间的底层农民艰难的生存困境的深切同情，极力维护贫苦百姓切身利益的农民立场，无疑是值得肯定与敬佩的。

可以说，赵树理的复杂的身份与立场，在整个 20 世纪 50 至 60 年代文学语境中都是非常独特的。重返 20 世纪 50 至 60 年代特定历史语境以及对相关史料文本的清理与重审，对我们更为深入地把握赵树理的两重身份及其创作立场应该会有所裨益。

一、作为政策“宣讲员”的赵树理

从赵树理于1943年创作的《小二黑结婚》《李有才板话》，经由土改小说《邪不压正》，再到中华人民共和国成立初期的合作化题材小说，可看出其创作姿态与自我意识显然是高度自觉的。某种意义上，赵树理自参加革命宣传工作以后，就一直在积极地、自觉地扮演“宣讲员”的重要角色。

从参加革命之初担任编辑，负责宣传政策和动员民众工作以来，赵树理以小说、快板、评书、戏曲、剧本等生动形象且为农民所喜闻乐见的文艺形式号召民众参加抗日战争、支援前线、动员边区农民“组织起来”，加入生产自救运动……土地改革运动期间，除了对政策进行宣讲外，还监督地方基层干部的执行情况，及时揭露所发现的问题，并力图予以纠正……赵树理大众化的文艺创作宣讲解释政策的做法，收到了良好的社会实效。

赵树理的小说《小二黑结婚》《李有才板话》受到郭沫若、茅盾、周扬等人的一致好评之后，1947年8月10日，陈荒煤在晋冀鲁豫文艺工作者座谈会上的发言《向赵树理方向迈进》中，正式提出了“赵树理方向”这一说法。而赵树理的文艺创作（尤其是小说）自此即被“作为边区文艺界开展创作运动的一个号召”和“作为衡量边区创作的一个标尺”。①

中华人民共和国成立后，赵树理怀着胜利者的喜悦与理想主义的乐观情绪步入了新的文学征程。宣传新婚姻法的小说《登记》（1950），以及宣讲互助合作化优越性，批评教育变质“退坡”干部“革命到顶”与自私落后农民单干发家、投机取巧等小农经济思想意识的作品《表明态度》（1951）、《三里湾》（1954）、《“锻炼锻炼”》（1958）、《老定额》（1959）等，更加突显出了赵树理对国家、集体、革命事业的深深认同感。直至“大跃进”中后期，尤其是三年困难时期以前，赵树理都是自觉地以国家政策的宣讲员、集体利益代言人的创作姿态与身份意识从事文学创作的。

---

① 陈荒煤：《向赵树理方向迈进》，洪子诚主编《中国当代文学史 · 史料选：1945—1966》（上），长江文艺出版社2002年版，第60页。

赵树理将他的这种基于认同感而自觉创作出来的小说称为“自动”写作，而将带有“赶任务”性质，即一半是自愿、一半是“遵命”的创作称为“半自动”写作。① 当然，“赶任务”这个词在赵树理看来，并非指完全被迫接受，而是包含着上级指派下来的“政治任务”或者说“命题作文”，同时自己又抱有一定的认同感之意。总体来讲，赵树理于1959年之前所创作的小说绝大多数都是出于自愿、自觉。

最早反映合作化题材的小说应该是完成于1951年的电影故事《表明态度》，虽然之后几年其才正式发表，但是将其视为赵树理最早反映合作化题材的小说亦无不可。原因在于，从创作时段而言，赵树理的《表明态度》最早反映了山西农村合作社之初的农村社会生活与农民思想状况，同时，以其为参照也可以更好地把握当时赵树理对待合作化运动的真实态度。

1950年秋，赵树理回晋东南农村体验生活期间，长治市地委正在拟订试办初级社的事宜，为了“赶任务”，赵树理创作出了《表明态度》。《表明态度》主要讲述的是“退坡”干部——村武装部主任王永富闹退组、受到批评以至被开除党籍，留党察看，在经过儿子儿媳、亲家等耐心规劝、思想教育之后，终于醒悟过来，反省错误并重新回到互助组的故事，小说的教育意味非常明显。

王永富自从土改结束后，经济上日益宽裕了，儿子也结了婚，人手多了，他“便觉得革命成了功，因此又觉着这时候参加互助组和担任干部工作都成了累害，背着个进步名号，有些退坡的话不好说出口来”②。无论是对待互助组开会还是制订生产计划等事情都很抵触、厌烦，态度非常冷漠。甚至还反过来批评“无非是什么‘抗美援朝’‘加紧春耕’一些烂扯淡话”，“一年尽开会，什么也不用办了”。③ 当互助组借他家的牛和车拉石头时，王永富坚决不肯，心疼牛和车会被用坏了，与互助组争吵一番

① 赵树理：《赵树理全集》第5卷，北岳文艺出版社2000年版，第383—384页。
② 赵树理：《赵树理全集》第2卷，北岳文艺出版社2000年版，第30页。
③ 赵树理：《赵树理全集》第2卷，北岳文艺出版社2000年版，第32页。

后，甚至想退组单干。连县里布置的村里民兵会议都忘了开，因此受到了县武装主任的严厉批评，并被撤了职，此后又因为闹退组而被村党支部开除党籍。与他形成鲜明对比的是儿媳腊梅，腊梅不仅是全区模范团支书、劳模代表，还在到区里开会期间向全区各村互助组发出挑战，“结合抗美援朝开展爱国主义生产”竞赛。

同样，在小说《三里湾》中，赵树理批评了有资本主义自发倾向的“退坡”干部范登高，他不仅不积极主动带领人们扩社开渠，而且私下雇人跑运输做买卖，背离了合作化事业的共同富裕与消灭贫富分化的革命初衷。而与之形成对比的是新人王金生、王玉生、范灵芝、玉梅等年青一代农民。一方是自私自利，革命胜利后忘了本，另一方则是积极拥护和参加合作化，公而忘私。而对于那些深受几千年封建传统小农意识束缚的落后农民代表——“小腿疼”“吃不饱”“糊涂涂”“常有理”“能不够”等人物形象，赵树理则予以了明确的批评。以短篇《“锻炼锻炼”》为例，赵树理以一首快板（“大字报”）来揭露和批评“小腿儿”、“吃不饱”这些落后妇女损公肥私、投机取巧、贪占便宜，尤其是屡教不改、敢偷敢抢、无理取闹的行为。同时，赵树理在小说中对“和稀泥”的“老好人”——对落后妇女一味妥协退让，丧失原则立场的社主任王聚海也提出了严厉的批评。

在短篇小说《老定额》（1959）中，赵树理批评了大队主任林忠私下打小算盘、一心顾着个人利益的做法。因自家劳力多，担心吃亏，因此，林忠总是不断调整生产额度，耗费了大量时间精力，甚至因为工作作风教条僵化，差一点使全队熟透的麦子受到重大损失。在公社食堂做活的“弯弯绕”李大亨，与林忠很相似，也是一个投机要滑、斤斤计较、自私自利的落后农民，凡事从来都以个人利益为中心。相反，党支书李占奎、生产小队副队长蛹蛹则是将集体利益放在第一位，制订生产计划也是从实际出发，从不教条僵化，处处为社里的利益着想。二者形成了鲜明的反差。

从赵树理塑造的这一系列先进与落后、反差鲜明的人物形象来看，蕴含于其作品中的思想内涵——“提倡什么，反对什么”其实已经一目了然。赵树理在家乡农村体验生活期间，对农民群体的思想状况极为熟悉，他非常敬佩那些劳动英雄模范，曾经为家乡的闻名全国的劳动英雄郭玉恩专门写过传记，宣传郭玉恩的先进事迹及其一心为公的高尚品质。在《郭玉恩小传》（1952）中，赵树理对郭玉恩响应号召带领村民成立互助组，再到试办初级社成功的先进事迹进行了介绍。赵树理尤为认可、推崇郭玉恩工作中的方法和长处，譬如他善于分析农民群众的思想状况、耐心教育说服落后群众、计划性强、接受新事物快，同时，在使用和推广新技术、新工具方面，他善于钻研改进，并且每次都能收到良好的实效。他不仅得到了党的高度信任和肯定，还被评为全县乃至全国劳模……①即便是到了公社化时期（1959 年），赵树理还计划以英雄模范武侯梨的先进事迹为宣传社会主义优越性的素材。②

从中不难看出，赵树理试图通过农民新人坚定的革命信念与无私奉献的精神品质，对那些落后农民以及思想退坡变质的基层干部予以思想教育，以期纠正、改造他们的落后思想。毛泽东曾在《讲话》以及《关于农业合作化问题》等报告中不止一次地提出“严重的问题是教育农民”的观点，事实上，赵树理在合作化题材小说中正是在相当自觉地贯彻着“教育农民”的指示。

赵树理一直都在自觉地通过小说文本对国家政策进行宣讲。关于农业合作化的优越性问题，赵树理在《论“吃社果”说法的错误》③《回忆历史、认识自己》等文章中进行了宣传和解释。他指出，合作化的好处在于集体经营土地，让土地休养生息，合理制订生产计划，同时又能比单干提高生产效率，增加粮食产量。此外，还有利于统一人力物力。在合并地块之后，可以进行必要的、科学的土地基本建设，比如修建中小型水利设施等，这对于发展生产、提高产量而言，其好处无疑是要远远超过单干的。

赵树理在小说中也以“写明天”的创作手法，对农业合作化的优越性

① 赵树理：《赵树理全集》第 5 卷，北岳文艺出版社 2000 年版，第 223 页。
② 赵树理：《赵树理全集》第 4 卷，北岳文艺出版社 2000 年版，第 421 页。
③ 参见赵树理《论“吃社果”说法的错误》，《政治学习》1955 年第 3 期。

加以宣传，而对合作化道路上的农村的美好未来也予以了展望。最具代表性的便是赵树理所描绘的三幅生动形象的画面——“过去的三里湾”“现在的三里湾”“明天的三里湾”,他将三幅画并置在一处，通过对比来突显农业合作化将带给农村的巨大变化，尤其是在“明天的三里湾”一幅画中展示了农业机械化的壮丽蓝图，以及农民在不久的将来定能过上美好富足的生活等。当然，这背后的创作伦理机制即是在于突显合作化的优越性。不仅如此，他还将小说《三里湾》改编为电影《花好月圆》,创作了宣传合作化优越性的秧歌戏《开渠》等,这种“写明天”“唱赞歌”的创作立场无疑是赵树理作为宣讲员身份的最为形象而深刻的诠释。

在此之外，赵树理不仅对落后单干农民、“退坡”变质干部或工作作风存在严重问题的基层干部进行思想批评教育，引导其走合作化道路，就连当时对广大的农村知青群体，他也在有意识地通过作品或是以公开信的形式宣讲合作化的优越性，纠正其对体力劳动的传统偏见与歧视，鼓励动员农村知青返乡务农，参加劳动生产，支援农业科学技术推广普及，为集体化事业、为农村教育事业（扫除文盲）等献出一份力量。在发表于1957年前后的《青年与创作：答为夏可为鸣不平》（《文艺学习》1957年第10期）、《答夏可为的信》（《人民文学》1957年）、《才和用》《“出路”杂谈》（《中国青年》1957年第9期）等公开信或文章中，赵树理尤其注重对那些升学失利却对农业生产抱有鄙夷态度的农村知识青年思想意识的教育，劝诫他们要摒弃务农等于没出息，只有进城当工人、当干部、考大学才是出人头地的错误思想观念，引导他们要树立正确的人生价值观。同时，他也极力规劝那些一心做着“城市梦”“工人梦”“大学梦”的农村知青尽早放下不切实际的幻想，而应该脚踏实地、立志扎根农村，安心农业生产，为将来消灭工农业的差别而作出自己的贡献。

值得一提的是，赵树理在《愿你决心做一个劳动者》（《山西日报》1957年11月11日）这封信中除了批评很多农村知青对农民与农业生产的固有偏见与歧视态度外，还极力劝导女儿赵广建高中毕业后回山西农村入社务农，参加劳动生产。1962年，赵树理针对当时一些中学生“非常想当一个伟大的作家”的不切实际的想法有感而发，创作了短篇《互作鉴定》，再一次着重阐明参加农业生产、献身农业集体化事业的重要性。

赵树理在合作化运动期间所扮演的“宣讲员”角色，突显出了他对主流政治意识形态的主动迎合而非完全被动屈从、紧跟政治的创作姿态。从这个意义上说，赵树理在小说文本中彰显出来的是其代表集体利益与国家立场的身份意识，其合作化题材小说创作的最根本的动因就在于，对落后的单干农民或者说对合作化政策充满抵触心理的农民（包括基层干部）进行教育动员与思想改造，进而为国家的工业化建设起到推动作用。

即使在“大跃进”初期，赵树理依然自觉地秉持着这种国家政策代言人与宣讲员的身份意识，就连《灵泉洞》（长篇评书，亦可认作小说）这部未完成的历史题材小说原本也是为了“响应大跃进号召而写的”①。甚至他在出访朝鲜期间，偶然看到“《人民日报》登载的阳城炼钢放卫星的消息，（还）向朝鲜作家宣传了一番，并作诗把‘千里马’和‘大跃进’用文字交织起来歌颂了一通”②。

当然，也正是因为赵树理从一开始就对主流政治持认同与迎合的创作立场，以“普及”为第一要务，将自己的创作作为服务农民大众的“螺丝钉”，抑或说，正是由于他把毛泽东在《讲话》中的“写什么”“怎么写”“政治标准第一”的文艺政策落到了实处，颇有实效地将毛泽东所提出的文艺政策从理论层面转化为创作实践，以实际创作很好地证明了《讲话》精神的正确性与可行性，才被主流文艺界树立为“样板”和“方向”。

二、作为农民“代言人”的赵树理

赵树理于20世纪50年代初期创作的合作化题材小说，其中心意图在于教育农民，揭露、批评落后自私农民的小农意识和干部的“退坡”思想，以及宣讲合作化政策的优越性。然而，到了20世纪50年代中期，其

① 赵树理:《赵树理全集》第5卷，北岳文艺出版社2000年版，第383页。

② 赵树理:《赵树理全集》第5卷，北岳文艺出版社2000年版，第381页。

小说思想表现的重心则发生了微妙的转变。赵树理在积极扮演“宣讲员”这一角色的同时，也在无形中开始扮演起了揭露、批评当时社会的某些“阴暗面”，以及献言献策的“谏言者”的角色。

随着赵树理在农村生活体验的不断深入，他逐渐看到了合作化运动的另一面。早在1954至1955年，即高级化开始以后，赵树理就注意到了合作化政策的制定，尤其是乡社干部在贯彻执行上级政策的过程中存在的诸多严重问题。由于他对农民实际生活状况以及农民的真实诉求非常了解和同情，因此，当他一旦看到农民切身利益受到损害、遭到无视，抑或生产计划指标制订时严重脱离当地客观生产条件等一系列问题时，便会站出来，亲自到上一级主管部门反映情况，若事情没有得以推进或处理，会继续写信向更高一级政府反映情况。

全面高级化之后，赵树理对沁水县嘉峰乡高级社存在的许多久拖不决的问题高度关注，为此特地写信给长治市地委领导着重阐明问题的严重性以及亟待解决的迫切性。他指出，供应粮食不足、缺草、缺钱、命令太死板、买煤难、水利农田建设要求太急，以及农业生产被耽误等问题，不仅直接影响了合作社的生产计划、农民的生活保障，还造成了本末倒置的现象发生。“地荒了、麦霉了，由于运粮、运草、买煤、买桑叶、修地、打井等杂事误工太多，没有抓紧锄草、打麦两项工作，后来一遇到连阴天，非常被动，以至于地里的草比苗高，麦子垛在场上沤着。”① 这些问题的出现，显然是赵树理所无法理解和接受的。

其中，赵树理最无法容忍的就是领导干部对农民切身利益的无视与冷漠的态度。他对于乡社领导干部的官僚教条主义，以及只唯上，不对农民负责，致使干群关系紧张的局面出现，深感忧虑。在他看来，如果不能及时解决这些问题，“如何能使群众热爱社会主义呢？劳动比前几年紧张得多，生活比前几年困难得多，如何能使群众感到生产的兴趣呢？有一次因

---

① 赵树理：《给长治地委××的信》（1956年8月23日），载《赵树理全集》第5卷，北岳文艺出版社2000年版，第250页。

为发粮不及时，群众几乎要打乡长……这一些小事都可以说明，群众对公家、对干部、对社的情绪”①。对于一些干部无视农民群众的诉求而一味推诿扯皮的做法，赵树理感到极为不满，他认为，应该首先扭转干部只对上级负责而忽视农民百姓切身利益的错误观念。“我希望迅速改变这种事实。”为此，他建议地委和专区派出调查组实地调查情况并及时解决问题，“以挽回群众在转社时期的积极性”②。

“大跃进”开始后，尤其是在三年困难时期，赵树理目睹了普通农民生活水平日益低下，生活条件亟待改善，但是很少有干部真正在意和关心，他们只管完成上级交给的任务指标，而对于底层的农民群众的柴米油盐、吃穿住用等最低生活需求都无法得到起码满足的现状置之不理的情况，他感到了问题的严重性，内心异常沉重。这也让他开始有意识地对合作化运动政策的制定以及基层干部执行贯彻政策，尤其是完成上级任务过程中出现的脱离实际、脱离群众、损害农民切身利益、削弱农民生产积极性等问题予以高度关注并深入调查研究。

赵树理根据自己长期在农村的生活体验，一方面，深入调查研究，查清问题的“病源”所在；另一方面，认真思考对策，试图解决当前遇到的各种实际问题（“开出药方”）。每当具有针对性的整改意见和建议思考成熟后，赵树理都会要么亲自到地方农村的相关主管部门如实汇报、反映实际情况，要么写信给更高一级的地方政府乃至中央农村工作部继续反映问题。

赵树理在批评公社干部某些不良工作作风的同时，对于上级政府不顾当地生产条件的实际情况而硬性下达“一刀切”式的数字指标，提出了强烈疑问和反对意见。他在《高级农业合作社遗留给公社的几个主要问题》（1959）一文中，将公社干部“为了想早日把农业经济完全纳入国家计划

---

① 赵树理：《给长治地委××的信》（1956年8月23日），载《赵树理全集》第5卷，北岳文艺出版社2000年版，第250页。

② 赵树理：《给长治地委××的信》（1956年8月23日），载《赵树理全集》第5卷，北岳文艺出版社2000年版，第251页。

规范”而“把国家领导全民所有制国营企业的精神用到领导农业生产的方面来”，以致农业生产受到制约——尤其是对劳动力使用规律及其决定性因素重视不够等问题一并揭示出来。他认为，应该首先将合作化时期遗留的仍未解决的老问题先行解决，同时还要立即纠正乡社干部在制订生产计划指标、布置国家市场供应份额等诸多方面忽视当地实际生产条件的主观盲目的错误做法。他建议应该以“劳力为主”，实行生产单位“自负盈亏”的生产经营模式，以提高农民的生产积极性。同时，上级政府主管部门不应完全大包大揽，要留给基层生产单位一定的自由度。①

在《写给中央某负责同志的两封信》（1959 年 8 月 20 日）中，赵树理坦言曾经在下乡过程中遇到了一个令他备感困惑、左右为难的突出问题。即“个体与集体（国家）”之间长期存在的矛盾，让他无法继续创作反映公社化优越性的小说，因为他不知道自己该站在哪一方。为了避免这种矛盾的产生，他认为，一个重要措施就是实事求是、结合当地实际条件来对待农业生产以及计划制订的问题，而非简单化地传达上级政府的指令，生搬硬套地执行相关政策，既要做到对国家、集体利益负责，同时也要照顾到当地农民群众的切身利益。②

在《公社应该如何领导农业生产之我见》（1959 年 8 月 20 日）中，赵树理开门见山地指出，要遵循其内在的客观规律办事，不能教条主义和主观主义，“一切事物内在的规律都只能从事物的发展中来寻找，办公社自然也不例外”。赵树理还将他在合作化和公社化时期的实际生活体验与调查研究中“摸索出的小道理”一并列出，以“供办公社的同志们参考”。③ 他首先明确表示，支持“政治挂帅”与“书记动手”相结合，因其利于激发人们的积极性、自觉性。不过，他更为关心的是生产生活中的诸多实际而具体的问题，他建议地方领导干部应该对“劳动力在现阶段农

---

① 赵树理：《赵树理全集》第 5 卷，北岳文艺出版社 2000 年版，第 320—321 页。

② 赵树理：《赵树理全集》第 5 卷，北岳文艺出版社 2000 年版，第 322—327 页。

③ 赵树理：《赵树理全集》第 5 卷，北岳文艺出版社 2000 年版，第 328 页。

业生产中的决定作用”有足够的认识和充分重视。当在谈到“农业集体所有制特点的利用”时，他批评公社对管理区管得过多过死，强调，不能僵化、教条地完全照搬苏联计划生产与管理模式，而是“应该使由生产单位自行规定的事比苏联更多一点，而不是更少一点”。[①] 他甚至还告诫道：“公社在领导管理区生产方面，凡是能利用集体所有制的特点使管理区自行规定对生产更有利的事，就尽量不以政权身份代替”，“以便减少好多不必要的工作量，腾出工夫来把必要管的事管好”。[②] 最后，在谈到“任务交换、分配、生活（消费）等问题”时，他直言，统购对农民自身吃饭问题以及物质生活造成了直接冲击，建议要改变自上而下的只讲强迫命令、脱离实际生产条件而主观盲目制订计划指标的错误做法，要充分重视农民的吃饭和基本物质需求消费问题，做到“一手抓生产，一手抓生活”。[③]

作为“为民请命”，直接“上书”地方政府乃至中央主管部门的“谏言者”赵树理，他敢于说出真话，敢于批评“五风”，以及由此导致的农业生产效率急剧下降、产量骤减、农村口粮短缺、生活物资供应严重不足等突出的社会问题。在极易“因言获罪”的年代，赵树理义无反顾地维护农民的切身利益之举，尤其令人尊敬与感佩。

1961 年 9 月 4 日，赵树理在长春电影制片厂电影剧作讲习班的讲话中，对公社化期间国家只强调作为生产单位而取消消费单位的做法表示了质疑，认为“吃饭采用现在的大锅饭方式，即使到将来恐怕也行不通。将来凭劳动所得的货币，什么也能得到，衣服、日用品、食品等等，但混在一起吃饭，总还是不行的”[④]。

1962 年 8 月，赵树理在大连召开的“农村题材短篇小说创作座谈会”上的发言中，向上级部门反馈农民生活中的真实困境以期引起政府注意的

① 赵树理：《赵树理全集》第 5 卷，北岳文艺出版社 2000 年版，第 331 页。
② 赵树理：《赵树理全集》第 5 卷，北岳文艺出版社 2000 年版，第 333 页。
③ 赵树理：《赵树理全集》第 5 卷，北岳文艺出版社 2000 年版，第 334 页。
④ 赵树理：《赵树理全集》第 4 卷，北岳文艺出版社 2000 年版，第 491 页。

同时，也很有针对性地提出了缓解这一矛盾现象的切实举措。比如物资要有所保障供应，此外，对于如何教育农民、整顿基层党员干部的专断、以权压人等官僚主义作风、如何杜绝生产队的超支，以及如何通过宣讲政策以化解农民对集体化的抵触甚至不满情绪，还有农民家庭内部的财务分配等一系列错综交织的具体问题全部给出了具体建议。值得注意的是，正是在这次会议上，赵树理依然义无反顾地敢于摆事实、讲真话，坚定地站在农民的立场，以作家的道德良知，以赤诚之心向地方政府、向国家积极地献言献策。

然而，与在现实生活中积极地献言献策形成鲜明对比的是，赵树理于“大跃进”之后，小说创作一度处于低产期。此前“唱赞歌”“写明天”的《三里湾》也并未续写。起初，赵树理在对“大跃进”了解不深的情况下，曾一度大肆鼓动作家在创作上要“放卫星”、鼓动农民在生产上“放卫星”。然而，公社化时期出现的越发严峻的问题，尤其是“五风”盛行与三年困难时期给他造成了强烈的冲击，促使他再次拿起笔，创作小说《套不住的手》（1960）和《实干家潘永福》（1961），以此来揭示和批评“五风”与当时的社会病容。此时，赵树理的强烈的社会责任感和历史使命感，以及作家的道德良知可见一斑。

《套不住的手》（《人民文学》1960 年第 11 期）中的年过六旬的老人陈秉正虽然年事已高，但却是个劳动能手、老劳模，一直闲不住那双坚硬粗糙而灵巧的手。1959 年冬天，“儿孙们为了保护老人那双劳苦功高的手，给他买了一双毛线手套”。然而，在担任农业生产技术教练期间，老人在逛物资交流会买桑杈、到县城开劳模会为招待所义务扫院子时，先后两次把那双毛线手套丢了。当儿媳把失而复得的手套让他戴上时，他坚决不再戴了，而是如往常一样继续从事劳动生产。小说中的老农陈秉正的原型正是著名劳模郭玉恩的父亲，他的这种不贪图安逸享受、吃苦耐劳的精神品质，无疑正是盛行“浮夸风”、弄虚作假的公社化时期很多农民所严重缺失的。

最值得称道而且具有“谏言”意味的小说当数《实干家潘永福》（《人民文学》1961 年第 4 期），赵树理坦言这是一部完全出于“自动”写作而非“赶任务”的作品。潘永福是一个先进模范和基层干部，从过去到现在，一直保持本色。他舍己为人、一心为民办事，深得群众的拥护和支持。潘永福以前也曾经受过剥削压榨，流落异乡，打过短工，后来家乡得到了解放，他一身精湛的劳动技能和实干精神便有了施展的空间。

在参加革命后，潘永福一心一意地献身革命事业，始终站在农民群众的立场上做事情。虽然身为干部，却从来都是平易近人，丝毫没有官架子，与农民一同劳动，一起积极想办法克服实际困难，尤为重要的是，他凡事都坚持一切从实际情况出发的原则，因地制宜。不仅在群众中具有很高的威信，而且也确实为农民群众带来了实实在在的好处，极大地激发了农民参加劳动生产的热情。

从小说拟定的几个小标题——“慈航普度”“干部新风”“经营之才”上，便可看出赵树理对潘永福的高度评价和赞扬。最让赵树理敬佩的就是潘永福的苦干实干的精神，他为农民群众做了很多谋福祉的实事好事，却“不曾有丝毫居功的表现，平常时候在办公之余，仍然和区公所的同志们扛着锄头或挑着粪桶，去种他们机关开垦的小块荒地，和打短工时代的潘永福的神情没有什么区别”。毋庸置疑，潘永福正是赵树理内心好干部的典范，尤其是他“喜欢实干”“坚决反对虚伪的俗套子礼节”的性格与工作作风，最令他赞赏有加。①

在“经营之才”一节中，赵树理细致地讲述了潘永福带领农民群众开辟农场、修水库、“移矿近炉”等为民造福的事迹，彰显出了他的管理组织才能和善于因地制宜、想方设法克服实际困难的聪明才智。对于那些因家里没有劳力而无法安心在工地上修水利的民工，潘永福非常理解他们的难处和诉求，允许他们在工地旁开垦小块土地，利用工地的水肥种地搞副业，产品皆归他们自己所有，此举极大地激发了民工的劳动积极性。另外，他还使用巧妙的方法，提高了水库施工的效率和进度，节约了成本，收到了良好的效益。

在小说末尾处，赵树理表达了对潘永福的由衷敬佩之情，极为推崇他

---

① 赵树理：《赵树理全集》第 2 卷，北岳文艺出版社 2000 年版，第 443 页。

的真抓实干的精神。“经营生产最基本的目的就是为了‘实’利，最要不得的作风是只摆花样让人看”，潘永福在从事经营和生产时，“没有一个关节不是从‘实’利出发的”，“凡与‘实’利略有抵触，绝不会被他纵容过去”。“这是从他的实干精神发展而来的，而且在他领导别人干的时候，自己始终也不放弃实干。”① 实际上，这段文字乃是赵树理借潘永福的先进事迹以及对主人公的褒扬而传达出了他压抑已久的真实心声。

这篇传记小说极富深意，可被视为赵树理为“大跃进”、公社化时期的那些专爱浮夸、说空话、弄虚作假——尤其是那些对农民切身利益受到损害视而不见，只对上级负责的乡社基层干部造了一面镜子。让他们从这面镜子里照出极“左”思潮之下的扭曲、异化的社会心理和精神的病容，从质朴聪明、真抓实干、一心为民、崇实重利的好干部潘永福的身上反观自己的差距和不足。“在叙事类文本中，可以说人物具有十分特殊的作用”，“有时其直接站出来为自己发声，有时作家成为其代言人”。② 文学作品中的主人公往往是作为“讲述人”“在传达作家的声音”，某种意义上，“讲述人（就）是作品中作家的代言人”。③ 小说表达了赵树理急切地希望这种歪风早一点消散，希望在“天聋地哑”的年代里能够涌现如潘永福般的实干家的愿望。

某种意义上，赵树理的《套不住的手》《实干家潘永福》即是针对“左”的思潮盛行、非理性的社会病容而开出的一剂良方。

三、赵树理农民立场探究

赵树理能替农民传达真实的心声，扮演“谏言者”角色，其实与他内在的农民立场有着非常密切的联系。然而，赵树理时常会处于集体/国家

---

① 赵树理:《赵树理全集》第 2 卷，北岳文艺出版社 2000 年版，第 455 页。

② 杨燕:《俄国形式主义的叙事理论研究》，中国社会科学出版社 2022 年版，第 149 页。

③ 杨燕:《俄国形式主义的叙事理论研究》，中国社会科学出版社 2022 年版，第 173 页。

的立场与内在的农民立场之间的矛盾之中，也让他常常感到两难。

当目睹丰产区在增产后，国家征购的粮食指标也随之上调，客观上就造成了农民虽然增产却并未享受到任何实惠，想多留、多吃一点粮食也无法办到的问题时，赵树理认为增产和增购之间的比例失衡严重伤害了农民的生产积极性，也直接损害了农民的切身利益，此时他更加倾向于站在农民的立场，常常“为农民争口粮”。然而，“当农民对收购过多表示不满时”，他却又极力“说服农民应当如何关心国家”，为大局着想。①

应该说，农业生产与粮食问题，一方面牵涉到国家工业化建设的长久大计，另一方面又直接关系到农民百姓的吃饭问题。这让赵树理当时感到非常复杂纠结，在“大跃进”与三年困难时期之前，他基本上是处于这样一种两难境地之中。赵树理认为解决问题的关键在于，要既能保障国家建设所需，也能激发农民的生产积极性。为了能够让农民群众在增产之后知道自己能够得到多少实际收益，他建议在征购之前就应该“事先把征购任务定死，而把争取多产的无限数字让给生产单位自己去争取，以鼓励其积极性”。没有实实在在的“物质刺激”和“物质基础”作保证，而只讲让农民发挥生产积极性无疑等于一句空话。②

赵树理的这种双重立场与身份表面上看来，貌似矛盾对立，难以调和，而其实却并不矛盾对立，二者在很大程度上是统一的。一方面，赵树理有着国家干部、体制内的作家这种特殊身份，必然要站在集体与国家的立场；而另一方面，赵树理内心从来都以农民自居，这种深深的农民情怀、乡土情结贯穿他的一生。从赵树理进京后的诸多“异常”表现可以看出，他虽然身居城市，但是内心深处却一时一刻也没有离开过家乡农村。

赵树理的乡土情结与农民立场实际上与他的家庭环境、性格心理，尤其是青少年时代的读书生活经历有着非常深刻的联系。1906 年 9 月 24 日，赵树理出生于山西省沁水县尉迟村的一个中农家庭。尉迟村在当时属经济

① 赵树理：《赵树理全集》第 5 卷，北岳文艺出版社 2000 年版，第 380 页。

② 赵树理：《赵树理全集》第 5 卷，北岳文艺出版社 2000 年版，第 380 页。

贫穷落后地区，当地农民大多以编簸为副业来维持生计。当地有民谣道“有女不嫁尉迟庄，卜绳磨下嘴皮疮”（意为因编簸搓卜绳，不断用手沾口水，致使嘴唇磨出了皮疮，可见劳动强度之大），足见尉迟村的农民生活艰难困苦之程度。

赵树理十一岁时，祖父离世，赵家为了给老人料理后事而将土地押了一部分出去，由此背上高利贷，赵家从此家道中落，沦为贫农。虽然父亲赵和清称得上农村中的“能工巧匠”，勤劳能干，但依然无力让赵家摆脱贫穷的境地。1919 年，赵树理的结发妻子马素英产后不久病亡，故赵家又押出去三亩地为马氏料理后事。1931 年，赵树理续娶关连中，赵家再次押出去四亩地借高利贷。至抗日战争爆发之际，赵家已经债台高筑，背上了好几百块大洋的债务。

因家境实在艰难窘迫，在被连年苦苦逼债无力偿还的情况下，赵树理的一个妹妹被父母忍痛送了人。这种家境与生活的重压，尤其是曾被逼债长达十几年以及为他人代写过几百张欠条的经历，对赵树理此后的阶级意识与贫农立场产生了深远影响，这种苦难经历也让他对贫苦农民的悲苦命运更为深切理解、同情与怜悯。

为了将来能够谋得一条出路，赵树理承载着父亲的殷切期望外出求学，到长治第四师范学校读书。在此期间，赵树理在同学王春等人的鼓舞带动下，放弃了此前深信不疑的封建宗教迷信观念，接受了新文化思潮的熏陶和洗礼，思想观念开始有了巨大转变。受新文化思想的指引，赵树理在此后同王春等人一道踏上革命之旅。之后的几年，在艰难时世中几经流浪逃亡、辗转奔波，遭到学校辞退以及被捕入狱等经历，让赵树理终于“明白了只有整个中国社会得到改造，才能有广大受压迫者的个人出路”① 的道理。出狱后，赵树理开始尝试写作。1931 年 1 月 14 日《北平晨报》的《北晨艺圃》副刊上登载了赵树理（署名“野小”）的一首揭露批判军阀混战的《打卦歌》，这篇被视为赵树理最早的文学作品其实

① 黄修己：《赵树理评传》，江苏人民出版社 1981 年版，第 22 页。

对那些自视高人一等的“文明人”产生了深深的厌恶之情。赵树理的平民意识与农民立场从中可见一斑，而这也在某种程度上决定了此后的赵树理与城市文明、上层知识分子（乃至某些官员）之间，其实早已产生了隔膜，这种抵触心理与隔阂也一直深深地烙在他的心中，即便是进京之后亦如此。①

土地改革运动前后，赵树理一心维护贫农的切身利益，对地主、富农始终保持警惕，提防那些出身地富或流氓的投机分子混入乡村基层干部队伍，继续欺凌老实弱势的贫农，侵害他们的正当权益。同时，对于农村中的某些干部特权思想、多分多占、专断作风、打击报复群众、置贫雇农利益而不顾等现象和问题都毫不避讳地提出了严厉批评。这从《李有才板话》《邪不压正》《我们执行土地法，不许地主富农管》②《休想钻法令空子：研究土地法第十六条》③《穷苦人要当家》④《干部有错要老实：评晋城

---

① 赵树理进京后，主管意识形态的胡乔木批评他没有写重大题材，关注的大多都是太过具体而又实际的小问题，写得不大、不深，不能振奋人心。因此，要他仔细阅读苏联以及其他国家的经典作品，并列出了五六本书目，让他放下一切工作尽心地去读，从中学习借鉴。然而，当赵树理拿过这些必读书之后，只读了几页便读不下去，于是“借故下乡去了”。（参见董大中《赵树理评传》，百花文艺出版社 1986 年版，第 279 页。）另外，在康濯眼中，赵树理“性格有些孤僻，对知识分子气味较浓的文化人有成见，不愿接近”。（参见李士德编选《赵树理忆念录》，长春出版社 1990 年版，第 123 页。）再如，一次赵树理在参加北京市文联委员于全聚德的聚餐时，竟跑到街边一家回民小店铺，坐在长凳子上一边喝着老豆腐，一边同人聊家常，这一幕恰巧被会餐结束后回家途中的市文委书记李伯钊撞见。事后，李伯钊对赵树理的这种做法提出了告诫，认为他身为党员作家和市文联副主席，应该通过各种场合、各种方式去和党外的知识分子作家多沟通、多交流，去团结他们，而非抵触、回避他们。李伯钊认为赵树理的这种做法有失职之嫌，态度严肃地对赵树理提出了口头批评：“老赵，你有时不大愿意跟知识分子作家们一起吃吃饭、聊聊天，可不大对头哇！”对此，赵树理只好笑着连连“嗯嗯”地点头。（参见高捷等《赵树理传》，山西人民出版社 1982 年版，第 130—131 页。）

② 赵树理：《我们执行土地法，不许地主富农管》（原载于《新大众》1948 年 1 月 7 日），《赵树理全集》第 5 卷，北岳文艺出版社 2000 年版，第 177 页。

③ 赵树理：《休想钻法令空子：研究土地法第十六条》（原载于《新大众》1948 年 1 月 14 日），《赵树理全集》第 5 卷，北岳文艺出版社 2000 年版，第 178—179 页。

④ 赵树理：《穷苦人要当家》（原载于《新大众》1948 年 1 月 14 日），《赵树理全集》第 5 卷，北岳文艺出版社 2000 年版，第 180—181 页。

马坪头“劳资合作”》[①] 等小说与文章中即可看出。

土地改革至合作化期间，赵树理对农民陷入生活困境（如口粮短缺、生活消费、物资供应严重匮乏）深切关注与同情，为了缓解底层农民生活上的实际困难，他特向当地乃至国家有关负责部门领导写信呼吁，替农民发声，提出应该尽快解决农民群众的生活困难。当赵树理看到农村的某些贫雇农因天灾人祸、婚丧嫁娶等现实原因而被逼借债以致卖地卖房、濒临破产境地等现象时，他心中极为不安和焦虑。赵树理对农民感情至深，即便是进京工作安家后，他每年都要回山西农村长住，甚至将自己的稿酬拿出来无偿援助家乡互助组、合作社。

合作化运动开始后，赵树理一面宣讲合作化政策的优越性，教育动员农民放弃单干发家思想，一面依然在为农民正当利益受到损害而鸣不平。1956 年，赵树理写信给长治地委批评有些地方干部对农民群众实际利益漠不关心，仅仅把农民当作完成上级交给的任务的工具而已。对此，他言辞异常激烈地批评道：“我觉得有些干部的群众观念不实在——对上级要求的任务认为是非完成不可，而对群众提出的正当问题则不认为是非解决不可。又要靠群众完成任务，又不给群众解决必须解决的问题，是没有把群众当成‘人’来看待的。”[②] 这句话说得很重，可见赵树理对那些脱离群众、无视群众利益的干部不良作风的愤怒之情，以及对处于弱势地位的普通百姓实际权益的深切关注与极力维护的农民立场。

对于统购统销政策在客观上造成农民口粮短缺的敏感问题，赵树理并未对其视而不见，而是如实地摆出了他目睹的事实。“国家对农产品是否购多点了呢？有没有粮食不足之感呢？据我了解，这种‘感’

---

① 赵树理：《干部有错要老实：评晋城马坪头“劳资合作”》［原载于《大众报》1948 年，是年《新华日报》（太行版）1 月 15 日转载］，《赵树理全集》第 5 卷，北岳文艺出版社 2000 年版，第 183—184 页。

② 赵树理：《给长治地委××的信》（1956 年 8 月 23 日），《赵树理全集》第 5 卷，北岳文艺出版社 2000 年版，第 251 页。

是有的……”① 为了农民的吃饭问题能够得到保障，赵树理顶着巨大的压力、冒着风险讲出了真话，替农民表达了对粮食征购政策的某种质疑和怨言。

在20世纪60年代初期，随着赵树理对“大跃进”、公社化的弊病有了越来越深刻的了解和认识之后，他的农民立场体现得就更为明显了。在《挤三十：农村旧话之一》②、“大连会议”、《作家要在生活中做主人》③、《笔记一则》④ 中，尤其是“大连会议”发言中，赵树理要么是不顾自身安危，仗义执言，为民请命，要么将矛头直指急躁冒进的极左思潮或是严重脱离实际的道德理想主义的要害，而对于农民维持基本生活保障的吃穿住用等方面的生活消费以及物资供应的极度匮乏（甚至过年连火柴、红纸都买不到，只能将就对付）等社会问题，表达了深深的忧虑和关切。“物资保证没有，只凭思想教育是不行的。辛辛苦苦一年，过年过不成，那是说不过去的。”“最缺的是穿，吃的东西马马虎虎过得去，穿有时过不去。土布现在农民又织起来了，不织过不去。”尤其是在目睹“五风”刮满天、农民饿肚子的现状之后，赵树理甚至对那些瞒报真实的粮食产量以留出口粮的“顶风”干部予以了完全认同和支持的态度。“近几年，对‘五风’顶得住的干部，群众真看到实效的，对集体还是关心的。”“干部好，顶风也是自然的。如果他是勤勤恳恳建设社会主义，他总是要顶的。软顶硬顶，能顶多少顶多少。有的想出风头，就放什么卫星。”⑤

---

① 赵树理：《公社应该如何领导农业生产之我见》（1959年8月20日），《赵树理全集》第5卷，北岳文艺出版社2000年版，第333页。

② 赵树理：《挤三十：农村旧话之一》（原载1962年2月4日《人民日报》），《赵树理全集》第5卷，北岳文艺出版社2000年版，第343—347页。

③ 赵树理：《作家要在生活中做主人》（据1962年11月25日），《赵树理全集》第4卷，北岳文艺出版社2000年版，第553—556页。

④ 赵树理：《笔记一则》，《赵树理全集》第5卷，北岳文艺出版社2000年版，第354页。

⑤ 赵树理：《在大连“农村题材短篇小说创作座谈会”上的发言》（1962年8月3日至16日），《赵树理全集》第4卷，北岳文艺出版社2000年版，第504—505页。

赵树理始终心系乡村和普通农民群众，他与农民群众亲密无间，从来没有身份与思想观念上的隔阂。对农民现实中的艰难处境予以了深深怜悯同情，敢于顶住压力，为民请命，竭力维护农民的实际利益。这一切其实都是赵树理的农民立场的最好的诠释。

四、小结

1951 年，在被毛泽东“钦点”为《全国互助合作决议（草案）》初稿征求意见的作家代表时，赵树理直言不讳地表示了与其中提出的“农民有互助合作的积极性”这一观点恰好相反的意见，认为“现在的农民没有互助合作的积极性，只有个体生产的积极性”①。这一表态看似是基于赵树理的长期下乡体验生活，深入农民群众与之打成一片所获得的重要事实依据和真实体会，而更深层则缘于赵树理崇实、求实的精神品格。

无论是在现实生活中，还是在文艺创作中，赵树理一向遵从实事求是的原则。他的妻子关连中曾说过：“老赵就是太实惠，太死心眼，信奉什么，一条道跑到黑。”②“文化大革命”期间，赵树理曾多次无奈地感叹：“近年来，我几乎没有写什么，因为真话不能说，假话我不说，只好不写。”③很显然，说真话、不说假话成了赵树理做人与为文的一个根本的道德底线与原则立场。因此，在赵树理的小说中，很难看到他违背事实真相而一味地迎合政治而去“唱颂歌”，“写光明面”的概念化、抽象化的弊病（除了《三里湾》中的些许“遵命文学”的某些概念化的痕迹）。

赵树理敢于讲真话，充分彰显了赵树理实事求是、坚持正义真理的道德良知与精神品格。有研究者认为，赵树理的这种精神品格从某种角度上讲，与三晋地区的“崇实”“唯实”“重实利”的地域文化品格④有着很深

---

① 转引自罗平汉《农业合作化运动史》，福建人民出版社 2004 年版，第 63 页。

② 李士德编选：《赵树理忆念录》，长春出版社 1990 年版，第 4 页。

③ 李士德编选：《赵树理忆念录》，长春出版社 1990 年版，第 310 页。

④ 朱晓进：《“山药蛋派”与三晋文化》，湖南教育出版社 1995 年版，第 165、251 页。

的内在联系，应该说，这种观点有一定道理。不过，赵树理这种实事求是的精神品格除了源自三晋文化的浸润，更源于他与农民之间的至深感情，让他在对上级负责与对农民负责二者之间毫不犹豫地选择了后者。

令人感佩的是，出于对底层农民的深厚感情，赵树理在步入文学创作道路后，不图功名利禄而甘当“文摊家”而非“文坛家”，以农民喜闻乐见的民间文艺传统和表现形式创作小说、剧本、快板、评书，改编电影、秧歌，全心全意为农民大众的翻身与翻心而创作。他之所以放弃“五四”新文学传统而一直大力提倡民间文艺传统，目的就在于让农民看得懂、听得懂、喜欢看，同时政治上起作用。为了让农民买得起书，他还有意压缩作品的字数，让作品尽量薄，并交给通俗读物出版社出版，以降低成本，宁可自己少拿稿费。

进京后，赵树理依然保持农民作家的本色，这绝非孤僻、做作，而是出于真情实感，他总以农民作家自居，从不鄙夷自己曾经的“乡巴佬”身份。他在精神、心理层面始终没有离开过家乡农村，即便是在北京安家、当了领导干部，他每年仍旧要回家乡长住几个月，甚至大半年，以体验生活，与农民一同劳动生活，打成一片。这虽是为了创作，但同样是源于对家乡、对农民的深厚的感情。

需要补充强调的是，有论者认为，20 世纪 50 至 60 年代的文学创作在今天来看，对政治的从属性太过明显，导致“对某一时期政治失误的漠视”，“民间写作似乎也是如此”。相比那些敢于针砭时弊、仗义执言的民主党派人士，在那些“打着现实主义的旗子”的 20 世纪 50 至 60 年代的文学作品中“却几乎看不到对这一现实的哪怕一丁点的正面反映”。即便是被称为“十七年”文学中的“最具现实主义精神的作品”，如赵树理的《老定额》《套不住的手》《实干家潘永福》等小说，在今天看来，依然与“彭德怀等看到的当时农村的真实景象和人们的普遍心态（有）巨大差距”。①

① 朱晓进等：《非文学的世纪：20 世纪中国文学与政治文化关系史论》，南京师范大学出版社 2004 年版，第 346 页。

这种观点在今天颇为流行，某种意义上也有其一定的道理。但若就赵树理及其小说创作而言，此种判断似乎有“脱历史化”或者说不够客观辩证之嫌。对“大跃进”及其后出现的民生疾苦、大饥荒等严峻的社会问题，赵树理从未闭上眼睛视而不见。从土地改革经合作化，再到公社化，包括1959—1962年的困难时期，赵树理对农村、农民真实的生活境况都是再熟悉不过了。

如果结合赵树理这一时期发表的具有“谏言”意味的文章、公开信以及在“大连会议”上的大胆发言，恐怕就不能完全以这种后设眼光或是脱离特定历史语境来臧否赵树理及其文学创作的独特而重要的价值。要知道，赵树理恰恰是因为讲了真话、坚守了作家的道德良知与真理正义的底线，而在“文化大革命”期间“因言获罪”，被迫害致死。

还需补充的是，赵树理言辞激烈地批评损害农民利益的诸多不良现象并给出相应的整改建议的同时，始终对这个新生的国家抱有认同感、热切期望和信心，而并未持对立乃至攻击的姿态和立场。当他看到苏联的某些“解冻文学”、“干预生活”小说中“暴露黑暗”，甚至诋毁国家政权合法性的自由主义思想倾向时，明确地表达了他的根本立场。1962年年底，他在一篇题为《做生活的主人》的文章里指出，尽管“我们的生活中”有“挫折”与“缺点”，有令人“不愉快的”东西，但是，作家在表现生活时，出发点“首先要看这对革命事业、对人民有利还是有害，下笔要讲究分寸”。他认为，当时与19世纪批判现实主义作家所处的时代不同，那些作家与“当时的社会是对立的”，可以不顾一切地暴露和批判。“但我们今天不同，我们的作家要对向上的、向幸福方向发展的社会负责，对党负责，对人民负责。‘咱的江山，咱的社稷，遇上了尚未达到理想的事物，只能打积极改进的主意，不许乱踢摊子！’”① 可见，赵树理并未因实事求是、农民立场而走向国家、集体的对立面。批评也好，谏言也罢，前提是“不许乱踢摊子”，这是一条不可逾越的政治红线。

---

① 赵树理：《做生活的主人》，《广西日报》1962年11月13日。

赵树理始终将个人的实事求是与坚持真理正义的精神品格、敢讲真话的个性与责任担当（国家立场与农民立场），或者说“宣讲员”与“谏言者”的双重身份统一于自己的生命与创作中。在此意义上，赵树理的文学创作恰恰彰显出了“十七年”文学所普遍缺失的复杂性与丰富性，无论是文学史意义和思想意义都是值得肯定的，不能简单地以今天的后设视角抑或“道德绑架”式的眼光来抹杀其重要价值。

第二节　孙犁小说的复杂意蕴

孙犁于 1938 年年底参加革命，在冀中抗日根据地做革命宣传工作，一直与时代主潮保持同步，在解放战争、土改乃至合作化时期，亦是如此。孙犁曾说过，“生活是血肉，政策是精神”，要让生活和政策达到一种“天然的和谐的结合”状态。① 为此，他还曾对当时的某些作品与政策相脱离的缺点提出了批评。若从作家与文学的创作立场这一角度来看，孙犁对文学作品的政治性/思想性从未有所犹疑和抵触。

然而，从孙犁的合作化题材小说《铁木前传》中，则看到了与其此前土改题材作品——带有某种概念化倾向的中篇小说《村歌》中紧跟政治的创作立场很不一样的特质。虽然他当时声称小说《铁木前传》意在反映两条道路斗争的主题，但实际上，小说中非政治化的色彩更为浓厚，一定程度上，这种对合作化时代主旋律的游离，使得中篇小说《铁木前传》具有了更为丰富复杂的内蕴。从这部小说中可以窥测到孙犁当时在表现重大时代主题的同时，更为倾心于对处在社会历史剧烈转折期的人性、伦理、道德观念的变异的关注和展现。对孙犁小说《铁木前传》中的游离性因素的探究，将有助于我们更为深入具体地理解和认识孙犁在当时独特而复杂的创作心态。

---

① 孙犁：《耕堂杂录·烽烟余稿》，《孙犁全集》第 2 卷，人民文学出版社 2004 年版，第 473 页。

一、《村歌》中的时代主旋律

孙犁并不反对“写光明面”，他在很多文章中都表达了对国家社会未来的美好前景的热切期望与憧憬。仅以《看过〈王秀鸾〉》（1946年9月4日）一文为例，孙犁在文中谈到对“大团圆结局”（“写光明面”）的看法时说道，“如果没有团圆”，“生活的希望在哪里？辛苦的代价在哪里？翻身就是时代的大团圆，大归结”。①

如果以孙犁在土改运动期间的一系列反映新人新事的农村速写（写于1947年9、10月）为参照的话，会对其紧扣时代主旋律的创作姿态有非常直观的感受。如《王香菊》《香菊的母亲》《诉苦翻心》等几篇速写，几乎都反映出了农村中青年女性在土改运动中的诉苦会、斗争会的教育锻炼下，从当初的被压迫者、受剥削者而翻身成为贫农代表、斗争带头人，从一个普通家庭妇女成长为劳动英雄的历程。

此外，在《张金花纺织组》这篇速写中，孙犁描述了土改期间安平河漕村张金花发起的纺织组采取拨工互助、计工顶工的方式，不仅取得了实际收益，还增进了组员之间的感情。《曹蜜田和李素忍》讲述的是在抗日战争期间张敖村的一对年轻模范夫妇的先进事迹。长工出身的曹蜜田响应“组织起来”的号召，在互助组发起人李三的鼓励和帮助下，也成立了互助组，生产搞好了，生活改善了，还参加了战勤队，在战地推广了加速轮，成为模范受到了表彰。而妻子李素忍则在街头接担架，服侍护理伤员。《张秋阁》讲述的是妇女生产组组长张秋阁的哥哥在战场牺牲的消息传来后，她忍住悲痛，谢绝了政府发给的恤金粮，依旧如往常一样带领妇女参加劳动的真实事件。

应该说，孙犁通过土改期间的速写中所记录的新人形象及其先进事迹，体现出对那些农村青年女性予以赞扬外，他对历经土改运动之后的农

---

① 孙犁：《耕堂杂录·烽烟余稿》，《孙犁全集》第2卷，人民文学出版社2004年版，第474页。

村生活前景也充满了美好的期待和坚定信心。而在反映土改题材的小说《村歌》中，孙犁同样持有这一创作态度。

中篇小说《村歌》（1949 年）讲述了土改运动至复查期间，围绕成立互助组以及有关分配土改胜利果实而产生的种种矛盾和问题。通过对老邴区长、县妇救会王同志、基层好干部李三、新人郭双眉等人的不同工作作风与性格心理进行深入细致的刻画，表达了孙犁对当时农村的新人、农民生活境况的深切关注。另外，小说对土改互助运动中的农民群体所表现出来的复杂心态以及时代风貌也予以了深刻描绘与揭示。

孙犁在小说中对新人郭双眉着墨较多，显然对她有着一定的偏爱，也正是通过郭双眉这一新人形象表达了他对时代主旋律的某种认同感。起初，郭双眉由于乡亲们的世俗偏见而被拒于互助组之外，小村庄里有关双眉的风言风语不绝于耳。县妇救会王同志更是对一心想要加入互助组的双眉态度粗暴恶劣，没有一点好感，这让年轻的、充满热忱的郭双眉非常苦恼和无助。

郭双眉甚至被一些人称作“流氓”，为此，她非常气愤。她据理力争，拿着报纸向老邴区长抱怨道：“我得叫他们看看报，他们为什么给我扣帽子!”“我问区长：‘登台演戏算不算流氓?’‘出村演戏算流氓吗?出村体操算流氓吗?’‘好说好笑，算不算流氓?赶集上庙算不算流氓?穿干净点算不算流氓?’……”对于县妇救会王同志以及村妇女生产队队长香菊等人的非议和误解，郭双眉感到既气愤、委屈又很不服气。老邴区长对双眉的遭遇深表同情，向她解释说：“流氓主要是不生产。”事实上，郭双眉非常能干，穿的花布都是她自己纺织的。①

了解到郭双眉是贫农出身，平时以开小店为营生、自食其力的情况后，老邴区长特地与王同志、香菊谈起了双眉的事情。而一听到老邴区长提起郭双眉时，王同志便抢着应道：“你不要去那里吧，同志!”王同志剥

① 孙犁：《村歌》，人民文学出版社 1961 年版，第 191—192 页。

着毛豆说："她家是破鞋哩！""很坏么，同志！"……[1]从言语和态度可以明显地看出王同志平时工作中偏听偏信、主观武断的作风。

由于郭双眉的姥姥家过去是"拉大宝局"、开店的，双眉人长得漂亮，常有不三不四的人暗地里打她的主意。而双眉的父亲郭忠为人又很老实，于是风言风语也就传开了。加之双眉担任过妇女自卫队的队长，也曾参加过剧团，时常晚上排练，天黑了才回家，好说好闹，爱打扮，因此闲话也就随之而来了。此外，郭双眉平时又有争强好胜、性子急、强迫命令的特点，有时瞧不起不如她的人，因此得罪了一些人，就在村里整顿互助组时，被人诬告，并将她撤了出来。

听到王同志和香菊对郭双眉家的历史以及她个人的一番描述和评价后，一向讲究实事求是和作风务实的老邴区长认为不应该太过听信别人的传言，更不应该将郭双眉排斥在互助组之外，而是应该对她加以批评教育，将其吸收到互助组里来参加生产。于是，他让香菊派饭到郭双眉家里，亲自调查一下真实情况。事实上，郭双眉家里的真实情况绝非人们妄测和谣传的那样不堪。虽然郭家过去曾经开过绸缎庄和钱庄，但是在土改运动之后，"街上出现了广大的土布摊。游手好闲的人少了，大家知道劳动生产是光荣"，再加上郭家三代以开店为营生，"祖孙三代又保持着分量大、佐料足的卖面方针，老主顾就特别多"[2]，仅此而已。了解真相后，老邴对郭双眉加入互助组、参加劳动生产的愿望非常支持。他还以自己的这一举动对当时村里流行的某些不正之风、乱扣帽子等问题予以了纠正，同时积极教育、引导那些"落后"妇女逐渐走向进步。

为了让双眉参加互助组，老邴区长和王同志争吵了好几次。"王同志一口咬定这影响不好，批评老邴不了解情况，认识人不深刻；老邴批评她单凭印象，不从阶级关系上分析问题。"最后，经过一番辩论，王同志允许郭双眉等人单独成立一个互助组，"这一组里，包括双眉，双眉的娘，

---

① 孙犁：《村歌》，人民文学出版社 1961 年版，第 194 页。

② 孙犁：《村歌》，人民文学出版社 1961 年版，第 196 页。

东头说媒的大顺义，西头好抹牌的小黄梨”。然而，就在双眉的互助组成立后第一次参加互助组长联席会上，王同志却带着讽刺的口吻，称呼这个小组为“模范组”。其实在村里以及在王同志的眼中，“这就是一个‘流氓组’（落后组）”①。双眉感觉到了人们依然对她以及她们这个互助组心存怀疑和歧视，心里十分不是滋味。她在会上向全村的模范组——李三互助组发起了挑战，这令全场的人都大吃一惊。挑战的目标是：“订好计划，坚持全年，带动副业，争取模范。”② 经过一番商议，制订了初步计划与互助组章程之后，郭双眉带领组员开始了互助劳动。

然而，在第一天劳动的过程中就发生了争执，原本定好先到大顺义家里打棉花杈，而夜里下了一场大雨，第二天早上天一放晴，双眉将组员叫齐后，小黄梨却改变了前一天定好的计划，要让大家临时到自己的山药地翻一天蔓子。而大顺义已经把吃喝都提前准备妥当，并坚持要按照之前的计划行事，两个人在争吵过后，小黄梨提出各干各的。郭双眉看到这一幕后，想到了老邴区长对自己的善意提醒——不可强迫命令，工作要有耐心，于是，她带领剩下的组员很快打完棉花杈后，来到了小黄梨的地里，帮她翻完了山药蔓子。由于郭双眉满怀热忱的工作态度的感染与带动，加之她对互助组优越性的宣传讲解，尤其是怀着对农村美好未来的展望，“几个妇女快活地努力工作着，受着感动。她们渐渐忘记是在谁家的地里工作，她们觉得是为那毛主席指示的，大伙的幸福生活工作着”。双眉的互助组几天后又添了两家抗属，工作热情更加高涨了。她“每天看报，学习各地方互助组的经验，又给大家讲”③。在郭双眉的示范与带领，及其顽强坚韧的毅力和辛勤付出之下，最终这个当初被人们嘲笑为“流氓组”“落后组”的互助组办得有声有色，令人刮目相看。在紧张的土改复查运动之后，村中的能人、劳动模范李三当选全村贫农总代表，郭双眉则被选

① 孙犁：《村歌》，人民文学出版社 1961 年版，第 197、200 页。

② 孙犁：《村歌》，人民文学出版社 1961 年版，第 201 页。

③ 孙犁：《村歌》，人民文学出版社 1961 年版，第 208—209 页。

为妇女生产组的负责人。

然而，被没收土地的地主们不甘心落得如此地步，他们“开始破坏庄稼”，“削毁那些还没有灌好粒实的高粱和谷子，偷窃成熟的”，“掘出还没长好的山药，拔走花生，踏倒棉花”。① 妇女秋收大队队长郭双眉每晚都带着枪看护庄稼，一天晚上，郭老头带着镰刀偷偷到地里削谷穗时被她及时发现并予以制止，郭老头拉关系不成，恼羞成怒，举起镰刀便乱砍过去。郭双眉朝天上放了一枪，一大群农民赶紧跑过来将老地主带到了武委会……

郭双眉怀着胜利的喜悦向李三提出当她的入党介绍人，并郑重表示要好好大干一场。秋收过后，郭双眉成立村里的剧团搞演出，按照本村复查斗争的真人实事编剧本，在保管股的大厅里排练，冬天就在大厅里办识字班。郭双眉在互助组生产、土改复查斗争中得到了成长和锻炼，工作能力也得到了提高，但是有人却不同意让双眉入党，认为她的作风没有分寸。对此，李三表达了不同看法，他认为要看到双眉的进步，要从双眉的立场与工作上看问题。无论是从办互助组还是从土改复查期间，双眉带领大家积极斗争、不徇私情等方面来看，她都是“一员闯将”。村中威望颇高的李三的一番话打消了大家的顾虑，郭双眉不久后便入了党。

值得注意的是，孙犁笔下的新人郭双眉也存在不同程度上的概念化痕迹。应该说，小说《村歌》迎合时代主题的倾向还是较为明显的，从郭双眉欲将临时性互助组转变为常年互助组，以及她对组员们做思想动员时援引的标语口号与当时的政策指示等细节即可看出这一点，而这也间接地体现出孙犁此时有意识地紧跟政治的创作姿态。

郭双眉尽管有了明显的进步，但是性格急躁和工作中的冒进倾向依然很突出，她甚至认为村里的临时互助组应该转为常年性的生产大队。在听完李三的解释后，她更是不耐烦地抱怨道，“我就不明白，为什么走一步又退一步！已经走出村去了，又退回炕头上去，有这样的理?”“以后反正是要集体”，劳力、牲畜、农具“现在已经集起来了”，“大锣大鼓也敲过

① 孙犁：《村歌》，人民文学出版社 1961 年版，第 222 页。

了”，反而“又要哼哼吱吱吹细乐了！”① 看得出来，郭双眉在从互助走向集体化这个问题上，更加急迫地想以大队（合作社）的形式代替互助组，一步迈入合作化时代。然而，她的想法，在李三看来还太过于急躁冒进和简单化了，没有充分估计到各种实际难题。另外，在上篇“互助组”中，小说描写郭双眉对农村美好前景的展望以及向组员们宣讲“组织起来”时概念化的痕迹非常明显：

双眉说：

“咱们落后多着哩，人家苏联用机器摘棉花哩！人家那棉花，什么颜色的也有！”

…………

“到那时候，才好哩，听说村里都有电影看！”双眉说，“我就是没看过电影！”

“咱这辈子，不知道赶得上不？”双眉的娘说。

“为什么赶不上？”双眉说，“那很快哩！我再考考你们：‘你们说毛主席号召的组织起来怎么讲？’”

“组织起来，就是成组呗！”双眉的娘说，“组织起来，就是叫我们慢慢入大伙。”她高声笑了。

“对么（嘛）！”双眉说，“娘说对了，学习毛主席的话，你不能光看字眼，你得往大处想，往远处看，那才是毛主席的意思。他一步一步领着我们往前走，我们的步得迈大点！”②

这样的人物对话与图解政治的创作手法在“十七年”合作化题材小说中非常普遍，孙犁的《村歌》中竟然也会出现如此政治化、概念化的倾向，其实并不难理解。

① 孙犁：《村歌》，人民文学出版社 1961 年版，第 230 页。

② 孙犁：《村歌》，人民文学出版社 1961 年版，第 207—208 页。

孙犁的政治立场与文学创作取向从实质上讲，虽然属于两个不同的层面，但彼此并不冲突。孙犁一贯主张要将二者很好地结合起来，因此，郭双眉的急躁冒进倾向与对“组织起来”的宣讲、对农村光明前景的展望等细节描写的出现，也就不难理解了。总体上讲，若用“呐喊”（认同、自觉地迎合）来形容和概括此时及之前的孙犁的小说创作姿态与自我意识的话，应是较为确切的。

当然，孙犁对土改运动期间时代主题的认同与迎合，并不等于他对土改运动中发现的问题视而不见。县妇救会王同志主观专断、脱离群众和实际的工作作风，乡邻们对郭双眉的世俗偏见，分土地和浮财时的争抢现象，以及土改后遗留的旧问题和滋生出来的新问题等，他都毫不避讳地予以了揭示和批评。当然，此后发表的土改小说《秋千》（1950）同《村歌》相比还是出现了一些微妙的变化。而在1956年发表的中篇合作化题材小说《铁木前传》中，这种复杂微妙的变化（游离于时代主题之外）就更为明显了。

二、《铁木前传》中的人情伦理与日常生活书写

某种意义上，与同时期的合作化题材小说文本相比，或者按“政治标准第一，艺术标准第二”这一当时文艺政策的核心尺度来衡量，中篇小说《铁木前传》在思想主题的重心与表现形式上显然与当时的主流文艺政策有着一定的游离性。倾心于对人情伦理、日常生活以及对人生世事、命运沉浮、友谊爱情的聚散予以书写、叩问和探寻的《铁木前传》，无疑要被排除在20世纪50至60年代的“遵命文学”范围之外，而被视为另类、“异端”。

1956年初夏之际，孙犁以他于1952年在安国县农村长达半年的生活体验为素材创作了合作化中篇小说《铁木前传》（《人民文学》1956年第12期）。关于创作背景，孙犁曾说道：“这部小说就是那次下乡的结果。我只是按照生活的本质面貌来反映。”“黎老东、傅老刚、六儿、九儿、小满儿，在生活中也都实有这样的人物。我了解他们”，“有些情景，则借助

于我的童年生活，把它加以艺术的再现”。① 这段话显然有些模糊不清，难以让人对小说的创作背景有一个较为确切的把握。

1979年，孙犁再次谈及《铁木前传》的创作动因时，透露了一条相对比较清晰的线索。他坦言小说缘起于他进城以后所产生的过去从来没有过的一种思想。

> 进城以后，人和人的关系，因为地位，或因为别的，发生了在艰难环境中意想不到的变化。我很为这种变化所苦恼。
>
> ……因为这种思想，使我想到了朋友，因为朋友，使我想到了铁匠和木匠，因为二匠使我回忆了童年，这就是《铁木前传》的开始。②

信的末尾处，孙犁特意强调了小说的表现重心“是当前的合作化运动”③。其实，这番解释依旧有些语焉不详，不过，按照作者提供的重要信息，结合1952年前后河北农村土改结束后向互助合作化过渡这一时间节点来看，小说创作的动因应该与此时农村出现的新的阶级分化现象有关。事实上，《铁木前传》呈现出来的面相无论在当时，还是此后的二十年间，都是较为复杂的，因而常常有人向孙犁询问、求证小说的创作初衷，这也无形中表明了这部“面目模糊”的小说极具魅力。

《铁木前传》主要讲述了木匠黎老东和铁匠傅老刚两家自抗战直至合作化运动之初，从原来的患难与共、结交为情同手足的“亲家”，再到后来因时代巨变、贫富分化而发生裂痕乃至决裂的故事，折射出了在时代剧烈转折变动之下，农村社会生活的复杂，农民群体对于生活道路与人生道

---

① 孙犁：《孙犁会见记》（吕剑），《村歌》，人民文学出版社1961年版，第365页。

② 孙犁：《秀露集·关于〈铁木前传〉的通信》（1979年10月1日），《孙犁全集》第5卷，人民文学出版社2004年版，第369页。

③ 孙犁：《秀露集·关于〈铁木前传〉的通信》（1979年10月1日），《孙犁全集》第5卷，人民文学出版社2004年版，第369页。

路的不同选择以及人心世道的沉浮变迁。孙犁在小说中对处在剧烈变动时期的农村社会的人情伦理、道德心理的变异、友情爱情的聚散离合予以了浓墨重彩的书写和深沉的思考与探询，实际上，这也正是小说表现的重心所在。

抗战爆发前，木匠黎老东与每年都从外地来村里做工的铁匠傅老刚结为了患难之交，虽然都很贫穷，但在真挚友谊的慰藉下，他们齐心协力，闯过了一道道难关。黎老东让出一间房子给好友，父辈间结下了至深的友谊，两个孩子六儿和九儿也在玩耍和劳动中萌生了朦胧的爱意。抗战爆发后，在兵荒马乱的岁月里，傅老刚带着女儿同黎老东一家四处逃避战乱。抗战胜利后，傅老刚决定带着女儿回老家探望一下，临行前的晚上，黎老东在为好友送行之际，满心期待而又忐忑地提出想要为六儿、九儿定下一门亲事。满以为好友会马上一口答应，不料傅老刚却犹豫不决，最后说出了心里话："养女儿总是要攀个高枝儿的"，"孩子们年纪还小。等我们从老家回来再定规"。傅老刚淡淡的回绝让黎老东的"心冷了半截"，这件事就此不了了之。①

傅老刚带着女儿回老家后一直没有音讯，然而，几年间，冀中平原经历了解放战争、土改运动之后，黎老东因贫农加军属的身份分到了不少好地。后来，他又因二儿子在解放战争期间牺牲，领到了一笔抚恤金。天津解放后，在外做生意的大儿子带回来一笔钱款，此时，黎老东家一改往日的赤贫状态而成了当地的富裕户。

此时的黎老东只想着发家致富，为孩子将来的婚事做打算，本就一向溺爱娇惯小儿子六儿，此时就更顾不上管教了。他买回木头要打造一辆新板车，并以此"作为自己新的生活开始的标志"。院子里养了一群鸡，圈里买来两头猪崽……黎老东终日忙于置办家业，劲头十足。他此刻期盼着"亲家"傅老刚带着女儿九儿早日回村，两人合力打造一辆"象征他们终身不变的深厚友谊"的新车。黎老东信心满满地想着，现在家境好了，

---

① 孙犁：《村歌》，人民文学出版社 1961 年版，第 302—304 页。

“孩子们的年岁也到了，凭眼下这日子光景，再求婚也就理直气壮了”。为了给儿子操办婚房，他还特意托人说合，从后街置办了一处新院宅，本想再多买几亩地种，但“听人说，这年头田地总不牢靠，宅院到什么社会，终归是自己的，他就下了决心买宅子”。①

与黎老东一家的境遇不同，傅老刚父女二人回到老家后为战乱所困，死里逃生，之后又遭遇了荒年，境况凄惨，依旧赤贫如初。无奈之下，傅老刚带着九儿，拉着铁匠炉又回到了冀中平原，投奔黎老东，而这一去一回就过去了好几年的光景。

黎老东的日子则一天比一天富裕，换了更大的宅院，买了匹大红马，还要造一辆新车，一心往发家致富的路上奔。好友再次相见自然是分外欣喜，不过，此时的黎老东跟几年前相比，却如同变了个人，寒暄中带着一丝冷淡。

> 傅老刚打量着（黎老东）高高翻起的新黑细布面的大羊羔皮袍，忽然觉得身上有些寒冷似的。黎老东还没有让远来的客人进屋休息的意思，他详细说明了建设这所宅院的计划，又带着亲家去看猪圈。最后，推开门，叫亲家看马，这才顺便把客人让到里间坐下来。②

黎老东把全部精力都放在了发家致富上，对什么互助组、合作社之类的根本无动于衷。他只认准一条：“时代是不断前进的，可是，我们过日子，还得按照老理儿才行。”傅老刚回村后，黎老东一门心思想着早日造成这辆新车，“早打成一天，好早一天用它去赚钱”。③

崭新的大车造成后，村长找到黎老东，热心地劝他入社，提议将车马折价入股。然而，黎老东连半个字都没听进去，原本兴奋得意的心情，也

① 孙犁：《村歌》，人民文学出版社 1961 年版，第 308—309 页。

② 孙犁：《村歌》，人民文学出版社 1961 年版，第 318 页。

③ 孙犁：《村歌》，人民文学出版社 1961 年版，第 320、333 页。

被村长的一番话驱散了，变得焦躁不安。而他对四儿、九儿整天忙着互助组的事也非常不满。与此同时，曾经极要好的两个穷哥们——铁木二匠之间的深厚友谊也开始出现裂痕，就在大车即将完工之际，他们彻底断了交情。

在合作打造新车伊始，两个人就都已经意识到了曾经的兄弟手足般的情谊越来越淡了。而此时，黎老东根本不是同傅老刚在合作造车，而是以“主人”的姿态在监督着。不仅工赶得紧，就连傅老刚在做工的间歇抽袋烟喘口气，黎老东都满脸不悦。最让傅老刚不解和恼火的是，父女俩再次回来投奔黎老东之后，本以为黎老东会像几年前那样很热情、很急切地提起儿女婚事，然而，这一次相见，他却对此事只字未提。

造新车时，黎老东穿着大皮袄，就像雇主一样在院里察看着、指点着。如客人一般穿着时髦的六儿在院里露一面便不知所踪了。然而，与这对父子形成强烈反差的是，“傅老刚身体有些不舒服，在这样冷的天气里”，却只“穿着一件破旧的小衫”，“辛勤地工作着”。在铁木二匠曾经情同手足的至深情谊就这样即将化为乌有、无法挽回时，作者孙犁实在按捺不住心绪，深深感慨和惋惜，以至直接站出来发表议论：“两个老朋友，显然已经站在不同的地位上”，这就是他们“悲剧产生的根源”。从过去受剥削压榨的赤贫农摇身转变为富裕中农后，黎老东此时毫不掩饰地表现出他过去曾经深深厌恶的“主人”（地主）的态度，而对象恰恰就是好友傅老刚。孙犁还强调道：“这当然不是新的社会制度的过错，而是传统习惯的过错。”①

承载着黎老东发家梦的崭新的胶轮大车即将完工之际，黎老东颇感兴奋惬意。然而，就在一次吃饭的当口，曾结下深厚友谊的患难兄弟却从此正式决裂，分道扬镳。

“亲家，我过日子越来越仔细了……我要积些钱给六儿他们把房

① 孙犁：《村歌》，人民文学出版社1961年版，第334页。

子盖好。我想，你是不争这些的。”傅老刚以为他要提说九儿和六儿的事了……谁知道下文却是这么一句：“这些日子，就当你们是在老家度荒年吧！”

最后一句话激怒了傅老刚，他把饭碗一推，立起身来，说：

“亲家，我不是到你这里来逃荒呀！”

他叫出女儿来，提起水桶，泼灭了炉灶。他打整好小车，推到了街上来。很多人来劝说，老头儿说什么也不回去。

两位老朋友的决裂，村里人都说不出那真正的道理……傅老刚是感到十分痛苦的……①

傅老刚认为黎老东的这番言行是对自己人格的侮辱和鄙夷，备受打击的他陷入了深深的痛苦之中。原本同属贫困户，如今却有了穷富高下之分，曾经同甘苦共患难的深厚珍贵的友情最终也没能经得住物质世俗观念的冲击、侵蚀而最终决裂。与父辈间友谊的决裂一样，曾经青梅竹马、两小无猜的六儿和九儿在此时也同样经历了爱情的由聚到散。

某种意义上，“铁木决裂”的故事其实是小说对土改结束后，合作化之初的无数农民贫富分化与不同道路选择（单干发家与互助合作）的形象的写照。值得注意的是，对于合作化运动的场景，孙犁着墨甚少，大都是轻描淡写。当然，并不能就此否认孙犁在小说中对合作化这一时代主题的表现，从小说中他对农民新人四儿以及积极分子九儿、锅灶等人热衷于互助组的事业，开会学习，宣传动员打井造林、防沙抗旱等描写中其实还是能够发现些许痕迹的。②

诚然，孙犁更为侧重于展现土改到合作化之初，在社会时代剧烈变动冲击下的世道人心的变异。除了对人情伦理的集中书写外，孙犁在小说的后半部分将重心移至对日常生活——“家务事”“儿女情”的关注和展现。

① 孙犁：《村歌》，人民文学出版社 1961 年版，第 334 页。

② 参见孙犁《村歌》，人民文学出版社 1961 年版，第 308、323 页。

从中流露出了他对世事无常、爱情聚散、人生道路与命运变换的深深的感喟与思考。小说也因此而呈现出了浓郁的诗意、浪漫与感伤的情调。

在日常生活书写中，孙犁着重展现了小满儿与六儿之间的暧昧情感纠葛以及六儿和九儿之间的裂痕，尤其是，孙犁对小满儿的带有某种神秘、感伤、叛逆、矛盾乃至分裂的复杂心理性格的刻画与展现，非常细腻而独特，令人印象深刻。这也让《铁木前传》更加显露出对时代主旋律的某种游离感。

好逸恶劳的六儿不爱劳动，对互助组更是没兴趣，他只想学做买卖，到头来，没赚到钱却把东西和钱都用来交朋友、博姑娘们开心了。此后，他又同黎大傻一家合伙卖包子。黎大傻的妻子原是县城东关一户包娼窝赌不务正业的人家的长女，好吃懒做，将土改后分到的土地、财物全都变卖、吃光了，为了自己清闲，她将娘家妹妹小满儿找来帮忙做活，“名义上是帮忙做活，她的实际目的在哪里谁也猜得着”。[①]

小满儿来了之后，凭借出众的相貌和妩媚的身姿引得很多游手好闲、不务正业的“二流子”上门围坐一团。而六儿与小满儿之间的关系复杂暧昧，引来一些年轻男子争风吃醋和流言蜚语。小说围绕小满儿展开了很多日常化场面的描写，充满了人间烟火气息与生活实感。比如，大壮在小满儿推碾子磨面时欲献殷勤而招致大自己八岁的老婆的痛骂，黎大傻老婆闻声赶来与她争吵打架……上演了一出令人啼笑皆非的闹剧。诸如此类的日常生活场面的描写几乎都是关于普通人的过活、家长里短、鸡毛蒜皮一类的“家务事”，展现出了运动频仍的年代里普通人的恒常、真实丰富的生活片段与乡村社会图景。

六儿和小满儿整日缠在一起，卖包子、捉鸽子、逮兔子……过着玩物丧志般的生活。本来，这一对在当时农村属于“二流子”的年轻人，应该是批评的对象，可是孙犁却以温和的笔调来展现，尤其在对小满儿这个女性形象的刻画中甚至流露出了作者对她的某种同情的态度。

---

① 孙犁：《村歌》，人民文学出版社 1961 年版，第 311—312 页。

小满儿除了到姐姐家帮忙做活，其实也是出于反抗包办婚姻，逃避劳动生产以及团里的各种会议和活动的目的。她对这类事情非常抵触，她所代表的是互助合作化时期的那类世俗化、物质化，即日常生活化的女性群体，她所喜欢的事情与当时的运动有着很大的距离，从她平时的生活方式、人生态度中能够明显感受到这一点。

虽然小满儿算不上青年中的积极进步分子，但她很聪明，心地也很善良。六儿捉到一对价格不菲的鸽子后，小满儿拉着六儿躺在了一个大麦秸垛上，“两个人埋在绵软温暖的麦秸里，小满儿掏出红绒绳儿，把两只外国种鸽子的翅膀别起来，欢乐地抚弄着它们。一会儿叫它们亲嘴儿，一会儿又叫它们配对儿”。“卖了它（鸽子），给你买一件棉袄。”“你和我的交情并不在吃穿上面。”“给那位九儿，买一件吧。”虽然小满儿平时喜欢享受物质生活，但是从这番言语中能够体会到小满儿做起事情来，还是非常善解人意的，颇有人情味。六儿听到小满儿言语中带有自我欣赏以及变相讽刺九儿长得黑时，回了她一句：

> “人家生产很好哩，”六儿说，“又是青年团员。”
>
> “青年团员又怎样？”
>
> 小满儿说，“我在娘家，也是青年团员。他们批评我，我就干脆到我姐姐家来住。至于生产好，那是女人的什么法宝？”
>
> “什么才是女人的法宝？”六儿问。
>
> 小满儿笑着把头仰起来。六儿望着她那在月光下显得更加明丽媚人的脸，很快就把答案找出来了。①

在对小满儿的刻画中，孙犁延续了他对女性及其人性美、人情美的抒写的创作取向。尤其是对性格颇为矛盾、复杂、忧郁、迷茫和无助乃至自暴自弃的小满儿，孙犁丝毫没有斥责与批评，而是怀有深深的惋惜之情。

① 孙犁：《村歌》，人民文学出版社 1961 年版，第 325—326 页。

小满儿有着一种对理想、自由、浪漫的执着追求，同时又有一种矛盾分裂、忧郁感伤的个性气质，孙犁对小满儿的这种矛盾复杂、近乎分裂的个性与理想浪漫气质不惜笔墨，大肆书写。

> 她好一个人绕到村外去。夜晚，对于她，像对于那些喜欢在夜晚出来活动的飞禽走兽一样。炎夏的夜晚，她像萤火虫儿一样四处飘荡着，难以抑制那时时腾起的幻想和冲动。她拖着沉醉的身子在村庄的围墙外面、在离村很远的沙岗上的丛林里徘徊着。在夜里，她的胆子变得很大，（即便有狐狸从身边经过、小虫子爬到身上也不害怕）……她……很喜欢地坐在那里，叫凉风吹拂着，叫身子下面的热沙熨帖着。在冬天，狂暴的风，鼓舞着她的奔流的感情，雪片飘落在她的脸上，就像是飘落在烧红的铁片上。
>
> 每天她在夜深人静的时候，才回到家里去。她熟练敏捷地绕过围墙，跳过篱笆，使门窗没有一点儿响动，不惊动家里任何人，回到自己炕上。天明了，她很早就起来，精神饱满地去抱柴做饭，不误工作。她的青春是无限的，抛费着这样宝贵的年华，她在危险的悬崖上回荡着。①

小满儿的内心既本真、富有野性，又孤独、脆弱，对外界有种莫名的抵触情绪。这种复杂的性格心理与她的特殊身世和家庭（她是从别人家领养的）有关，追求婚恋自主的小满儿不满于父母包办婚姻，却又无力挣脱。这让她对自己的人生和未来感到迷茫，无奈之下选择自暴自弃与玩世不恭……她在九儿、四儿等同龄人那里又难以找到精神的慰藉，与外界总是隔着一道无形的屏障，以致她在另外一条人生道路上越走越远。小满儿的叛逆、偏执的个性，恰恰显露出了她内心的苦楚和孤独。毫无疑问小满儿与所处的时代无法融合。

---

① 孙犁：《村歌》，人民文学出版社 1961 年版，第 339 页。

不过，小满儿又并非如人们所想象的那样自甘堕落、一无是处，除了追求自由浪漫、耽于幻想之外，她还富有聪慧、真诚与美好的一面。

> 她的才能是多方面的，谁都相信。如果是种植在适当的土壤里，她可以结下丰盛的果实。不管多么复杂的花布，多么新鲜的鞋样，她从来一看就会，织做起来又快又好。她的聪明，像春天的薄冰，薄薄的窗纸，一指点就透。高兴的时候，她到菜园里生产，浇起园来，可以和最壮实的小伙子竞赛，一个早晨把井水浇干。她可以担八十斤的豆角儿走出十里去上市。①

乡亲们无不称赞小满儿的聪慧、能干，都希望“有一种力量”能够“把她引纳到人生的正轨上来”。当村里宣传新婚姻法时，她一下子变得积极活跃起来。每次她都主动参加团会，让人读报纸上的政策给她听。然后便“正正经经沉默着、思想着”。文件上提倡男女平等、鼓励号召妇女要为国家作更多更大的贡献，激起了小满儿内心的波澜与热忱，让她看到了希望。而当她听到有人把话题转向检查村里不正常的男女关系时，从此便“退了出来，恢复了自己的放荡的生活方式”②。

事实上，如此聪慧能干、心灵手巧的小满儿内心深处依然对人生、命运和美好未来怀有憧憬。她对自己的处境也很清楚，深知自己人生态度的问题所在，只是迫于社会环境、周围人的种种流言与误解的压力，无奈之下而做出不理性的叛逆反抗。她内心一直处在矛盾之中，“她了解自己，可怜自己，也痛恨自己”③，对于自己人生道路的选择也曾报以怀疑的态度。

诚然，在孙犁眼中，小满儿是一个“可教育”“可改造”的对象，

---

① 孙犁：《村歌》，人民文学出版社 1961 年版，第 339—340 页。

② 孙犁：《村歌》，人民文学出版社 1961 年版，第 339—340 页。

③ 孙犁：《村歌》，人民文学出版社 1961 年版，第 341 页。

爱漂亮、讲究衣着的小满儿也并非如周围人以世俗偏见所认为的那样道德败坏，反而内心中有其真诚、纯洁和自尊自爱的一面。对于合作化时期的某些干部的形式主义作风，小满儿也都看在了眼里，甚至还提出了批评……

孙犁对于合作化之初的人们站在时代岔路口，以及从此分道扬镳的世事变幻无常、友情爱情的聚散，抒发了深沉的慨叹。在对人生、命运的叩问与探寻之中，孙犁小说中那一贯的诗化、浪漫感伤的抒情格调便流露出来，这尤为体现在孙犁对九儿“失恋”的痛苦惆怅的心理的刻画上。备感孤独忧愁的九儿独坐在沙岗上，回忆年幼的往事。年幼丧母的九儿早早地就体尝到了亲情的聚散离合的辛酸苦楚，常常触景生情，感到难以名状的忧伤。

九儿觉得，爱情的聚散离合就像她幼年记忆中窗前枣树上的那些鸟儿，原本一对一对在一个枝头亲密无间地叽叽喳喳地诉说衷情。然而，突如其来的一阵风却惊得鸟儿们四散飞去……陷入“失恋”的感伤之中的九儿还联想到了家门前那个芦苇塘中的鱼儿。“河水小的时候，那些小鱼儿们聚在一起，环绕着一枝水草，到了夏天河水涨满，谁也不知道它们各自的前程如何！”① 孙犁对九儿的这一处心理描写颇有意味，抒发了他对人生、命运、世事沧桑与捉摸不定的感慨。

当然，小说的最末，孙犁通过九儿、四儿对人生道路的选择、爱情婚姻的结合的深沉思考，表达了他对于合作化时期人与人之间的关系，即伦理道德，以及社会心理的剧烈变迁的深刻思考与感悟。九儿的一段心理独白，以及四儿和锅灶的一番对话，则预示了他们未来所要选择的人生道路以及爱情婚姻的归宿。②

---

① 孙犁：《村歌》，人民文学出版 1961 年版，第 349 页。

② 其中，九儿的心理独白预示了她将与志同道合的四儿最终走到一起。“……爱情呢？她严肃地思考：它的结合……只有在共同的革命目标上，在长期协同的辛勤工作里结合起来的爱情，才能经受得起人生历程的万水千山的考验，才能真正巩固和永久吧。”参见孙犁《村歌》，人民文学出版社 1961 年版，第 349—350 页。

孙犁并未直接触及互助合作化运动，而是处理得相当巧妙，他将时代主题非常隐蔽、自然而然地糅进文本叙事，借人物和故事本身，深刻挖掘与真实生动地呈现了普通农民在合作化运动的十字路口所产生的道路的分化，个人的思想性格局限与道德心理变异……应该说，孙犁通过落后与先进两类不同的农民形象，以及友情、爱情的聚散的故事，对合作化初期农村社会的人情伦理、世道人心所予以的细致记录与动情抒写，在全部“十七年”合作化题材小说文本中，乃至整个“十七年”文学史上都是极为少见的上乘佳作。

诚然，孙犁这种将思想性与艺术性“天然的和谐的结合”的创作取向，背离了“政治标准第一”（“普及”）、“艺术标准第二”（“提高”）的文艺政策。连他自己都承认：“强调政治，我的作品就不行了，也可能有人批评了；有时强调第二标准（艺术标准），情况就好一点。”[①] 也是在此意义上，杨联芬教授将其称作“革命文学中的‘多余人’”[②]，与主流文学话语的疏离，使得孙犁几十年一直处在被边缘化的尴尬境地。

三、“为人生”的文学观

如果将与孙犁的合作化题材小说《铁木前传》同一时期的农村速写、报道、文学短论等作品并置比较的话，会发现孙犁的这些速写、报道、文学短论等几乎都是与时代主旋律相合拍的“政治正确”的“遵命”之作。仅以农村速写、纪实为例，在《妇女的路》《刘桂兰》《青春的热力》《一天日记》等[③]作品中，孙犁对农村基层的妇女干部、生产队队长、劳模

---

① 孙犁：《秀露集·文学和生活的路：同〈文艺报〉记者谈话》，《孙犁全集》第5卷，人民文学出版社2004年版，第246—247页。

② 杨联芬：《孙犁：革命文学中的“多余人”——二十世纪中国文学论》，中国文联出版社2004年版，第1页。另见，杨联芬《孙犁：革命文学中的“多余人”》，《中国现代文学研究丛刊》1998年第4期。

③ 参见孙犁《津门小集》，《孙犁全集》第2卷，人民文学出版社2004年版，第261—274页。

代表王香菊、韩家舫、张凤彩、宋宝凤、郑淑琴、柴玉英、刘桂兰、林桂兰等众多女性新人形象的模范表率作用，尤其是对她们积极动员、规劝家人入社的先进事迹进行了细致的报道。从中可以清晰地感受到，孙犁对合作化运动的认同，以及对先进人物及其事迹着力正面书写与赞扬的创作立场。

而令人疑惑的是，在全部创作于 1955 年的这些速写、报道等时间重叠的小说《铁木前传》中，孙犁为何对合作化运动这一“重大题材”竟如此轻描淡写？反而倾心于对人情伦理与日常生活给予深切关注和大肆书写？为何对农民新人形象的着墨远远少于那些单干发家、贪图安逸、游手好闲的“中间人物”？在《村歌》中至少还借郭双眉之口喊了几句互助合作化政策优越性的标语口号，而到了《铁木前传》中，则只字未提。这种游离于时代政治主旋律之外的文学表达，折射出了孙犁什么样的文学观？质言之，合作化时期的孙犁是如何看待当时的个人与社会、时代的关系，文学与政治、人生的关系的？无疑，这些问题都需要进一步追问和探寻。

客观地讲，孙犁小说的游离性——从原初的政治表达“不自觉地”滑向了艺术表达，其实不能完全视为孙犁刻意为之，在很大程度上，是他长期以来的文学观的支配与延续使然。《铁木前传》中完全没有同时期合作化题材小说的那种紧张激烈的生产和斗争等情节场面的展现，而是集中聚焦于合作化之初的剧烈社会变迁对农村社会的世俗观念、道德伦理观念、人生道路的分化、世事无常、友情爱情的聚散的直接冲击与深刻影响。事实上，这种文学取向表明了孙犁其实是从人、人性、人心，即人文主义的视角予以深切观照和思考，而这也正是“五四”时期启蒙主义与人道主义文学观最为核心的特质。

孙犁曾说过，《铁木前传》的创作缘于他进城后的思想触动与变化。在 1950 年 3 月 25 日的《两天日记》中，他详细记述了进城后的一次看电影的特殊经历和感受。在电影院里，孙犁见识到了城里人的物质与精神生活的富足，他不禁想起了此时此刻还有很多乡下农民正过着吃糠咽菜的艰苦生活，更别提什么看电影之类的精神享受了。在正片之前有一则关于皖南救灾的新闻报道，让孙犁敏感而柔弱的神经受到了深深触动——

> 农民的劳苦的干瘦的脸面，破烂的衣衫，黑暗的小屋，同时出现，把我拉回到过去的生活里，心里一阵难过……难过我同他们虽然共过一个长时期的忧患，但是今天我的生活已经提高了，而他们还不能，并且是短时间不能过到类似我今天的生活。
>
> 我同他们的生活已经距离很远，有悬殊……
>
> 这种生活的对照，在电影院里，只有一楼之隔。①

救灾画面里的那些衣衫褴褛、蓬头垢面、生活水平极端低下的农民的惨境，令孙犁的内心久久不能平静。城市与农村的贫富差距如此之大，让孙犁既始料未及，又深感忧虑、难过和不安。在26日的日记中，孙犁表达了他对当前农民生活前景能够得到改善的迫切希望，憧憬着全体老百姓都能过上“康乐富强”的好日子。“我们还需要继续努力，建设全体劳动人民的新的康乐富强的生活，在建设过程中，并改造人民的思想、传统和优越感和剥削意识。”② 这番话语流露出了孙犁对农民百姓生活条件、民生疾苦的深切关注和同情，也折射出了其内心深处的一种忧患意识和悲悯情怀。

可以说，正是这次看电影的经历带给他的思想意识上的强烈冲击，成了创作《铁木前传》的直接动因。某种意义上，孙犁对贫富分化的忧患意识，对那些挣扎在饥饿与生死边缘的贫苦百姓的悲悯之心，以及期望百姓都能过上“康乐富强”的生活，正是源自他的“为人生”的人文情怀。

孙犁的这种感时忧世的人道主义情怀，除了与他幼年时代母亲的善良、怜悯之举（不顾自家贫苦而施舍救济他人）的教育熏陶有关，其实与

---

① 孙犁：《澹定集·两天日记》（1950年3月25、26日），《孙犁全集》第6卷，人民文学出版社2004年版，第182—183页。

② 孙犁：《澹定集·两天日记》（1950年3月25、26日），《孙犁全集》第6卷，人民文学出版社2004年版，第184页。

他中学读书期间所受到的“五四”人道主义思潮影响的关系则更为密切。1926 年，十三岁的孙犁随同父亲到了保定准备升学考试，考取了当时在整个华北地区都很有名的私立中学——育德中学。这所学校不仅师资力量雄厚，“五四”新文化思潮与新风气也很浓郁。孙犁在此学习长达六年之久，这段学习经历对他之后的人生观、世界观、文学观形成了极其重要和深远的影响。受“五四”革命思潮余波的洗礼，他对人生、生活方向与道路、个人与时代的关系等问题开始有了一些思考。同时，他的人道主义情怀与强烈的社会责任感也在这一时期形成，从他在育德中学期间发表的几篇小说的题材与立意中便可清晰地看出这一点。

还是十几岁的中学生的孙犁，在其发表于《育德月刊》上的小说中表达了对艰难不幸的底层民众悲苦命运的深切同情。一篇是写盲人的不幸，另一篇则写了一个女戏子的屈辱与辛酸。在 1930 年创作的小说《弃儿》①中，孙犁描写了一个大少奶奶丧夫多年，立了贞节牌坊之后却怀上了身孕，被母亲逼迫丢弃了婴儿，一个刚刚来到人世的小生命就这样凄惨地冻僵在结了冰的芦苇坑中。在被婆母痛骂之后，这位年仅二十五岁的大少奶奶选择了自尽。然而，母子二人的死却丝毫没有得到周围人的一丝同情怜悯，反而被大骂人心不古、伤风败俗……小说的末尾，孙犁对压抑摧残人性、吞噬生命（“吃人”）的封建礼教表达了强烈的愤怒之情，并提出了控诉，突显了其人道主义情怀与悲悯之心。

孙犁早期文学观的形成及其此后一以贯之的“为人生”、人道情怀的核心特质，其实主要来自鲁迅对他的影响。“我最喜欢的还是鲁迅”，“鲁迅的小说《故乡》《药》《孔乙己》《社戏》《祝福》《风波》以及《野草》《朝花夕拾》那些散文集子，给我留下了极为深刻的印象。我非常注意他的抒情的方法，叙述和白描的手法，特别是他作品中的那种内在的精神，对人生态度的严肃，和对他的人物的命运的关注。很少有作家像他那样，

---

① 原载《育德月刊》第 2 卷第 10 期（1930 年），署名孙树勋，《孙犁全集》第 10 卷，人民文学出版社 2004 年版，第 6—9 页。

在人物身上倾注了那么多那么深的感情”。① 孙犁曾对鲁迅的作品做过深入细致的研究，写了很多读书心得，从中可以清晰地感受到他对鲁迅的崇敬之情，从他的《弃儿》等小说中能够看到鲁迅笔下的人力车夫、单四嫂子、祥林嫂、闰土们的影子。孙犁在很多评论文章里对鲁迅“为人生”的文学观给予了极高的评价，将其视为自己创作的“灯塔”。他曾直言，自己走上文学之路，就是出于“为人生”的目的。可见“五四”时期鲁迅的“为人生”文学观对孙犁文学创作的深远影响。②

然而，如何将“为人生”的文学观贯彻到具体的创作实践中？孙犁认为，除了要保证自己的无产阶级革命立场与严肃的文学态度外，再就是要从“人与人之间的关系”——伦理的视角作为切入点，这样才能够把握住人物形象的思想性格，认识人与人、人与社会时代之间的复杂关系，从而达到“为人生”、“改良这人生”与社会的目的。由此可见，《铁木前传》中的人情伦理书写背后其实是有着“为人生”的文学观念做理论支撑的。换句话说，之所以写“人与人的关系”、写人情伦理道德，深层动机还是在于“为人生”。

1981 年，孙犁在题为《小说与伦理》的文章中再次谈到了《红楼梦》

① 孙犁：《孙犁会见记》，《村歌》，人民文学出版社 1961 年版，第 362—363 页。

② 如孙犁在《鲁迅的小说：纪念先生逝世十六周年》（1952 年 10 月 17 日）（《孙犁全集》第 3 卷，人民文学出版社 2004 年版，第 438 页）中说道：“长期的生活考察，不断的思想追求，真正为人生的艺术，这就是鲁迅小说成功的基本特点。”在《文学和生活的路：同〈文艺报〉记者谈话》（《秀露集·文学和生活的路》，《孙犁全集》第 5 卷，第 236 页）中，孙犁坦言：“我们在青年的时候，学习文艺，主张文艺是为人生的，鲁迅当时也是这样主张的。在青年，甚至在年幼的时候，我就感到文艺……应该是为人生的，应该使生活美好、进步、幸福的。为了达到这个目的，你的作品就要为人生服务，必须做艺术方面的努力。”他在《曲终集·庸庐闲话》（《孙犁全集》第 9 卷，人民文学出版社 2004 年版，第 314 页）中说道：“我的文学的开始，是为人生的，也是为生活的。”孙犁在《我的起步》（1992 年 1 月 7 日）（《晚华集·文字生涯》，《孙犁全集》第 5 卷，人民文学出版社 2004 年版，第 66 页）中说道，“当初走上文学之途，除了为人生，也是为了生活”。在《论风格》（1953 年 12 月 2 日）（《孙犁全集》第 3 卷，人民文学出版社 2004 年版）中也提及了“为人生”的文学观……

中对伦理道德观念的描写对他产生的深刻影响。“小说既是写社会，写家庭，写人情，就离不开伦理的描写。而《红楼梦》写得最好，最感人。”在强调阶级斗争、批判人性论的20世纪50至70年代的文学语境中，很少有小说敢于直接写伦理、写人情、写人性。孙犁认为，对“父子、兄弟、朋友之间的伦理”书写特别重要，但在“十七年”文学作品中却很少见。[①] 可见孙犁对人情伦理书写的重视程度。

值得一提的是，幼时的孙犁在初读《红楼梦》时便为小说中的人情伦理书写所深深打动。“幼时读《红楼梦》，读到贾政笞挞贾宝玉，贾母和贾政的一段对话，不知为什么，总是很受感动，眼睛湿润润的。”“为什么他们的对话，竟引起我的同情呢？后来才知道，这是传统伦理观念的影响，我虽在幼年，这种观念已经在头脑中生根了。”[②] 另外，从孙犁竟然能够熟练背诵《红楼梦》中的很多章节片段[③]的细节便能够看出他对《红楼梦》喜欢的程度之深。而这一细节其实也印证了《红楼梦》对《铁木前传》中的人情伦理书写所产生的某些影响。而从孙犁的其他一些文章中可以得知，不仅《红楼梦》，同属世情小说的《金瓶梅》中的伦理道德、人情世故、日常生活以及世事沧桑无常的书写，对他的影响同样很大。[④]

事实上，孙犁曾在多篇评论文章中屡次阐明了对人情伦理道德书写的重要性。早在1941年的《文艺学习》这本小册子中，他开始有意识地阐明他的这一文学主张。在《时代、社会、人》一文中，他以鲁迅的启蒙文学为重要参照，强调作家要对社会、时代和人予以关注和认识，并将其作

---

① 孙犁：《尺泽集·小说杂谈》，《孙犁全集》第6卷，人民文学出版社2004年版，第250—251页。

② 孙犁：《尺泽集·小说杂谈》，《孙犁全集》第6卷，人民文学出版社2004年版，第250页。

③ 孙犁：《孙犁会见记》（吕剑），《村歌》，人民文学出版社1961年版，第364页。

④ 孙犁：《陋巷集·〈金瓶梅〉杂说》（1985年），《孙犁全集》第8卷，人民文学出版社2004年版，第103、107、110、111页。另见，《文学短论·论风格》，《孙犁全集》第3卷，人民文学出版社2004年版；《文学短论·关于长篇小说》（1977年10月），《主题和题材·文艺学习》，《孙犁全集》第3卷，人民文学出版社2004年版，第524页。

为文学创作的纲领。“要留心今天对一些事物和问题的看法，已经和过去在文学作品里表现的有了什么不同。”尤其是要侧重于“对社会人生的看法，对生和死的看法，对恋爱感情的看法”等。而具体到农村社会，他进一步指出，“在乡村，我们要认识新的农民，农民的心理。从他们过去的生活和今天的生活上来观察他们”。①

在《新现实》一文中，他再次强调作家要对伦理——人与人、时代、社会之间的关系保持敏感，并对其进行观照和思考。“新现实”“引人注目的是这些新人的新认识，新感情”，“新愿望，由此而来的一切新行动”。“这些人重新估计了自己的力量和命运”，而这无疑都是作者所要从生活中细心观察和捕捉的对象。他还提到“新现实”包括“人和人的关系的改变和合理化”，即从社会关系的层面入手，“研究一下：父子、母女、婆媳”、“兄弟朋友”和“夫妻、相恋的人们”“在今天的关系”，以及今天“和过去的旧关系相比较”。概括起来说，孙犁强调文学要着重表现“新现实”，其中的关键要素就是关注“社会风俗习惯的改变，伦理道德观念的改变”。②

之所以对伦理道德的书写如此偏爱和重视，用孙犁自己的话说是“不知道中国的伦理学”，就“很难写好小说，因为小说里面，要表现伦理”。③ 就情节描写而言，亦是如此，“作品的情节，应该是合乎情理的或是合乎人情的。这种情理或人情又是应该合乎一个时代的伦理观念的”。④ 在他看来，每个时代都有每个时代的不同的观念意识与伦理道德的变迁，“人们的新

---

① 孙犁：《主题和题材·文艺学习》，《孙犁全集》第3卷，人民文学出版社2004年版，第222、224页。

② 孙犁：《主题和题材·文艺学习》，《孙犁全集》第3卷，人民文学出版社2004年版，第227页。

③ 孙犁：《秀露集·文学和生活的路》，《孙犁全集》第5卷，人民文学出版社2004年版，第245页。

④ 孙犁：《论情节》（1953年11月23日），《孙犁全集》第3卷，人民文学出版社2004年版，第459页。

的生活和认识”，也相应地改变了“他们的风俗习惯伦理和道德观念”。①

孙犁还以《红楼梦》为例，强调文学的思想性应该依托于描写人和人之间的关系，以及人物的形象和性格的表现上。他认为，“艺术作品的思想性”“主要包括在它所完成的人物和性格之中，人与人的关系的图画之中”。“因为只有这样，作品才能充分而有说服力地表现一个时代的生活，一个社会、一个阶级的生活。”② 显然，在孙犁的文学观念中，想要更加深刻地把握和认识这个时代及置身其中的人们的思想状况，就要将这一社会时代、人心世道的变异，即伦理道德层面作为表现的重心。纵观孙犁自延安时期至中华人民共和国成立后的整个写作历程，在某种程度上能够窥测到他的这一文学价值取向的主要成因与重心所在。

此外，日常生活书写也是孙犁极为在意的文学要素之一，当在谈及如何表现农村社会人与人的关系、社会伦理道德观念的改变、人的思想性格，以及人生态度等问题时，他指出，日常生活的描绘是绝对不可或缺的。原因在于，要对农民的“思想、性格，对生活的态度，社会上人和人之间的关系”有所表现，就要从“一些零碎的生活现象，一些日常生活的细节”入手。“一个作者要认识这些现象和细节”，就要“从这些零碎的、日常的东西，看出生活的本质，人物思想性格的本质”。③ 在谈到如何对人物形象的塑造和思想性格挖掘展现时，孙犁指出，必须要对人物的家庭关系有所深入了解，而“要想完全了解”人物形象，“那就必须”同时在“日常方面”和“政治运动”中了解人物，二者不可偏废。④ 虽然这篇文

① 孙犁：《主题和题材・文艺学习》，《孙犁全集》第 3 卷，人民文学出版社 2004 年版，第 228 页。

② 孙犁：《文学短论・〈红楼梦〉的现实主义成就》（1954 年 11 月 3、4 日），《孙犁全集》第 3 卷，人民文学出版社 2004 年版，第 490 页。

③ 孙犁：《生活的多样性和生活的本质：〈一头牛四条腿〉》，《孙犁全集》第 3 卷，人民文学出版社 2004 年版，第 237 页。

④ 孙犁：《文学短论・论切实》（1952 年 3 月 27 日），《孙犁全集》第 3 卷，人民文学出版社 2004 年版，第 400 页。

章是针对中华人民共和国成立初期一些小说过于概念化、抽象化的弊病而写的，但是孙犁认为，即便是要表现政治思想主题，也不能忽视日常生活细节的描写，二者之间并非对立冲突的关系，应该将其结合起来，通过对人物日常生活细节的描写来展现其思想性格，进而达到“歌颂”或是“暴露”的目的。

可见，孙犁一方面在强调文学要紧扣时代节拍的同时，另一方面也一再重申他所坚守的——关注新的社会环境中人与人的关系、伦理道德的变化，以及日常书写这一独特的文学价值取向的重要性。从中能够体会到，孙犁在创作贴合时代主题的小说的同时，其实亦是在主流政治话语之外，精心地营造一块属于“自己的园地”。

四、小结

小说《铁木前传》的面孔无疑是多重的，而孙犁的创作姿态无疑也是很复杂的。他一面在对主流政治意识形态持以认同甚至积极迎合的“呐喊”者姿态（尤其早期创作）的同时，一面又在文学创作中做出“退守”“无为”之举，刻意与政治主旋律之间若即若离。孙犁的这种复杂矛盾的创作姿态既是他在中华人民共和国成立前后深陷创作困境与精神危机的表征，同时也是他在当时的文艺界受到褒贬不一的评价的直接原因。

孙犁游移于文学与政治之间的问题其实一直存在，即便是在他 1956 年之后长达二十年的“蛰伏”期内，也依然如此。如何权衡文学与政治间的关系，是一个让当时很多作家都颇感棘手的难题，其实这也是孙犁在中华人民共和国成立后由此前的“呐喊”陷入“彷徨”苦闷心境的深层原因所在。

1980 年 3 月，正值文坛经过拨乱反正后，迎来新的发展机遇的“初春”时节，一直深受压抑、深感苦闷的孙犁复出后终于喊出了积压在胸中已久的“文学宣言”：“凡是伟大的作家，都是伟大的人道主义者，毫无例外”，“他们是富于人情的，富于理想的”，“他们的作品，反映了他们对于现实生活的这种态度”。若将“人道主义”从文学中抽离出去，“那文学就没有什么东西了”。[①] 孙犁认为，作家只有成为人道主义者，才是真正忠诚于时代和人民的表现，文学作品才能够起到“为人生”、“改良”人生与社会的功用。如果结合孙犁在20世纪50年代前后所阐发的一系列有关文学与政治关系的言论，的确能够理解此时孙犁长久压抑之后，将心中郁结全部释放宣泄出来的激动与畅快之感。

孙犁此时对于“人道主义”这个在“十七年”本属犯忌的敏感话题，已不再有任何避讳，而且还对其内涵做了细致深入的阐释：“文学上的人道主义”“不是庸俗的普度众生，也不是惩恶劝善”，“它指的是作家深刻、广泛地观察了现实，思考了人类生活的现存状态，比如社会关系、社会意识，希望有所扬弃”。一个作家在他的作品里，正是通过对社会现实生活的展现、对人物形象的刻画来表现寄寓其中的“人道主义”观念。这种文学价值取向意在提升或净化人们的心灵，“包括人类道德、理想、情操，各种认识和各种观念”。一个作家只有首先是一个“人道主义者”，其文学作品才能够达到“对于人类固有的天良之心”“无往而不通的”境界和高度。“能理解这一点，就是知道了文学三昧。”[②]

应该说，孙犁在1956年搁笔以前，尽管没有直接呼喊出人道主义的观点，但他对于人性、人心、伦理道德观念的变异、日常生活的书写，其实都是以“五四”文学作为内在的理论基石。就连他对女性的真善美的抒写，其实也是源于他对人性的一种观照和诗意浪漫的艺术表达，因为在他看来，女性身上闪耀着人性最美好的光辉。某种意义上，孙犁写女性，就是在写人和人性本身。

值得一提的是，孙犁在深陷精神困境与危机之时，依然想着要创作

---

① 孙犁：《秀露集·文学和生活的路：同〈文艺报〉记者谈话》，《孙犁全集》第5卷，人民文学出版社2004年版，第242页。

② 孙犁：《秀露集·文学和生活的路：同〈文艺报〉记者谈话》，《孙犁全集》第5卷，人民文学出版社2004年版，第251—252页。

《铁木后传》，而且表示："我想在续篇里写到中国农业合作化高潮为止。""前传已出现过的人物，还有将要出现的新的人物，他们的性格、命运、前途，随着生活的推移，将有很大的变化和发展。……我们农村的新发展，始终把我这颗心牵引着。我很怀念我奔走过的那些地区的父老乡亲和他们的后生们和公社的人们如何在生活、在斗争、在建设啊！……我希望仍回到他们中间，去和他们生活在一起，我始终认为，生活，和群众生活的密切的程度，可以衡量一个作家的品质，可以判断他的收获。"①

虽然新中国成立前后曾遭到过几次批判（并不严厉），但孙犁还依然对时代政治，尤其是文学创作怀有热忱。1962 年 2 月 9 日，在同冉淮舟的通信中，孙犁再次谈到了要创作《铁木后传》的想法，他明确表达了因为当时身体状况不佳而无法继续创作的不甘和苦闷心境。②

事实上，孙犁固然因政治压力或遭受到的批评以及创作上、精神上的苦闷而"有时产生悲观绝望的心情，厌世轻生"③，但是他的文学创作冲动并未就此彻底泯灭，他不甘当一个沉默的"边缘人"或是"隐士"。换一种角度看，孙犁越是提醒、告诫文学要"写真实"，切忌"粉饰现实"，"不能将英雄神秘化（神圣化）"，要"思想性与艺术性相结合"，内心深处越是对文学充满了热爱与不舍。若用"隐士的面孔，入世的情怀"来形容或是评价孙犁的话，或许比较恰切。

虽然，孙犁承认他的小说"艺术标准"多了些，"政治标准"弱了些，但是，他绝对否认人们所认为的《铁木前传》中没有政治的观点。他于"文化大革命"结束后，在接受访谈时反驳道："我不在作品里交代政策，不写一时一地的东西。但并不是说我的作品里没有政治，《铁木前传》

---

① 孙犁：《孙犁会见记》（吕剑），《村歌》，人民文学出版社 1961 年版，第 366 页。

② 孙犁：《孙犁全集》11 卷，第 68—69 页。另见孙犁《津门小集·后记》，《孙犁全集》第 2 卷，人民文学出版社 2004 年版，第 280 页。

③ 孙犁：《秀露集·克明〈荷灯记〉序》，《孙犁全集》第 5 卷，人民文学出版社 2004 年版，第 347 页。

里没有政治吗?”① 显然，孙犁坚持认为不在作品中借人物之口宣讲政策、高喊标语口号，并不等于没有政治性/思想性的表现。“文化大革命”结束后，文艺界领导到天津看望孙犁时，问他：“是否看破红尘?”孙犁答道：“没有。”他认为自己的“红尘观念很重，尘心很重”，“我从来没有想到西天去，我觉得那里也不见得是乐土”。他还调侃道：“你看小说，唐僧奔那儿去的时候，多么苦恼，他手下那两个干部，人事关系多么紧张。”“我没有看破红尘，我还要写东西。”

事实上，孙犁并非出世之人，而是在一副“隐士”的面孔背后，潜含着深沉的“入世”情怀。孙犁也坦言道：“文坛上的尺寸之争，文学史上的两三行记载，都是不容易争来的。”“凡是写文章的人，都希望自己的作品能够传世。”然而，一个作家的作品能够传世的基本前提，就是将自己在十几、二十年前（指20世纪50年代至70年代）写的东西拿出来重新审视一下，“看看是否有愧于天理良心，是否有愧于时间岁月，是否有愧于亲友乡里，能不能向山河发誓，山河能不能报以肯定赞许的回应”。②

这段话很好地道出了孙犁身处苦闷期与“彷徨”境地的真正原因所在。其实，真正让他苦恼的就是在文学与政治之间的两难抉择、纠缠挣扎，他无法做到让冷冰冰的标语口号、意识形态“淹没”人性、人道主义这一文学的永恒主题。

在这个意义上，对于今天的研究者而言，重新审视、评价新中国成立前后的孙犁及其创作时，不能脱离具体的历史语境，而是要将其置于或者说“还原”到20世纪50至60年代的特定时代语境中。尤其是以20世纪80年代以来的“纯文学”“人道主义”眼光重新打量孙犁及其创作时，才能够更为准确、客观地认识其复杂性的一面。

---

① 王愚：《语重心长话创作——访孙犁同志》，《延河》1980年第3期。

② 孙犁：《秀露集·文学和生活的路：同〈文艺报〉记者谈话》，《孙犁全集》第5卷，人民文学出版社2004年版，第248页。

第三节　刘绍棠小说中的政治与文学的平衡点

刘绍棠自步入文坛起，直至1957年被划为“右派分子”以前，创作了大量反映互助合作化题材的中短篇小说，如《青枝绿叶》《摆渡口》《大青骡子》《布谷鸟歌唱的季节》《山楂村的歌声》等短篇，以及《运河的桨声》《夏天》两部中篇。

然而，细读刘绍棠的这些小说文本后会发现一个问题，即小说在紧跟政治的同时，又在竭力表现文学艺术的审美要素，因而在小说文本中形成了“政治标准”与“艺术标准”相对立的独特形态。这种“异质性”也使得刘绍棠的小说出现了双重文本的现象，主文本的重心在于塑造农民新人与表现个人主义与集体主义冲突的主题，而副文本则专注于书写运河滩的自然美、地方色彩，以及年轻女性的人情美、农民新人的情爱世界……

这种双重文本的表征实际上是一种“症候”，折射出了刘绍棠力图在诠释政治与文学性表达之间寻求一个平衡点的深层动机。本节以姊妹篇《运河的桨声》和《夏天》作为参照，以小说的内在张力结构为切入点，意在对刘绍棠的独特创作姿态与自我意识做深入的把握和探究。

一、刘绍棠早期的创作道路

1936年2月29日，刘绍棠出生在京北大运河东岸通州儒林村的一个地主家庭。儒林村从春到秋，景色优美，一派乡野田园风光。生机盎然、清新秀美的自然美景，与静谧安详的村庄，加之勤劳、善良、纯朴的家乡父老，为刘绍棠的乡土小说创作提供了不竭的资源。

刘绍棠年幼时常去逛庙会，看野台子戏，痴迷于听评书，如《三国演义》《杨家将》等，接受到了最初的文学启蒙。在《一个农家子弟的创作道路》（1982）一文中，他坦言，童年时代耳濡目染的“下里巴人”的民间艺术“启发了我的心思，培育了我的想象力”①。在读小学时，教国文的田老师每节课都要编个有趣的故事，四年下来，听到了成千上万的故事，这对于激发他的文学想象力，同样有着潜移默化的影响。

1942年夏，儒林村被共产党、八路军、民主政府领导机关作为“堡垒村”，休整隐蔽办公，并在此开辟了抗日游击区。六岁的刘绍棠曾目睹了八路军十三团英勇杀敌的战斗场面，后来将其写进了小说《村妇》中。因对英勇善战的八路军，尤其是对神枪手武工队长的崇拜，他加入了儿童团，站岗、放哨、查路条，“潜移默化”地便“有了政治觉悟”。②

1944年，刘绍棠初读《三国演义》《杨家将演义》，偶尔在庙会上买来武侠小说读，还从村里的小贩手里买来《申报》《大公报》《益世报》《北平评论》等旧报纸看。翌年，他为躲避日伪军的扫荡，辗转来到北京避难。其间，他读到了张恨水的言情小说《满江红》及其他一些现代作家的作品。这一年，刘绍棠初次读到《红楼梦》，他“囫囵吞枣，吞进肚里”，“虽是黄口小儿的浮光掠影，却也水过地皮湿，对《红楼梦》中的某些人物产生了数十年守恒不变的印象和评价：王熙凤，够毒的。贾琏，够坏的。尤二姐，够贱的。平儿，够难的。宝钗，够阴的。晴雯，够俊的。尤三姐，够硬的……”③ 看得出，刘绍棠虽然年幼，却对文学能够有如此独特而深刻的理解，确实显示出了他的文学天分与感悟力。

1946年，读高小一年级的刘绍棠“对西海子的风光景色十分喜爱，因而下笔千言”④，一连写了五个作文本，题为《西海子游记》的作文得了满分。受到老师如此肯定与鼓励，他更加对文学写作充满了热忱。此后，他不失时机地在学校的佳作栏、墙报上一显身手。同时，他还把所负责的“益智学会”图书馆里的感兴趣的书全部读了一遍。1947年，刘绍棠开始

① 郑恩波：《刘绍棠全传》，文化艺术出版社2006年版，第24页。

② 刘绍棠：《小传》，《刘绍棠文集》第1卷，北京十月文艺出版社1995年版，第2页。

③ 王培洁：《刘绍棠年谱》，文化艺术出版社2012年版，第19—20页。

④ 王培洁：《刘绍棠年谱》，文化艺术出版社2012年版，第21页。

迷恋武侠小说，而后，自认为摸透了武侠小说的套路，竟也开始仿写一些武侠故事。

受进步同学的影响，刘绍棠此时始知鲁迅并深深喜欢上了鲁迅的乡土小说。“益智学会”自办的图书馆的藏书中收集了鲁迅、茅盾、老舍、巴金、曹禺、丁玲、沙汀、艾青、萧军、萧红以及庐隐和冰心等著名作家的代表作品，这让刘绍棠的文学视野开阔了许多。他非常喜欢鲁迅的《孔乙己》《风波》《故乡》《阿Q正传》《社戏》《离婚》这几篇小说，虽然他当时只有十一岁，却“一看就懂，而且如临其境，如见其人”。多年以后，他提及此事时曾坦言道：“这几篇小说对于我后来的创作，影响最大。”①

1948年，刘绍棠在五千名考生中位居榜首，以公费生身份进入北京二中读书。来自穷乡僻壤的刘绍棠竟获得如此优异的成绩，同时引起了校方和地下党组织的注意。他于这一年的12月加入“民主青年联盟”这一中国共产党的外围组织。刘绍棠说：“我虽然来到国民党统治区上学，但是共产党的教育在我的头脑中根深蒂固……早已参加地下党外围组织的高年级同学便认定我是‘自家人’，带我到北京大学民主广场和三院礼堂参加活动，观看演出，学唱解放区歌曲。”② 不久，因北平被包围，工费停发，刘绍棠只得每天卖报勤工俭学。他发现国民党为了打舆论战，竟然常在报纸上造谣撒谎且破绽百出，前后矛盾。于是，他就将这些内容剪接整理出来，“组合一张新报”，以此揭露国民党的卑劣伎俩。从中可以看出刘绍棠潜意识里所萌生的革命思想倾向。

北平解放后，刘绍棠读到了“解放区的革命文学作品和国统区的进步文学作品，苏联和其他外国的文学作品”。他直言这些作品对他的文学写作产生了相当重要的影响，当时“我读了很多，促成了我当上作家”③。中华人民共和国成立之初，刘绍棠到北大参加鲁迅逝世三十周年

① 王培洁：《刘绍棠年谱》，文化艺术出版社2012年版，第23—24页。

② 王培洁：《刘绍棠年谱》，文化艺术出版社2012年版，第26—27页。

③ 王培洁：《刘绍棠年谱》，文化艺术出版社2012年版，第29页。

纪念大会时，受到著名作家、学者对鲁迅的思想、创作及研究方面的精辟阐析的启发，对鲁迅产生了更为浓厚的兴趣，开始系统地阅读鲁迅的文学作品。

1949 年 12 月 10 日，刘绍棠的一篇生活小故事《郜宝林》发表于《北京新民报》，写的是主人公郜宝林家境贫苦，父亲不务正业，他难以为继之下而自暴自弃，在受到同学们的批评和帮助后，洗心革面、重新振作的小故事，教育意味颇浓。《郜宝林》的发表，标志着他开始了文学生涯的习作期。不久，短篇小说《缝鞋匠》再次发表于《北京新民报》。这一年，他以优异的表现加入了少年先锋队。

1950 年 1 月，刘绍棠的通讯报道《穷孩子的乐园——记二中临时小学》《我们打算这样过寒假》《事前准备得好考试不慌不忙——男二中考场秩序良好》相继刊载于《北京新民报》（《文化与教育》专栏）。他将所得稿酬买了公债，受到了报社编辑部的公开表扬，被称赞为爱国的表现。2 月 24 日，刘绍棠因短篇小说《柳树良变了》（发表于《北京新民报》）而被编辑晏明誉为“神童”作家。小说的“生动、简练、清新的语言”深受好评①（晏明的《忆绍棠》），这让他在此后的创作中更加充满自信。

刘绍棠在习作期被接连退稿的经历，对他此后的创作取向产生了重要影响。1949 年下半年，刘绍棠受抗日题材小说《新儿女英雄传》《吕梁英雄传》以及一些土改小说的启发，产生了创作类似题材小说的冲动，先后仿写出了《大运河的儿女》和《李牛子》等完全属于模仿和虚构之作，因纰漏甚多而受到政治辅导员的批评。小说《李牛子》投出后即被退稿，与辅导员的建议完全相同，编辑也建议他一定要写自己熟悉的题材和人物。无奈之下，他随即又写了《第四路线》，写的是几个散漫、整天胡扯乱闹的同学的逗哏事，不久即被退稿，编辑告诫他“写文章主要要写好的典型”。刘绍棠按此建议写了《郜宝林的转变》，大获成功。接着又写了两篇类似的稿子，写的都是同学中间的正面积极的典型，前后一共连续发表

① 王培洁：《刘绍棠年谱》，文化艺术出版社 2012 年版，第 32 页。

了七八篇“写正面典型”的“命题作文”。①

在写熟悉的题材、积极的思想内容与正面典型的最初的文学规范下，刘绍棠的“主旋律”意识也潜移默化地形成了。他开始转向创作反映家乡农村新人新事新风貌的短篇小说，连续发表多篇。1950年4月24日，短篇《乡下妇女》发表，同月他加入共青团。是年年底，加入老舍、赵树理领导的大众文艺创作研究会，从很多著名作家讲座中学到了创作技巧、艺术表现形式方面的知识。令他印象最深的是，何其芳在课上讲到《红楼梦》的语言最大妙处在于人物对话，每人每次平均五句话，每句话大都七个字。“也许，这是何其芳同志顺手拈来的一个例子，却使我铭刻于心，决定了我在三十几年的创作生活中对待语言的态度。”“使我懂得写人物对话时，必须少而精，达意而传神。”②

1951年元旦，短篇《新式犁杖》发表，这是刘绍棠首次创作以家乡农民生产生活为题材的小说，他开始自觉地将笔触伸向了他所熟悉的家乡——运河滩。此时，他的思想观念也发生了重要转变：“我在学校入了团，对农民贱视的思想，完全没有了，所以对农民发生了极深厚的感情。”③ 两个月后又发表了短篇《蔡桂枝》，描写新中国成立后家乡农村妇女翻身与翻心的故事，以及家乡农村的新面貌，“主旋律”倾向相当明显。

2月下旬，刘绍棠接到了识才爱才的伯乐——河北著名诗人、文联秘书长远千里的来信，邀他到河北文联担任《河北文学》编辑。这也成为他文学创作生涯与人生命运的一个重要转折点。他欣然接受邀请，于2月底赴河北文联报到。在河北文联的半年时间里，他不仅受到了领导同事的关照，还在文联图书馆读到了大量平时难得一见的好书。“我在河北省文联……实际上是对我进行一次文学基础训练。”④ 其间，刘绍棠初次接触到了孙犁的

① 参见刘绍棠《我的写作经历》，《天津日报·副刊》1950年，转引自王培洁《刘绍棠年谱》，文化艺术出版社2012年版，第33—34页。

② 王培洁：《刘绍棠年谱》，文化艺术出版社2012年版，第34—35页。

③ 王培洁：《刘绍棠年谱》，文化艺术出版社2012年版，第36页。

④ 王培洁：《刘绍棠年谱》，文化艺术出版社2012年版，第37页。

文学作品，并深深为孙犁小说中的美感所打动，对他此后的小说的艺术风格产生了直接影响。

1951 年 4 月 12 日，反特题材小说《七月里的高粱》创作完成，5 月 1 日，短篇《红飘带》发表于《河北文艺》。然而，因当时一些人批评他对敌人抱有错误的幻想而被扣上右倾主义的帽子，十五岁的刘绍棠第一次遭遇被批判的经历。① 事实上，小说的反帝爱国主题与配合政治宣传的目的是很明确的。此次遭受批判的经历让刘绍棠难以接受，他也因此对河北文联产生了一种异常阴冷陌生的感觉。在此后的五六月间又相继创作发表了小说及散文若干篇。因《红飘带》所受到的批判给他造成的心理郁结，加之文联严苛的探亲、结婚等年限规定及审干精简人员等因素，刘绍棠提出辞职申请，伯乐远千里多次挽留无果后，帮助协调由省文教厅批准保送他到通县潞河中学读书。

7 月，刘绍棠回到儒林村，在深入思考总结以及研究前辈作家的创作经验与特点后，明确了自己之后的创作方向。“我今后的方向——写农民，写故乡。同时，也决定师法鲁迅先生、苏联的肖洛霍夫和孙犁同志的小说。”② 1951 年秋，刘绍棠在初读肖洛霍夫的《静静的顿河》后即被其深深打动。11 月，土改题材的短篇《村歌》问世，发表于《北京新民报》（11 月 18—19 日）。同月，表现新中国成立后家乡农民思想新变与揭示封建残余主题的短篇《红花》投至《中国青年报》，因副主编、文艺部主任柳青及总编辑陈绪宗都很喜欢这篇小说③而将其于 1952 年 1 月 1 日整版刊出。刘绍棠这一时期的小说侧重宣传教化功能，完全与时代“主旋律”相呼应。

《红花》的发表，让刘绍棠受到了共青团中央的高度关注，不久就被

---

① 1951 年，文艺界对肖也牧的小说改编的电影《我们夫妇之间》，以及电影《关连长》、白刃的长篇《战斗到明天》、碧野的《我们的力量是无敌的》的批判也波及了 15 岁的刘绍棠。参见郑恩波《刘绍棠全传》，文化艺术出版社 2006 年版，第 78 页。

② 王培洁：《刘绍棠年谱》，文化艺术出版社 2012 年版，第 38 页。

③ 王培洁：《刘绍棠年谱》，文化艺术出版社 2012 年版，第 39 页。

共青团中央选为重点培养对象，他自此开始正式踏上了文学创作的征程。1952 年 9 月 5 日，首部反映合作化题材的短篇《青枝绿叶》整版刊载于《中国青年报》。小说中描述的是，春果、宝贵两位年轻互助组正副组长对单干户李满囤的多次帮扶和感召，使其逐渐认识到了互助的巨大优越性，最终消除了顾虑，申请加入互助组的故事。这篇小说深受《中国青年报》文艺部编辑吴一铿的赞赏，吴一铿特邀沙汀、周立波、严文井、康濯等著名作家审阅，还委托其他作家为刘绍棠指导写作。刘绍棠对吴一铿一直心存感激，“许多著名作家应邀跟我见面恳谈，我大受教益。《青枝绿叶》发表以后，引起很大反响，我这个头顶着高粱花子的农村少年才算走上文坛。可以说，我走上文坛是一铿大姐扶上马的”①。

正式踏入文坛并且已小有名气的年轻作家刘绍棠，创作激情空前高涨，一发不可收。短篇合作化题材小说《摆渡口》于 8 月刊发于《天津日报・文艺周刊》。小说以家乡的真人真事为蓝本，塑造了一心为国家利益着想的农民新人俞青林、互助组组长关山、女团员李春兰等形象，描写他们不顾生命危险，在湍急的河水中成功将载满粮食的汽车摆渡到对岸的故事。小说发表后，当年 10 月即被《人民文学》转载，自此，刘绍棠也成为《人民文学》基干作者。

8 月至 9 月，刘绍棠由团中央安排到河北深县体验生活，不久，他以这段下乡体验生活经历为素材，创作出了合作化题材小说《大青骡子》，并在 12 月发表于孙犁主编的《天津日报・文艺周刊》，之后被编入《荷花淀派作品选》。从《红花》到《青枝绿叶》，再到《摆渡口》《大青骡子》的发表，逐步奠定了刘绍棠在新中国成立后第一代作家中的重要地位。

1952 年 11 月，短篇《运河滩上》创作完成，该篇写的是支书耿林茂通过学习和推广苏联老大哥的密植经验，使合作社获得了大丰收，显示出了互助合作化的优越性，以分红的方式动员那些怀疑观望的单干户加入互

① 王培洁：《刘绍棠年谱》，文化艺术出版社 2012 年版，第 41 页。

助组、合作社的故事。

1953年5月27日，刘绍棠加入中国共产党，并在入党宣誓大会上发言。多年后他对当时的情景仍记忆犹新，能够被党组织吸纳无疑是一件荣幸而令人激动的大事，这也使他在此后的创作中更加紧跟政治和文艺政策，积极宣传合作化运动。1953年6月4日，短篇《运河滩上》刊载于《天津日报·文艺周刊》。同时，第一部短篇集《青枝绿叶》由上海文艺出版社出版，前后共印刷四版，共计发行多达六万两千册。这对于刘绍棠而言，意义重大，"短篇小说集《青枝绿叶》是我从习作进入创作，从萌芽进入成长，从试探进入定向的标志"①。

刘绍棠将《青枝绿叶》短篇集印制出来的一本样书献给了党支部。1952年6月末，共青团中央安排刘绍棠会见苏联访华团，他将第一部短篇集赠给对方。不久，此集由苏联青年近卫军出版社翻译出版。1953年11月1日，刘绍棠购得列宁的《党的组织与党的文学》认真研读。

这一年，刘绍棠接受了团中央为他制订的一个"五年计划"——旨在让他挂职锻炼期满后回团中央从事专业创作。由于自己对北大中文系课程不感兴趣等原因，刘绍棠在1954年考入北大学习一年后便选择退学而调入团中央当专业作家。

在刘绍棠早期创作中，其紧跟政治或者说"主旋律"的意识越发突显。尤其体现在他于1952至1956年的合作化题材小说创作中。当然，此前的《蔡桂枝》以及《红花》等小说中便已开始显露出这一倾向。尤其是作为一名刚刚步入文坛的年轻作家，能够得到团中央的重点培养和扶持，势必在无形中更加强化了他对主流政治话语的认同感，并将其自觉地化为文学创作的价值取向，由此，其小说也开始逐渐暴露出了某些概念化倾向的弊病。

刘绍棠早期创作的合作化题材小说中的强烈的"主旋律"意识的形成，除了主观上源自他对合作化政策与新中国农村未来发展道路的认同感

① 王培洁：《刘绍棠年谱》，文化艺术出版社2012年版，第45页。

外，编辑部（包括出版社）的直接介入与强力干预，也使得其小说显示出了紧扣合作化政策与时代主题的政治化倾向。比如他的首部合作化短篇《青枝绿叶》小样印制完成后，在总编的强烈干预下，刘绍棠将一份刚下达的中央文件中提出的批判新富农思想以及以苏联文学为榜样，“加强对农民的社会主义教育”的指示融入小说，“增加一段批判新富农的情节”，让“每个正面人物常把‘学习苏联’挂在嘴边上”。① 因此，在刘绍棠的短篇《青枝绿叶》被加入政策阐释后，便出现了主人公春果、宝贵对农村实现合作化之后美好未来的憧憬的画面（“写明天”）：

春果说：“咱俩更要加油，按照区委的指示，往合作社的路上引。”宝贵抢过说：“不止哩！还要朝集体农庄引；到那时节，屋里有电灯，黑夜能演电影，耕种收割有拖拉机，闲着时，坐上农庄的汽车，到北京参观参观。……”②

在小说结尾处，刘绍棠还借用人物对话点明了宣传动员与教育农民的思想主题，概念化的痕迹也从中显现出来：

宝贵说：“喜歌念在头里，今年咱组是五谷丰登，一定超过爱国丰产计划，等算出数目，就写信给毛主席报喜。……”永春套上车，一旁接过下语：“告诉毛主席，咱组是青枝绿叶，俺那组长春果、宝贵，是两朵盛开的大红花，互助组好比台阶，咱们是登着台阶一步一步朝社会主义走。有毛主席教导，咱农民是万年长青！”

“要想五谷丰登，家家人财两旺，那就得听毛主席话，跟共产党走——组织起来……”③

---

① 郑学诗：《走出写作障碍》，山西教育出版社 2014 年版，第 283—284 页。

② 刘绍棠：《刘绍棠中短篇小说选》，北京出版社 1980 年版，第 4 页。

③ 刘绍棠：《刘绍棠中短篇小说选》，北京出版社 1980 年版，第 18 页。

而这种“主旋律”意识，抑或说图解政治的倾向，在刘绍棠于1954至1956年间创作完成的一系列短篇合作化题材小说，如《十字路口》《不疲倦的斗争》《婚礼》《喜讯》《收获》，以及中篇《运河的桨声》《夏天》等文本中体现得就更为突出了。仅以《夏天》为例，成稿交给出版社后，出版社要求他将毛泽东号召掀起农业社会主义高潮的指示全都反映到作品中，“身为党员，义不容辞，我马上遵命而行”①。

当然，刘绍棠早期合作化题材小说创作中的强烈的“主旋律”意识，并不能简单地全部归因于外界因素的介入与干预，外因毕竟是通过内因起作用。更为关键的因素，无疑还是写作者本人当时对主流政治意识形态的深度认同感。

最能说明问题的就是，从初入文坛的刘绍棠在20世纪50年代的一系列创作谈或是出版“后记”中，便可非常清楚地看到他对当时主流政治话语以及文艺政策几乎持“一边倒”的创作姿态，那种对党和人民的感激的心态也体现得非常突出。在刘绍棠于1952年至1956年期间的几乎每一篇创作谈中都会出现譬如“党教导我”“党和人民培养了我”“由于党的教导”“感谢毛主席、共产党和我的组织——青年团”② 等类似的表述，这种自觉的认同感与紧跟政治的意识一直贯穿于他早期的文学创作之中。

在这一创作心态的支配下，当时一有重要的政策文件下达，刘绍棠随后便回到家乡或是去东北一带深入体验生活，寻找创作素材，而后便将政策与他自己体验生活时积累的素材融为一体，创作出了一系列“主旋律”合作化题材小说。

然而，在1956年“双百方针”的指引、激励、鼓舞之下，针对当时

---

① 郑学诗：《走出写作障碍》，山西教育出版社2014年版，第283—284页。

② 刘绍棠：《我是怎样写小说〈红花〉的》（原载《中国青年报》1952年4月28日）、《苏联小说对我的影响和指引》（《北京日报》1952年11月11日）、《青枝绿叶》前记、《山楂村的歌声》后记、《生长在阳光普照的沃土上》（《中国青年报》1956年3月20日）、《生命的春天》（《文艺报》1956年第5—6期）等。参见崔西璐、王万森、陆思厚编《刘绍棠研究专集》，重庆出版社、贵州人民出版社1985年版，第20、22、24、28、34、41页。

文艺界存在的概念化、公式化、教条主义等弊病，刘绍棠大胆提出了疑问和批评，在座谈会发言、文章以及小说中进行“争鸣”与回应，结果被严厉批判。正处于意气风发、顺风顺水的黄金创作时期的刘绍棠就此终止了文学生涯，二十多年后才被平反，再次以合法的作家身份重现文坛。

二、《运河的桨声》《夏天》中的双重文本现象

1955至1956年，反映合作化题材的两部中篇《运河的桨声》（1955）与《夏天》（1956）一经出版，立即得到了文艺界的普遍好评，进一步奠定了刘绍棠在20世纪50年代文坛的重要地位。从两条道路斗争与阶级斗争这一思想主题与新人形象的刻画方面来看，这两部小说紧跟政治、迎合主流政治话语的创作姿态极为突出，以至完全可以与浩然的长篇合作化题材小说《金光大道》相提并论，可见其概念化、政治化倾向之严重。

然而，这两部小说存在一个非常明显的症候，即在文本内部存在一个张力结构，让读者在阅读小说的过程中会明显地感受两种不同的调子并存于一个文本中。实际上，通过对文本的细读会发现，刘绍棠在积极迎合主流政治话语、紧跟政治——表现个人主义与集体主义的冲突主题、刻画新人英雄形象的同时，还在悄无声息地精心营造一个疏离于政治思想主题的属于艺术审美范畴的文学空间。这种双重文本现象也使得刘绍棠的这两部主旋律小说充满了丰富性、复杂性。

尽管刘绍棠曾在创作谈《生命的春天》（《文艺报》1956年第5—6期）中，一再强调《运河的桨声》与《夏天》的创作动因主要源于其回乡体验生活时目睹的家乡农村中的真人真事。但是，这种国家一有政策出台便立即回乡体验生活，寻找与政策相对应的所谓“真人真事”作为素材的创作取向，也恰恰暴露出了他对当时农村的真实生活其实并不够了解，或者了解得不够深入、全面。在这方面，他与赵树理显然是无法比拟的。

仅仅是按照政策、政治需要而选择性地择取部分“真实”生活，却无形中将更大一部分的真实农村生活（或者说本来面貌）人为地过滤掉了。

因此，这种创作方式自然就会使得图解政治的公式化、概念化痕迹与“主旋律”倾向在小说《运河的桨声》《夏天》中体现得极为突出。

两部小说从思想内容到表现形式，从人物形象刻画、叙事修辞再到情节结构等诸多方面，都是前后相继、彼此呼应的关系，同质化的特征明显，形成姊妹篇。毫无疑问，两部小说的主文本是积极迎合主流意识形态的产物，如类型化的人物形象、正反对立抑或非黑即白的阶级（敌我）对垒的表现手法、你死我活的阶级斗争与敌我斗争的紧张激烈氛围的渲染。尤其是对正面人物形象的过度拔高与对反面人物的过度贬损、丑化，以及为了突显时代主题而直接援引领袖的语录、指示或者政策（如“依靠贫农路线”“消灭富农”“肃反”“右倾”“小脚女人”等），以此来影射当时高级化运动前后发生的个人主义与集体主义的冲突。这甚至让这两部小说与20世纪六七十年代的《风雷》（陈登科）、《金光大道》（浩然）、《春潮急》（克非）不相上下。

小说中几乎句句不离“阶级斗争”的新任区长俞山松、山楂村党支部兼合作社领导刘景桂、春枝等正面人物形象无不是高尚无私、不畏艰险、一心为社、坚定站在贫农立场之上，对那些走自发资本主义道路的富农抑或反动破坏分子恨之入骨。他们都有着超凡的警觉，明察秋毫，在遇到反动破坏分子与亡命徒时，不顾个人生命安危，义无反顾……俞山松、刘景桂、春枝完全可以称为20世纪50年代的“高大全”式的人物形象。

与这些“高大全”式的正面人物形象形成鲜明对比的是，那些与国家双统政策以及优先发展工业化建设这一国家创业的最大诉求完全背离的反面人物，他们无不是阴险狡诈、贪婪自私、卑鄙毒辣、道德品质低下之流，如富农田财、周振山（私藏粮食、投机倒把），不法粮贩王六、杨七亮（二人都分别有不正当的男女关系），以及变质的“退坡”干部赵明福（曾与地主女儿鬼混），反动破坏分子阎德海（出卖革命同志的叛徒、伪军军官等）、高明等，实乃20世纪50年代至60年代的政治伦理与叙事伦理的产物。

春枝望着丈夫那兴奋得泛起红晕的脸……望了望四外，脸上一阵绯红，将话题引向他们即将出生的孩子时，小声说道："你听一听，他，孩子在跳呢！"①

俞山松听见了那可爱的小生命的跳动，他孩子气地笑了："是啊！他已经想跳出来了，他会赶上社会主义农业合作化高潮的。"

…………

"是的！我们要有一个孩子了，他是胜利的象征！"俞山松骄傲地掠过一片笑影，大声说："敌人想暗杀我们，但是被我们消灭了，而且我们又诞生了新的战士，共产主义的战士！"

这时候，县委通讯员从小丁香树林走进来，送来毛主席的"关于农业合作化问题"的党内文件。当夜，俞山松在电灯下反复研究地读了许多遍，直到第二天黎明……②

这段人物对话与文字描写已经有力地表明了作者迎合时代主旋律、图解政治的创作姿态。

一般而言，在"政治标准"被高度强化的同时，"艺术标准"即文学审美价值大多会被大幅度削弱。可是，在刘绍棠的这两部小说中却显然与同时期的绝大多数合作化题材小说文本有所不同。原因就在于，在这两部中篇小说中其实还"潜藏"着一个游离于"政治标准"之外的副文本，这一副文本在很大程度上又对主文本起到了稀释与淡化的作用，使小说呈现出了一定的文学性、审美性的特质。无疑，这种异质性因素也正是《运河的桨声》与《夏天》的独特的价值所在，在此意义上，又不能将两部小说完全视为图解政治与概念化、公式化的文本。

刘绍棠显然无法抵御艺术的强烈诱惑，无法割舍对自然美与人情美

① 刘绍棠：《夏天》，上海新文艺出版社 1956 年版，第 157 页。

② 刘绍棠：《夏天》，上海新文艺出版社 1956 年版，第 157—158 页。

的抒写，他执着地对家乡运河滩的如诗如画、清新优美的自然景色，对人情美、地方风物予以倾情抒写和赞美，浓郁的艺术化的表达、田园牧歌情调的流淌以及意境的精心细腻的营造，无不彰显出了副文本的独特审美内蕴。这些文字的篇幅虽然不比主文本，但在小说中依然随处可见、不容低估。①

若用“抒情诗”“田园牧歌情调”来形容小说副文本中对自然美的抒写，应再恰切不过了。运河滩两岸自然景色的清新秀美、盎然生机，以及儒林村的静谧安详、金秋丰收在望的喜悦以及浓郁的乡土气息，如诗如画般地呈现在了读者眼前（限于篇幅，本书仅以其中的部分文字描写为例）：

夏天，是运河滩最美丽的季节。

青色的天空，白茫茫的大河，一望无边的青纱帐，掩盖了村庄。

天空，苍鹰在盘旋；河上，行驶着白帆运货船；青纱帐里，有劳动的欢笑声；茂密高耸的树林中，布谷鸟不知疲倦地在歌唱。

夏天，是生命力最饱满的季节，是充满强烈希望的季节！②

金色的秋天，运河平原的田野是望不到边的，原野伸展着，伸展着，一直跟碧蓝碧蓝的天空连在一起了，平原上的村落，一个像是奔跑着似的，远了，小了。

运河静静地流着，河水是透明的，清凉的，无数只运粮的帆船和小渔船行驶着，像是漂浮在河面上的白云。

瓦蓝瓦蓝的天空，高高的，高高的，一群群发肥的季候鸟，向运河告别，划过运河的河面，像一道紫色的闪电，飞向南方去了。③

---

① 参见刘绍棠：《运河的桨声》，河北人民出版社 1980 年版，第 56、86、90—91、102—103、115 页；《夏天》，上海新文艺出版社 1956 年版，第 10—11、20、45、57、118、126、144—145、151—152 页。

② 刘绍棠：《运河的桨声》，河北人民出版社 1980 年版，第 86 页。

③ 刘绍棠：《运河的桨声》，河北人民出版社 1980 年版，第 115 页。

如此恬淡清新，如抒情散文诗或是水墨丹青般的韵味，显然与主文本的紧张激烈的斗争场面存在明显的疏离感，二者之间形成了强烈反差。

再如：

运河滩的落雨季过去了，平原安然地度过与运河泛滥斗争的考验。

看！金色的运河滩，谷子在秋风里摇摆着凤尾似的穗儿，扑簌簌响着的鲜红的高粱，像感到疼痛似的甩掉了爬上尖端的小螃蟹；像孪生兄弟似的大玉米棒子，长在一棵秆子上；饱满得鼓着肚的豆荚儿，躲在毛茸茸的豆叶下。

那黑绿黑绿的叶子，紧紧地掩藏着地底下的累累的果实；爬得满满的芝麻荚儿，裂开了嘴儿；黄金色的向日葵，发散着浓浓的香气。……

…………

秋风吹来，原野上的芳香飘进村庄，送进每个门户，人们呼吸着这种香气，带着微笑香甜地入睡了。①

这段文字描写意在渲染人们在金秋时节丰收在望之际的喜悦心情，乡土气息浓郁，同时也很巧妙地从侧面表现了合作化优越性的主题思想。此外，在小说《夏天》中的自然美与风俗画描写同样超凡脱俗，清新隽永。譬如对运河滩清晨雨后的寂静空旷，布谷鸟悠扬清脆的叫声，摆渡口横着的小船以及船夫睡梦中的鼾声、水鸟拔地而起蹿向天空②等画面的抒写，耐人回味，富有独特的意蕴和美感。

太阳落山了，晚霞还在西山、树林、果园和运河河面上燃烧着。

① 刘绍棠：《运河的桨声》河北人民出版社 1980 年版，第 102—103 页。

② 刘绍棠：《夏天》，上海新文艺出版社 1956 年版，第 20 页。

果园里，晚霞把累累的果实镀上了赤金色，像是已经成熟了。馋嘴的撑船的小伙子，故意把小船沿着河岸行驶，然后用篙头轻巧地钩下一颗苹果，性急地咬了一口，就皱着眉头摇了摇头，扔到河里了。①

可以说，小说中最为美妙的文字描写当数运河滩的自然风景与地方色彩融为一体的描绘和展现，给人一种别样的艺术美感享受。或许，副文本也在有意传达这样一种声音：在远离政治中心的偏远宁静的运河滩两岸世代生活的乡民，原本就过着这种平淡而又惬意的日常生活，通过辛勤的劳动从大地收获粮食，接受大自然的馈赠。

副文本中除了对自然景色与地方色彩的描绘之外，对银杏、春枝等女性的人情美与情爱心理的挖掘与展现也非常真实细腻，具有生活实感与人间烟火的气息，还新人形象以普通人的本来面目。

小说对银杏的纯真、烂漫、柔情的普通女性心理与生活化场景的描绘，颇具艺术感染力。某种意义上，如果将小说副文本中的这些异质性要素——自然美、风俗画与人情美，从政治化意味浓厚的主文本抽离出来的话，应该是可以独立存在的，审美意境的营造甚至并不逊于孙犁笔下的“荷花淀”。

自幼生长在山水秀丽的运河滩的乡间少女银杏、春枝，受着山林、河水的滋养，富有青春活力，怀有本真而纯洁的心性。副文本中，刘绍棠对银杏、春枝的描写，呈现出了她们与主文本中政治化身份截然不同的人情美。

七月，是运河平原的落雨季节。

天放晴，碧蓝碧蓝的，像大海，太阳又出来了。

林间的小道，常常被雨后的小溪割断了，银杏挽着裤腿儿，赤着脚，一只手提着鞋，一只手拄着青秫棒，蹚着林间的小溪流走。

① 刘绍棠：《夏天》，上海新文艺出版社1956年版，第118页。

雨刚刚住了，（银杏）她就跑到地里去检查芝麻花落了多少，在青纱帐钻了很久，衣裳被玉米叶子上的雨水弄湿了，紧紧地贴在身上……

雨后的树林太诱人了，宽大的白杨叶子在阳光下闪着晶莹的光，布谷鸟饮着树叶上的存水，然后仰起脖儿，悠长地清脆地叫，黄鹂儿、山鸽子、花胡不拉鸟也从避雨的浓密枝叶中钻出来，抖动抖动翅膀，又尽情地歌唱。

银杏是一个还有些顽皮的姑娘，她望见不远处的树丛下，有一个长尾巴的花胡不拉鸟正在饮小溪流的水，便想悄悄走过去捉住它。但当她蹑手蹑脚地走到近前，猛地扑过去时，花胡不拉鸟"秃"地飞上树了，她的脚却深深陷进泥里。①

这段文字描写将世外桃源般的山楂村雨后的清新、优美的自然景色淋漓尽致地呈现了出来。此时的银杏已经与先前的那个青年团员、积极分子的政治身份完全游离开去，展现出的是一个乡间少女的带着几分野性、顽皮而又纯真的人情之美。人仿佛就在画中，艺术美感油然而生。

刘绍棠在副文本中对正处于怀春、恋爱喜悦中的美丽纯真的少女银杏的刻画，不禁让人联想到沈从文笔下的湘西少女翠翠。

黎明，运河上弥漫着白色透明的水汽，像一层薄薄的轻纱，笼罩着岸上的果园，果园散发着浓烈的甜蜜的香气。

山楂村最漂亮的姑娘银杏，背着一个红色的喷雾器，从果园的小道上跑向河岸。

她泡完药粉，就坐在紧靠河边的那一排向日葵下，梳起辫子，向日葵金黄的花粉，撒落在她的头上。

太阳还没升起来，平原还沉浸在朦胧的薄暗中，她低声唱着运河

---

① 刘绍棠：《运河的桨声》，上海新文艺出版社 1956 年版，第 90—91 页。

的触人心弦的情歌，在清澈的河面上，有几条小鱼在游动。①

有意思的是，与沉浸在恋爱的甜蜜幸福之中的银杏唱着情歌的画面相对应的，恰恰是山楂村的富农周振山划着小船往县城里偷运粮食倒卖的场景。这一描写无形中将银杏的日常化、生活化或者说非政治化的身份突显出来，主副文本之间构成了强烈的内在紧张关系。这种叙事上的张力结构也使得主副文本之间显得有些难以调和。

与俞山松、刘景桂、春宝等人时时刻刻都有着高度的警觉性，善于用阶级斗争的眼光来看待周围的人和事不同，少女银杏单纯、可爱而又真实。银杏觉得富农周振山主动为她捎一条漂亮的头巾一事并未有任何不妥，便欣然接受了他的“一番好意”，丝毫没有意识到周振山其实是为了掩盖他私自偷运粮食倒卖、“暗度陈仓”的不法勾当。当春枝、春宝发现蛛丝马迹后，银杏受到了恋人春宝的严厉批评。两人的一段对话颇有意味，无形中将银杏单纯、质朴的心性更加细腻、生动地展现了出来——

春宝穿过向日葵丛，银杏已经坐在那里，头巾却摘了下来。

春宝站在她背后，瓮声瓮气地问道：“喂，我问你，你为什么让周振山给带头巾？”

“他到城里去，顺便让他给买的。”银杏小声说。

“哼，一点儿警惕性也没有！”

银杏委屈地低下头，不言语了。

“周振山到城里去干什么？”春宝沉闷地问道。

“我哪儿知道。”银杏要哭了。

“你为什么不问一问。”

“我没想到。”银杏哽咽着说。

① 刘绍棠：《夏天》，上海新文艺出版社 1956 年版，第 1 页。

"一点儿警惕性也没有!"春宝长叹一口气，在她身边坐下来，"他什么时候打村里动身?"

"天麻麻亮，全村还没醒。"银杏捧着脸，说道，"我是……早起收拾果树，碰见他的。"

"他什么时候从城里回来?"

"不知道。"银杏说，"可是我吃完晚饭到他家去，他还没回来，想是得在夜里。"

春宝沉默了很久，闷闷地说："不知道这些富农搞的什么鬼!"

银杏害怕得不敢说话。过了一会儿，年青人的郁闷消散了，又头并头，肩并肩，低低地说起情话。①

美丽单纯、不谙政治（阶级斗争）的银杏，很容易让人联想到沈从文笔下的那个有着纯真天性的少女翠翠。银杏不像恋人春宝那般具有高度的警觉性与阶级斗争意识，而是时常沉浸在恋爱的喜怒哀乐中，作者对受春宝批评责备之后的银杏的语言、动作与心理描写非常真实生动而又到位。

即便是警觉性很高、阶级斗争意识也很强的党支部、合作社领导春枝，刘绍棠也并未将她完全塑造成一个冷冰冰的、只有政治身份的、"异化"了的女性形象。小说中的多处描写，展现出了乡间女性春枝的纯情、活泼、爱美的一面。

天刚蒙蒙亮，春枝走在通往摆渡口的乡间小路上，鸟语花香相伴，心里畅快惬意，尤其当她想到自己马上就能见到思念已久的爱人时，更是满心喜悦——

从运河上升起的透明的水汽，笼罩着村庄，从青纱帐里散发出冰凉清澈的沁人胸膛的气味。地头和路边一簇簇火红的野花，翠蓝的野喇叭花都刚刚睡醒，还没有发放出它们那浓郁醉人的花香。树林里，

① 刘绍棠：《运河的桨声》，河北人民出版社 1980 年版，第 125 页。

布谷鸟已经开始歌唱。在渡口，银白的水鸟也在向远路的客人啼叫着致以最亲切的问候。

这就是运河的黎明，太阳还没升起的时候。

春枝弯下腰去，采了几朵红的、白的小野花，扎起插在辫根上，姑娘的时代已经过去了，她不再偷偷唱那撩拨姑娘的心的情歌，然而在内心却洋溢着比情歌所引起的更幸福的喜悦。

渡口到了……

…………

小船还没靠岸，春枝便像一只野雀，一跃跳到船上去，惊得远路客人都“啊！”了一声，但是春枝只像芦苇在微风里弯弯腰似的，就站定了。①

副文本中的春枝，仿佛从充满火药味的激烈斗争中完全抽离出来，转换到了“去政治化”、充满人间烟火气息的日常生活场景之中。纯情、活泼、野性的春枝与主文本中的那个作为党支书、社主任的春枝简直判若两人。

与此同时，对银杏、春枝两位女性的情爱描写、心理刻画也尽显刘绍棠笔法的细腻到位，彰显了作者对女性人情美抒写的执着的艺术追求。小说中多处描写到了银杏、春枝与恋人之间的含情脉脉与私密情话，尤其是对她们怀春的心理及言行的刻画颇有意味。

仅以《运河的桨声》中的一个片段为例，俞山松在为山楂村党支部做完报告后，正想如往常一样去会计赵明福家里借宿，同时帮助这个退坡干部打通思想疙瘩。然而，他的这一“不解风情”之举，惹得恋人春枝一脸愠怒，作者对春枝的这种不可言传的复杂隐秘的心理拿捏刻画得相当细腻传神：

① 刘绍棠：《夏天》，上海新文艺出版社 1956 年版，第 70 页。

“我想再到赵明福家住一夜，推心置腹地跟他再谈谈。”俞山松望着刘景桂，征求他的意见。

“不！”春枝噘起嘴，瞪他一眼，意思是让俞山松住在她家里。

…………

俞山松跟春枝回到家，门楼下的鸡叫了第二遍了。

……春枝沉醉在幸福里，这些日子，她没有在自己的爱人身边坐一会儿，现在，一切都是静的，她轻轻地呼吸着，说不出话。

突然，她感到肩头沉重了，俞山松的头垂在她的肩上，呼呼地睡着了。

望着爱人清瘦的面孔，她的心疼痛起来了，她轻轻地吻着他，一动不动地支撑着爱人的身子，直到东山的树林被太阳染红，俞山松才醒来，她已经浑身酸痛酸痛地直不起腰了。

吃过春枝做过的丰美的早饭，俞山松到赵明福家去了……①

这一段文字将春枝对爱人俞山松思念已久的隐秘心理，以及俞山松“不解风情”时的愠怒的复杂纠结的心理惟妙惟肖地挖掘展现出来，非常富有生活实感。

实际上，副文本中的“异质性”因素的书写具有某种特殊的深意：即便是激烈紧张的阶级斗争，也未能将热恋中的春枝与俞山松之间的情感完全挤出日常生活轨道，他们一方面是党的政策的坚定拥护者与执行者，而另一方面也是再普通不过的凡人。

此外，小说中的清新、凝练、生动的语言、简约而传神的白描、田园牧歌情调以及诗化散文般的文体风格都很值得称道。总体而言，刘绍棠早期合作化题材小说中的“异质性”的书写，为其概念化的小说文本增添了一抹艺术美感的亮色。

刘绍棠在犹如“夹缝”般的创作环境中，执着地探寻政治与文学之间

---

① 刘绍棠：《运河的桨声》，河北人民出版社 1980 年版，第 33—34 页。

的平衡点，让一幅幅游离于政治之外的生活画面独立呈现于紧张激烈的道路与阶级斗争叙事之外，这种内在的张力结构或者说“症候”无疑表明了艺术审美对于刘绍棠而言，是无法抵御、难以割舍的艺术诱惑。

三、政治标准与文学艺术质地的兼顾与融合

《运河的桨声》《夏天》之所以具有丰富复杂的艺术审美要素，与刘绍棠步入写作生涯之初所受到的文学影响无疑有着非常深刻的联系。对刘绍棠早期（包括复出之后）的艺术特质产生深远影响的作家中，最为重要的当数鲁迅、孙犁和肖洛霍夫，其中，后两者对其小说中的艺术审美要素的生成与突显的影响要更多一些。

刘绍棠在1951年先后接触到孙犁、肖洛霍夫的小说后即被深深吸引，并开始有意识地自觉建构文学观或者说美学价值取向。他决定写故乡，写农民，同时“也决定师法鲁迅先生、苏联的肖洛霍夫和孙犁同志的小说”①。事实上，最早在其合作化题材短篇《青枝绿叶》（1952）、《摆渡口》（1952）中，他的这一创作观念就已经开始显露，到了20世纪50年代中期，则变得更加明显。

作为“白洋淀”作家群的中坚力量，刘绍棠从孙犁小说中汲取到了丰富的文学营养。在《青枝绿叶》《摆渡口》《山楂村的歌声》《布谷鸟歌唱的季节》，尤其是《运河的桨声》《夏天》等诸多文本中，无不闪烁着孙犁小说“荷花淀”美学要素的因子。对女性形象的刻画与心理描写、诗化散文风格、田园牧歌情调、抒写女性的人性美与人情美……几乎都能够体现孙犁小说艺术风格对其影响的痕迹。

对于这一点，刘绍棠毫不避讳，曾多次说过对自己文学创作影响最为深远的莫过于孙犁小说中的艺术美感。孙犁的作品“唤醒了我对生活强烈的美感，打开了我的美学的眼界，提高了我的审美观点，觉得文学里的美很重要”，“文字美，人物美”“给人以高度美的享受。我从……中汲取了丰富

① 王培洁：《刘绍棠年谱》，文化艺术出版社2012年版，第38页。

的文学营养”。[①] 他坦言：“没有孙犁同志的作品的熏陶，没有孙犁同志对我的扶持，我是不会写，更写不好的。”“孙犁同志培养和影响了我……”[②] 的确如此，若将刘绍棠及其恩师孙犁的作品放在一起比较一番，会发现二者在艺术审美层面存在很多内在的共性。鉴于很多研究者已经对此问题有过细致深入的研究[③]，故在此不再做过多阐述。

20 世纪 50 年代初，正值中苏同盟友好关系确立之际，“向苏联老大哥学习”的热潮丝毫没有减弱的迹象，一浪高过一浪。在众多苏联著名作家中，肖洛霍夫对刘绍棠的影响无疑是最大的，尤其是《静静的顿河》《被开垦的处女地》两部具有史诗品格的巨著让刘绍棠受益终身。

1951 年秋，刘绍棠在初次读到苏联著名作家肖洛霍夫的《静静的顿河》后，“没读几句便被强烈吸引，整个身心投入肖洛霍夫描写的顿河边的月申斯克村的人情世态和风光景色中。书中的顿河和我家乡的大运河，月申斯克村和我那生身之地的儒林村，相似之处俯拾皆是”。“从十五岁起，《静静的顿河》便被我随身携带，时常翻阅。”[④] 可见刘绍棠对《静静的顿河》的特殊感情。

可以说，肖洛霍夫对刘绍棠的影响是全方位的，无论是在思想主题的表现上，还是在写景抒情、风俗画描写以及人物刻画方面，尤其是小说文本的复调性，均是如此。比如，肖洛霍夫笔下的女性婀克西妮亚与刘绍棠笔下的银杏、春枝等女性形象有着明显的相似之处。春枝纯真、浪漫，对爱情充满向往，一面在区委书记俞山松的指引下，积极投身揭穿党内的退化变质干部以及阻止、粉碎反动富农、粮商的破坏活动；而另一面，她又

---

① 刘绍棠：《乡土与创作》，吉林人民出版社 1982 年版，第 11—12 页。另见，崔西璐、王万森、陆思厚编《刘绍棠研究专集》，重庆出版社、贵州人民出版社 1985 年版，第 69 页。

② 刘绍棠：《运河的桨声》，河北人民出版社 1980 年版，第 262 页。

③ 参见王教祝《孙犁刘绍棠的艺术师承》，《艺谭》1982 年第 4 期。另见，崔西璐、王万森、陆思厚编《刘绍棠研究专集》，重庆出版社、贵州人民出版社 1985 年版，第 296—305 页。

④ 王培洁：《刘绍棠年谱》，文化艺术出版社 2012 年版，第 39 页。

怀有青年女性的纯真、柔情，沉浸在爱情的温馨喜悦与幸福中。景语、情语、政治表达都被糅合在了刘绍棠的小说《运河的桨声》与《夏天》之中。实际上，而这种复调性的书写或者说张力结构，能够清晰地显示出深受肖洛霍夫小说《静静的顿河》《被开垦的处女地》直接影响的痕迹。

仅举几个例子以作说明，如婀克西妮亚在随爱人葛利高里往南方逃亡的路途中所展现出来的女性的柔情以及对未来生活的憧憬的心境的刻画，非常富有诗意的美感。

> 树丛旁边和向阳的地方，遍地都是异香诱人、五颜六色的野花。婀克西妮亚摘了一大捧野花，轻手轻脚地坐到葛利高里不远的地方，她想起了自己的青春，就动手编起花冠来，编成了一顶富丽堂皇的花冠。婀克西妮亚对着花冠，欣赏了半天，然后又插上几朵红色的野蔷薇花，放到葛利高里的头前。①

从《运河的桨声》《夏天》与《静静的顿河》的文本对比阅读中可以看出，婀克西妮亚与春枝的某种共同的女性的心性，似水般的柔情以及对爱与美的向往。在银杏、春枝等女性形象的身上其实就有着婀克西妮亚的影子（见上文对春枝的人情美的文字描写）。

刘绍棠对婀克西妮亚这个女性形象非常喜爱，当他读到小说中的婀克西妮亚不幸被流弹击中死去时，悲痛得潸然泪下。“婀克西妮亚、娜塔莉娅和葛利高里那死去活来的爱情，震撼着我那青春少年的心灵，令我泪如雨下。”“我通过阅读《静静的顿河》，产生了对爱情的向往。”“我一边流泪一边阅读……我心如刀绞，用被蒙头痛哭起来。”当读到第四部时，“眼泪流得更多”，婀克西妮亚到顿河边上的叛军阵营探望丈夫回来的路上，一边思念情人葛利高里，伤心欲绝，后因流产身亡，“婀克西妮亚哺养葛

---

① 肖洛霍夫：《肖洛霍夫文集》第七卷，金人、贾刚译，人民文学出版社 2000 年版，第 1978 页。

利高里的子女；愿随葛利高里外逃被流弹击毙；葛利高里在黑色的阳光下挖地埋葬婀克西妮亚……这些章节都使我的眼泪滔滔不绝”。①

虽然在刘绍棠20世纪50年代的合作化题材小说中没有描写类似《静静的顿河》中葛利高里与婀克西妮亚之间令人感动与悲伤的爱情故事，但是，在其笔下的竹青嫂（《夏天》）这一悲剧女性形象身上我们或许能够看出某些相似之处。从他对于竹青嫂的悲惨不幸的身世命运、婚姻悲剧以及在生活的重压犯下错误等的描写中，明显能够看出，刘绍棠并没有一点对其谴责的意味，而是对这个原本正直善良而又悲苦不幸的女性充满了深切的同情。

《被开垦的处女地》对刘绍棠的合作化题材小说创作同样产生了重要而直接的影响。在中篇《运河的桨声》《夏天》中，无论是从思想内容中，抑或从表现手法上，都能够看到这种影响的鲜明印记。在随笔《苏联小说对我的影响和指引》（刊于《北京日报》）中，刘绍棠毫不遮掩地承认了这一点。②

颇有意味的是，刘绍棠的中篇小说《夏天》1956年的初版本中，他竟在区委书记俞山松与县委书记周檎的对话中，还特意提到了《被开垦的处女地》这部著作，这一细节无疑更加充分有力地说明了问题。

这时，周檎一眼瞥见他书架上那精装的《被开垦的处女地》，顺

① 刘绍棠：《我是刘绍棠》，团结出版社1996年版，第91页。

② 崔西璐、王万森、陆思厚：《刘绍棠研究专集》，重庆出版社、贵州人民出版社1985年版，第24页。关于肖洛霍夫对刘绍棠的影响的具体文本比较，从刘绍棠在《现实主义在社会主义时代的发展》一文中援引肖洛霍夫的小说，便可看出他受肖洛霍夫的影响之深。另外，有关《运河的桨声》《夏天》受《静静的顿河》《被开垦的处女地》直接影响的“证据”，可参见：《肖洛霍夫文集》第二卷，金人、贾刚译，人民文学出版社2000年版，第30—31页；《肖洛霍夫文集》第七卷，第1978页；刘绍棠《夏天》，上海新文艺出版社1956年版，第10—11、70页。此外还有很多处文本间的相似之处，足以证明刘绍棠受肖洛霍夫影响之深。另外，还可参照刘祥文《肖洛霍夫在中国》（中国社会科学出版社2014年版）中的有关阐述。

手拿了下来，翻了几页，问俞山松道："这部小说你看过吧？"

"看过！"俞山松笑了。

"一部好小说！"副书记插嘴道，"可惜我的文化水平太低，是抱着字典看的……学习到很多的斗争知识。"

"认识阶级敌人和掌握党的政策的知识，"周檎点点头，"你看那些富农和反革命分子多么穷凶极恶，又是多么阴险狡猾，连具有（很）高的党性的布尔什维克达维多夫，都被阿斯托洛夫罗夫的两面派手法骗过去了，我们就更要提高革命政治警惕性啊！"

"是啊！阎德海就像雅可夫·洛济支·阿斯托洛夫罗夫！"俞山松说。

"那就多用我们共产党人的政治嗅觉嗅一嗅吧！"周檎看了看手表，"你马上动身……发现问题，马上跟县委联系！"①

当然，这并不是说刘绍棠的两部中篇就是《被开垦的处女地》的翻版，实际上二者虽有很多相似之处，但刘绍棠充分地将其本土化时，可谓自然而然，并无生搬硬套的痕迹。称《运河的桨声》与《夏天》这两部小说是刘绍棠向肖洛霍夫致敬之作或许更为确切。

某种意义上，肖洛霍夫的《静静的顿河》之所以如此著名、影响深远，其深层原因主要不在于其小说政治主题的表达有多么正确，反而是缘于其小说中的复调性。具体而言，即对人情美的抒写、对地域文化风物的描绘渲染、对自然美的大肆讴歌以及环境氛围的营造，尤其是对底层农民的人性、命运的观照，从中彰显出了人道主义、悲悯情怀。当然，更重要的一点是作者对政治运动的非理性与暴力的潜在质疑和反思……这才是《静静的顿河》真正经久不衰、影响深远的根本原因所在。自然，这些要素同样对刘绍棠产生了潜移默化的影响。

① 刘绍棠：《夏天》，上海新文艺出版社 1956 年版，第 75—76 页。注：此处对话在 1980 年及之后的再版本中被删节。

另外，需要指出的是，刘绍棠与孙犁有着内在的精神相通之处，突出表现在他们对于文学的认知和理解上，二人心底其实对于政治思想主题的表现并不排斥，但是都义无反顾地执着于追求在政治标准规范之下，于夹缝中游走，犹如在刀尖上舞蹈的文学艺术审美属性的表达。早在涉足文坛之初，刘绍棠就已敏锐地感受到了当时文艺界普遍存在的“普及”大于“提高”的状况，为此他隐隐地感到困惑和苦恼。虽然受到了1951年文艺界批判运动的波及，小说《红飘带》被认为政治立场有问题，但是，刘绍棠则坚持认为小说的反帝爱国主题、配合政治宣传的目的性非常明确，对于这次批评和“矫正”并不认同。

表面上看，刘绍棠一步入文坛就顺风顺水、大放异彩，而实际上，光环的背后，他也曾一度陷入创作困境与精神危机中。第二次文代会结束后，文艺界展开了一系列对公式化、概念化与教条主义等错误倾向的批评和纠正。刘绍棠受创作困境的折磨，甚至曾产生改行的想法。“一九五三年，是我在创作上毫无收获的一年，那主要是由于我在社会主义新形势下茫然无措和徘徊踟蹰的缘故，同时，也由于当时一些流行的公式化概念化的意见弄得我走投无路，一连的创作失败，使我苦恼得想改行。”① 从这段话中可以体会到刘绍棠当时内中复杂纠结的滋味。

然而，在1956年“双百方针”提出后，刘绍棠感应着新中国文艺界的短暂“春天”的盎然生机，于当年6月发表的散文《生命的春天》（《文艺报》1956第5—6期合刊）中激情万丈地表示：“生活在我的面前展开了辽阔无边的境界，我看见了那闪烁的新事物和新品质的成长，也看见了新旧势力的斗争……旧势力并不是很容易就被战胜的……”此后，他怀着压抑许久的对于文学艺术的执着向往追求，大胆地发表了“犯忌”的言论。他不顾师长康濯等人的劝阻和告诫，义无反顾地参加了一系列提倡“写真实”以及反对“粉饰生活”、概念化、公式化，以及教条主义等的座谈会，大抒己见。就在1957年，形势已经很严峻的情况下，刘绍棠不

① 王培浩：《刘绍棠年谱》，文化艺术出版社2012年版，第47页。

顾当时作协党组书记邵荃麟的极力劝阻[①]，仍频繁参会发言，发表敏感的理论文章以及带有“干预生活”（揭露社会“阴暗面”）意味的小说[②]（《西苑草》批判了大学校园里的形式主义与教条主义对年轻人的精神禁锢，《田野落霞》则揭露批判了乡村干部的官僚主义与简单粗暴、以权压人的不良做派）。刘绍棠在1957年发表的文章中的观点可大致概括为：艺术标准不能一味地停留在普及的水平上，而是应该得到应有的提高。文学创作原则、规范要随时代的不断发展变化而发展变化，不能总是停滞不前，死守教条。只有兼顾“提高”与“写真实”，才能克服公式化、概念化的弊病，呈现出文学的丰富性和长久的生命力。

1957年6、7月，《文艺报》与中宣部先后点名批评刘绍棠。刘绍棠终因自己的真诚率直、年轻气盛、缺少城府[③]而获罪，刚步入文学创作黄金期即被打入人生命运与文学生涯的谷底，被剥夺了正常的写作权利。

刘绍棠借着“双百方针”的“东风”冲破文学禁区，并执意表达文学性（异质性）的深刻动因，其实很大程度上除了与他对既有的文学规范与僵化教条主义的长期不满有关外，更与他对文学艺术审美的执着的追求有着深刻的内在关联。

---

① 虽然当时对于邵荃麟的好言相劝，刘绍棠并未听进去，但事后他一直对邵荃麟心存感激。“最使我感激和难忘的，是五七年春天，荃麟同志当时看到很多会都邀请我参加，感到不对头了，三次找我谈话，警告我不要再参加会，不要写文章，赶紧走，回农村去。”被划成“右派”之后，刘绍棠才真正理解当时邵荃麟这样做本是想将他从“灭顶之灾”中挽救出来的一番好意和良苦用心。参见王培洁《刘绍棠年谱》，文化艺术出版社2012年版，第65页。

② 刘绍棠在1957年发表的四篇论文与两篇小说被作为定罪的证据：应《文艺学习》约稿而与从维熙合写的《写真实——社会主义现实主义的核心》（1957年第1期）、《我对当前文艺问题的一些浅见》（1957年第5期），应《北京文艺》约稿写的《现实主义在社会主义时代的发展》（1957年第4期），共3篇论文；应《北京日报》约稿写的《暮春夜灯下随笔》（1957年5月24日），以及短篇小说《田野落霞》（《新港》1957年第3期）、《西苑草》（《东海》1957年第4期）。

③ 杨广芹口述，沱沱记录：《心安是归处：我和刘绍棠》，当代中国出版社2012年版，第32页。

当然，回过头来讲，刘绍棠在合作化题材小说创作中真正追求的是配合政治意识形态需要与兼顾文学性、艺术性——“普及”与“提高”，也就是说试图将“政治标准”与“艺术标准”有机融合在一起，即为自己在政治与文学、“普及”与“提高”之间寻求一个平衡点。

四、小结

1955 年，刘绍棠受共青团中央指派赴湖南某地农村指导高级化运动。其间，他一面向当地农民宣讲高级化政策的优越性，一面向农民群众展望农村的美好未来前景，以动员农民参加高级社。然而，也正是在此次下乡工作期间，他发现了以前从未见到过的“另面问题”。刘绍棠虽未在文中直接提及具体问题，但是从同一时期的作家赵树理的公开信中反映出来的诸多问题，以及从大量合作化运动史料文献中可以知晓他所提及的合作化运动的“另面问题”的真实所指。

刘绍棠在 1956 年将这一经历和见闻感受写成了长篇合作化题材小说《金色的运河》。这是他的首部长篇小说，他本想将高级化时期农村的真实情况予以反映，通过对问题的揭示暴露，达到触发人们的深刻反思之目的。然而，就在《金色的运河》即将出版之际，因受到政治冲击，这部“写真实”的长篇合作化题材小说出版未果。一部重量级的长篇“胎死腹中”，成了刘绍棠乃至 20 世纪 50 至 60 年代文学的一个不可挽回的重大损失。五年后，刘绍棠在《人民文学》编辑部约稿下，欲将五年前埋藏在院子里树下的那部样稿挖出来出版时，木匣子和稿件早已化作一摊烂泥。虽然后来刘绍棠想重写《金色的运河》，但已是力不从心，就此搁置。①

刘绍棠曾说过，这部重量级的《金色的运河》本是向苏联作家肖洛霍夫致敬之作，也是同他的《静静的顿河》展开竞赛而写。虽然历史不可以假设，但某些逆向反思还是必要的。倘若《金色的运河》能够顺利于 1956

① 王培洁:《刘绍棠年谱》，文化艺术出版社 2012 年版，第 75 页。

年出版问世，它不但可能成为当时最早的合作化长篇小说之一，而且恐怕其地位和影响有可能会高于在其之前出版的《三里湾》，以及在其之后出版的《创业史》和《艳阳天》等小说。

刘绍棠在二十余年后再度复出之际出版12卷本“文集”时，将他于20世纪50至60年代时期创作的小说中的概念化等意味浓厚的相关描写全部删除，这一举动非常清楚地表露出他对自己早期创作的重新认识和深刻反思。在“一生从文反躬自省”的随笔《秋后算账》中，他回顾了自己早期的文学创作，总结道：“政治立场、思想信仰如果不与文学创作的科学规律结合成浑然一体，写出来的作品即便轰动走俏一时，却不能存留一世，而迟早是一堆废纸。”① 从刘绍棠与时代、政治、文学之间的盘根错节的思考，以及他的“现身说法”与创作经历中，可以窥测到20世纪50至60年代文学生态、作家创作姿态与自我意识的大致情形。

第四节　其他中短篇小说中的日常与风土人情书写

日常生活书写历来是文学表现的重心之一，文学本身所关注的其实就是人、人性、人的情感与命运，以及社会时代变迁中人的生存境况与道德伦理观念的流变。可以说，日常生活叙事最为核心的要素就是对普通个体的物质与精神层面关注和表现。

某种意义上，小说也是一种史料（布罗代尔），小说亦是时代的证词（略萨）。在这些非政治化、意识形态化的日常生活片段的书写中，其实却隐藏着大量的特定社会时代与历史的某些重要信息，蕴藏并折射出某一时代的群体的相对真实而细微的特殊社会心理。而地方色彩、风俗画的展现也体现出了一定的文学意蕴，增强了小说的审美性、知识性和趣味性。

① 转引自郑学诗《走出写作障碍》，山西教育出版社2014年版，第283页。

就合作化题材小说而言，对非政治化的日常生活与风土人情等要素的书写的考察分析，无疑会为我们理解和把握那个特定时代，尤其是作家的创作姿态与时代之间的关系，以及20世纪50至60年代合作化题材小说创作在同质化之外的差异性，进而重审合作化题材小说乃至20世纪50至60年代文学的丰富性、复杂性，提供一个重要的参照。

本节以赵树理、孙犁、刘绍棠几位代表作家以外的一些作家如李准、康濯、马烽、刘澍德、张峻、李文元、曹玉模等人的小说文本为研究对象，重点考察其合作化题材小说文本中包括情爱叙事、风土人情等要素在内的日常书写，以期对回答上述问题提供必要的思考路径。

一、日常生活书写之“家务事”与“儿女情”

受20世纪50至60年代文艺政策的影响，合作化题材小说中对“家务事”“儿女情”的书写显得极为匮乏，因其在当时特定的文学语境中，被视为不健康的“小资情调”，与革命文学的价值观相对立。在涉及这些内容时，大都是轻描淡写，一笔带过，或者迫于压力而大幅删改，使之“合法化”。最明显的例子就是柳青的长篇小说《创业史》（第一部上卷）初版本中有关梁生宝与徐改霞之间细腻缠绵的爱情描写被大量删改一事。其他一些小说文本也有类似情况，即便有一些情爱描写，也是以此来突显男女主人公之间的“志同道合”。普通青年男女之间的私密缠绵、风花雪月式的情爱描写寥寥无几。男女主人公从恋爱到结婚，也无非意在突显农民新人“为了革命而忘情”，女性之所以对农民新人产生爱慕之心，也正是为其坚定的政治信念与无私奉献的高尚品质所打动。

可以说，合作化题材小说中的情爱叙事，大都是“过滤提纯”后的产物。批评家黄秋耘曾于1956年针对当时小说中情爱叙事普遍概念化与类型化的弊病，幽默地将其归纳并讽刺道：“见面就谈发明创造”式的爱情，“我问你一个问题，你爱我不”式的爱情，“扭扭捏捏、一笑就走”式的爱情，“由于工作需要而屡误佳期”式的爱情，“三过家门而不入”式的爱情，等等。① 黄秋耘的批评可谓一语中的，抓住了问题的要害，小说《三里湾》中的范灵芝与王玉生的情爱叙事即是鲜明的例证。

事实上，如康濯的《春种秋收》(1954)、李准的《冰化雪消》(1954)、李文元的《婚事》、曹玉模的《两朵红花》(1952) 等中短篇小说中的情爱叙事，也在较大程度上存在类似的问题。尽管这些中短篇小说的中心意图在于表明一对对男女新人正是因共同的理想志向——扎根农村搞合作化而终成眷属的，然而，客观地讲，相较于同时期长篇小说中的情爱叙事的“泛政治化”倾向，还是有所不同的。上述中短篇小说中的情爱书写相对真实细腻，富有生活实感，过于概念化、公式化的倾向还尚未特别明显。

《春种秋收》通过对周昌林、刘玉翠之间一波三折的恋爱故事的讲述，传达出了时代主旋律，同时，对那些志愿扎根农村，为国家农业发展建设做出奉献的知识青年予以了肯定和赞扬。

刘玉翠高小毕业后原本不想回乡务农，她一心想到城里工作，婚恋观很明确——“两高两相当”，即地位高、文化高，年龄和长相要相当。她只想嫁给干部或者工人。然而，正是因为对农村、农民抵触、反感的思想倾向，她未赢得县里干部的好感，恋爱刚刚显露苗头便随即幻灭，之后在爱情道路上又接连受挫。曾有亲戚为她和邻村的劳动模范、年轻农民周昌林牵线说媒，但一听到周昌林文化低，加之对其农民身份的厌嫌，她便断然回绝了亲戚的一番好意。

一时间，爱情、工作全都没有出路的刘玉翠被迫种地务农。然而，一次偶然的机会，她同周昌林两个人在地里干活时，意外发现周昌林竟然能读报纸，还懂很多知识和政策，农活做得也非常精细，品质又好，这令她大吃一惊。经过一段时间的观察和反复的思想斗争，刘玉翠逐渐转变了之前的偏见，最终主动向周昌林表达了爱意，志愿同他扎根农村一起搞合作化。

---

① 黄秋耘：《谈谈爱情》，陈荒煤总主编，曾彦修等主编《中国新文艺大系（1949—1966）杂文集》，中国文联出版公司 1991 年版，第 78 页。

李准的中篇小说《冰化雪消》，虽然主题在于表现个人主义与集体主义的冲突，但作者在小说中却穿插了很多日常书写与情爱叙事，在对相恋的男女主人公的心理刻画、语言的把握、情节设置等方面，都非常真实细腻。尤其是穿插进了小松妈对未来儿媳的机智巧妙的“殷勤”“讨好”，以及秀芝妈对未来女婿人品、脾气秉性的暗中打探和考察等日常生活细节，颇富生活气息与人情味，令人感到真实亲切。

郑德明老两口的独生女儿秀芝在家里、地里都很能干，小学毕业后，就到了红旗社当记工员。郑大娘发现女儿不知不觉地有了变化，从去年开始就常帮着魏虎头媳妇做鞋子衣服之类的活计，而后又买了一块青布给小松做了件汗衫，郑大娘“开始意识到秀芝已经不是小孩子了，而是个十八九岁的大姑娘了”。魏虎头媳妇其实早就看出来了，“平常她见秀芝总是要找个事往她家里来，并且一见她就说：‘婶子！弟弟们多，你有什么活做不出来，尽管给我，我帮你做。’虎头媳妇有意要试一下秀芝，就说：‘行啊！婶子忙，你帮婶子也是正理。我就喜欢你做的活。’接着她偷偷看看秀芝的脸说：‘你小松哥呀！就他穿鞋子费，我真做不过来！’‘我也可以学学给他做。’秀芝说着红晕飞满了脸，虎头媳妇心里就明白了几成”①。

小说的第六节集中对郑大娘打探未来女婿的“家务事”以及秀芝与小松之间的“儿女情”展开叙述。独生女秀芝从小被母亲捧在手心里长大，热了怕烫着，冷了怕冻着，“甚至连出口气也怕哈着她”。平时心细的郑大娘几年来心头上最大的一件事，就是秀芝将来的婚姻问题。曾经担任乡妇联委员的郑大娘虽然心里觉得新婚姻法好，也支持婚恋自主，但一想到女儿秀芝将来要是找不到一个满意的对象，心里就没了底、发了慌，不敢往下想了。

看到女儿总到小松家里去帮忙，又是给小松做枕头，又是做汗衫，尤其是有一次秀芝晚上开会回来时，送她回家的人正是小松，此时郑大娘意识到女儿已经自由恋爱了。郑大娘希望女儿的对象小松是个合适人选，但

① 李准：《李双双小传》，人民文学出版社 1977 年版，第 46 页。

因不十分了解而心中忐忑不安，于是，她想方设法、三番五次地从中打探和考察。小说将郑大娘暗中为女儿把关、考验小松，观察他的人品和脾气、秉性等生活细节以及纠结的心理刻画，生动形象地展现了出来，颇为真实而又传神。

> 自从她发现了这件事以后，心里七上八下、坐卧不安，也不知道是高兴，也不知道是发愁，反正是担心。
>
> 她偷偷去打听……“小松一月能挣多少分?”人家说一月能挣二百多分，她心里一热，觉得这孩子在劳动上还不错。
>
> 她又打听别人，听说小松从小爱和人家打架，说话管撂不管接，心里又一凉。她想:“要是闺女嫁个生红砖怎么办!”
>
> 有一次……她存心想试试这孩子，就一面打着水一面说着:“唉，这么沉。”小松一听就跑过来了……小松打着水，她在一边仔细端详了一番，觉得小松脸虽然有点黑，倒也周正，做活也有个眼色，因此心里倒佩服闺女眼力不错。
>
> 可是另一件事情却使她放心不下，就是小松能不能当她个养老女婿呢?……万一不愿意，她的唯一希望就完了。因此她经常和郑德明说这件事。……
>
> 郑大娘见和老头说着没用处，对闺女也没法说。想不管吧，心里哪能放得下，因此每天见了秀芝就说:“秀芝，我和你爹就你一个，俺们为你可受了一辈子苦。”又说谁家谁家招了个女婿真好。用这一类话，来对秀芝进行“启发”“教育”。①

显然，小松妈对未来儿媳，秀芝妈对未来女婿，远比小松爹（魏虎头）与秀芝爹（郑德明）在这方面用心，她们所想所做的事情与当时被“组织起来”的合作化运动，对富农资本主义思想以及“退坡”干部的批

① 李准:《李双双小传》，人民文学出版社 1977 年版，第 66—68 页。

评等一系列非日常化的内容，完全在两条不同的轨道上。她们所表现出来的其实是普通农民百姓，尤其是作为父母为儿女婚姻大事费心劳神的真实心态。

作者将小松妈主动接近这位未来儿媳，机智巧妙地以自己眼花为由，让秀芝帮她为小松做衣服、鞋子，从而侧面观察秀芝的反应，以及秀芝妈时不时地对女儿进行千叮咛万嘱咐式的“启发”和“教育”等生活细节拿捏得非常到位，简直把人写活了。

然而，因为两个社以及郑德明与魏虎头之间闹矛盾，两个年轻人的爱情也起了波澜，一时间两人都觉得很痛苦。小说对这一对热恋中的年轻人的心理刻画、语言描写细腻到位，也流露出了特定的时代气息。

> 晚上，她（秀芝）上罢学回来就躺在屋里床上，她想着小松一定会恼她。
>
> 恰巧这个时候小松的弟弟小四跑来……找着了秀芝说：“我大哥叫我把这给你，不叫我给别人。”说罢把一个小纸团给了秀芝就跑了。
>
> 秀芝打开一看，上面写着：“我在大杨树下等你。”她本来打算还是坚持下去，可是怎么也躺不住。她想着小松在那里等着她那个焦急样子，就跳下床连灯也没吹就跑着去了。
>
> 她刚跑到大杨树下，小松笑着说：“你怎么这几天不理我了？”秀芝见了他，一时急得说不出话来，只说了句：“他们都在说我。”就背着脸用手巾擦起眼泪……①

原来，两个人的父辈各自领导的合作社之间发生了矛盾冲突，使得秀芝和小松的爱情受到了波及。秀芝几天不见小松，心理纠结痛苦不堪，见了面又怕被人家批评失掉正确立场……这件事让秀芝妈也整天提心吊胆、寝食难安。两个年轻人偷偷见面后，一起商量对策。

---

① 李准：《李双双小传》，人民文学出版社 1977 年版，第 68—69 页。

秀芝说着想起了她妈这两天发愁的那样子，就对小松说：“我妈这几天愁坏了，她害怕咱们两个事会吹！”……“……她对咱们这个事小心极了。她生怕你爹一不愿意，结婚后你也不能到俺家……我爹我妈就我一个，要是闹不好一定惹他们一辈子生气。”她说着眼圈红了。

“不要紧，我明天去对你妈说说。”小松直愣愣地说着。秀芝发急说：“你还是这样冒失！你去怎么说？”

“哎，我会拐个弯说呀。”

“就那也别去。”说着两个人都笑了。

这时已经半夜，村子里边的人已沉睡。他们在村路上走着……顺着村外边说边走，可是绕过来绕过去也不知绕了多少圈子，还没有绕到秀芝家门前，话老是说不完……

……月亮偏西时才到她家门口。秀芝在门口站了半天，不想去叫门。她悄悄地想从门缝里看看，她妈睡了没有，不想头往门上轻轻一碰，门忽闪一下开了，原来是虚掩着。她心里一热，就红着脸回头笑着对小松说：“你看我妈！”小松也笑了。①

小松要向红旗社借张双铧犁遭到他爹魏虎头的反对后，父子间发生了激烈口角，这一场面正巧被郑大娘撞见。小松妈最担心郑大娘对小松产生不好的印象，以致儿女婚姻大事受到影响，心里分外紧张，喊话提醒小松并无效果，这让小松妈更加发了慌……这一场面描写很有农村生活气息，将小松妈与郑大娘二人微妙复杂的心理刻画得惟妙惟肖，生动逼真。

小松他妈是个机灵人。她平常对秀芝是最喜欢，也很想叫秀芝和小松早点结婚，又恐怕秀芝她妈不愿意。因此平常见了秀芝她妈，总

① 李准：《李双双小传》，人民文学出版社 1977 年版，第 69—70 页。

是说着小松如何好，如何孝顺，如何能干。可是今天他爷俩正吵架，却被郑大娘碰着，心里就慌了。她一方面招呼着……一方面又向屋子里喊着："小松！你郑大娘来找你德明伯来了，你见他没有？"她本来想这样喊着好让小松听见，可是屋子里越吵越凶。

…………

秀芝她妈站着听着，心吓得直跳。她问小松他妈："他爷俩咋的啦，动这么大的脾气？"小松他妈红着脸说："嫂嫂，你是不知道，这都怨他爹这老东西，不怨俺小松。"她没说完就跑到屋子里，压低着声音恨恨地说："不吵吧！不吵吧！爷们！人家秀芝她妈在外边听着哩！"①

这段日常生活叙事，将郑大娘的心事以及秀芝和小松之间的情感、心理都极为生活化地呈现了出来，这才是农村社会原汁原味的日常生活图景的真实展现。相比以往对小松的良好印象，这一次看到未来女婿与他爹吵架如此之凶，秀芝妈心里起了很大波动，惆怅不已。小说对秀芝妈的心理刻画和语言描写非常生动有趣，富有生活实感。

秀芝回到家，见她妈一个人坐在院子里发愁……郑大娘一看见闺女，却呜呜咽咽地哭起来。秀芝摸不着底细，就急着问："你是怎么了？妈！"郑大娘这才慢慢地说："秀芝呀！他可真是个'生红砖'呀！"

"谁呀？妈。"秀芝又问。

"小松呀！刚才我去他家，他和他爹吵架吵得可厉害！秀芝，我和你爹就你一个呀！……"接着就（又）对秀芝进行"启发"和"教育"起来。②

① 李准：《李双双小传》，人民文学出版社1977年版，第88—89页。

② 李准：《李双双小传》，人民文学出版社1977年版，第87页。

小说对秀芝妈看到小松与父亲激烈争吵的场面后的惴惴不安的心理刻画，把只有独生女的秀芝妈在传统宗法伦理观念影响下的那种复杂焦虑心态拿捏、把握得相当精准到位。此外，小说对秀芝与小松之间的对话描写与心理挖掘展现也很富有乡间的气息与人情味，尤其是秀芝“循循善诱”地让小松明确表态当上门养老女婿，以祛除母亲心病的细节，也非常贴近当时农村青年男女恋爱的真实原貌，没有将这对农民新人刻画成一心只为合作化，为了“革命”而“忘情”的梁生宝式的形象，小说没有人为拔高人物形象。

《冰化雪消》中的日常书写与小说中的个人主义与集体主义冲突的思想主题之间，没有过于明显的概念化、公式化的痕迹。坦率地讲，《冰化雪消》在表现时代主题的同时，所穿插进的这一系列生活化场面的描写，无形中增添了小说的真实性与丰富性。如此的日常书写与生活实感，在20世纪50至60年代合作化题材小说中都是不多见的。

小说《两朵红花》（1952）中的日常书写与情爱叙事某种程度上比李准的《冰化雪消》还要更显细腻成熟，生动真实。虽然小说以农民新人陈长林与方蕙子这对恋人响应政策号召，积极投身互助组为主题，但是小说中围绕二人情爱的描写更为生动有趣。尤其是对蕙子的怀春、吃醋、误会化解后的甜蜜欣喜的心理挖掘与展现，笔法婉转含蓄、细腻，不得不佩服作者对爱恋中的女性心理的把握的老到。

蕙子到菜园里本来要摘几根菜瓜，为父亲做饭，然而，正在怀春的她“在菜园里出神了好久”。[①] 蕙子这段时间之所以魂不守舍，是因为她心里一直在牵挂着意中人长林，以致把摘瓜和做饭的事情给忘了，见到父亲开会回来才猛然想起做饭的事情，急忙做好饭吃完后，她又情不自禁地出神发呆。

---

① 中国作家协会编：《一心入社》，中国青年出版社1956年版，第63—64页。

吃过了晚饭……蕙子还是坐在凳上发呆，心里一直在想长林的事情。

“蕙子！快把碗筷收回去……在这发什么痴呀！”……蕙子心里一愣，觉得自己的心事，好像给她爷（父亲）看见一样，脸上不由得刷了一层红。她把头一低，磨过脸，收拾起碗筷，走进厨房去了。①

恋爱中的女性，心里总是容易起伏波动，常常陷入遐想，而且很敏感。见不到长林时，心里一直念念不忘。而一旦见到时，又羞于开口，不知说什么好。

蕙子为长林量裁衣服时看到他脚上的鞋子坏了，小声当着陈大妈的面说要给他做双鞋子，这显然是她有意向长林暗中表达爱意。长林妈求蕙子帮忙为长林裁剪衣服，蕙子在长林屋里看到他向民校女教师朱明慧借的《王贵与李香香》后，立即心生醋意。“半天未讲一句话”，“她知道陈大妈站在身边，怕给她看出‘马脚’。故意把脸避过去，呆呆地站着，手里的书落在桌子上，她才觉醒过来”。②

忙了一天的长林回到家后，坐在凳子上结草绳修补破了洞的草鞋，正为心上人裁剪衣服的蕙子对长林不禁心生怜悯之情：“他连换脚的鞋子，怕也没有！”但她立即又把这种感情压了回去，装成很镇静的样子，改换了一种口气说：“长林哥！你房里桌子上，放的那个铁罐子养着的土蚕蛹，是干吗的?”③ 这一段文字，将蕙子对长林心生爱慕之情，再到之后的误解、醋意、怜惜以及借故转移话题掩饰自己内心的真实情感等一连串的错综复杂心理，展现得惟妙惟肖，处理得恰到好处。

长林妈对这位未来儿媳妇打心底喜欢，一心盼着这对年轻人尽早把婚事定下来。为此，总是不失时机地抓住一切机会与蕙子拉近距离。一天清

① 中国作家协会编：《一心入社》，中国青年出版社 1956 年版，第 64 页。

② 中国作家协会编：《一心入社》，中国青年出版社 1956 年版，第 71 页。

③ 中国作家协会编：《一心入社》，中国青年出版社 1956 年版，第 72 页。

晨，蕙子车水回家时正好路过长林家门口，便被长林妈拉到了家里，“陈大妈拉着她的衣裳拐，问她的衣服是那（哪）个裁的。从衣服看到人，从头看到脚，浑身打量遍。她眼望着蕙子，嘴迷迷地发笑”。①

陈大妈以自己眼花为由，让蕙子替她给长林量裁衣裳。裁完衣裳之后，又热心地留蕙子在家吃饭，暗中撮合的意图很明显。

“热天啦！长林一套汗褂裤，换不过来，老早扯了一丈五尺白洋布，正愁着没有人给他裁，拿针穿线，看不见……”陈大妈说出心中的话。

衣裳裁好了，蕙子就要回去。陈大妈死也不肯让她走，硬要留她在这里吃饭。蕙子跑到大门口，她追到大门外，拉着她的袖子。长林站起来，开玩笑说：“她那（哪）是客气！是嫌我们家饭不好吃！”他妈在大门口，一个人拉不住蕙子，对她儿子生了气：“你不能跑出来一步，帮我把她进来啊！”

“大妈！你没看见他草鞋绊子断啦，怎么走法……”蕙子被陈大妈拉住，苦苦地哀求道：“大妈！邻间家旁的，那（哪）一天吃不着这一口。别扯吧！”她用力想解开陈大妈的手。头抵在陈大妈的怀里，像蚊虫哼似的说：“大妈！长林哥连双换脚的鞋，都没有吗？大妈眼真看不见，针抓不牢，我替他做双鞋吧！”声音很小，她害怕给长林听见。②

“大妈眼真看不见，针抓不牢”一句颇有意味，表明蕙子心里有数，早知道陈大妈找她为长林量裁衣服是有意撮合他俩的感情。而当她看到长林脚上的草鞋坏了时，明明心里想给心上人做一双，却反而以陈大妈眼花、看不准针线为由，主动提出给长林做双鞋子。其实彼此都心知肚明，蕙子之所以这样说，既显善解人意，又不至于显得太过殷勤和难为情。作

① 中国作家协会编：《一心入社》，中国青年出版社1956年版，第70—71页。
② 中国作家协会编：《一心入社》，中国青年出版社1956年版，第73页。

者对蕙子的言语与心理活动都拿捏得相当到位。

在一次台风过后，河水暴涨，蕙子为了堵住崩溃的涵口和斗门而受伤住院，蕙子对长林既牵挂，又因之前的误会尚未解开而暗自忧伤、烦恼。“一想起长林，她总觉得有些不得劲，可还是老想起他，想起做鞋子的事情，朱明慧的事情，引起了许多烦恼。因此每到这种时候，她总是用牙把嘴唇咬痛，一咬痛，她就不再胡思乱想了。”① 她看到长林来医院探望时，心里既喜出望外又颇感纠结，因长林向朱明慧借书一事而心怀醋意。与此同时，她其实对长林的探望期盼已久。两个人之间的一番对话，将热恋中的蕙子的复杂心绪淋漓尽致地展现了出来。

（当躺在病床上的蕙子看见长林拎着一篮子秋白梨看望自己，站在床前时）蕙子觉得突然，也觉得格外高兴，连心都跳起来了。她有许多话想说，但又不知说什么好，只好说到梨子上去了。

…………

……长林……把凳子向前移移，靠近蕙子头，声音压在嗓子里说：“你对我那天说的话，还生气吗！”

“什么话？”蕙子明知道是说做鞋子的事情，却故意地反问。

“你还瞒我，小艾子早告诉我啦！”

“差点点送掉命，那（哪）还把你的话摆在心里。”蕙子有点害羞，脸红很啦。怕给他看见，就把身子转过去，背对着长林的脸。她心里想问他一句话，“你为什么来看我？”话到了舌头尖子，又咽了回去。她忽然感到一只发烫的大手，摸着她的肩膀，又从被单里把她受伤的手拉出来，从上摸到下。火辣辣的伤口处，却像被凉水润了一下。蕙子急忙又把手慢慢缩进被窝。

她把脸又磨过来，长林正望着她笑。

“我告诉你，我妈已经向你家提了亲事，你爷（父亲）说要你自

① 中国作家协会编：《一心入社》，中国青年出版社 1956 年版，第 80 页。

己答应。”长林说，等着蕙子说话。

“是你妈的意思，不是你自己的意思么（吗）?”

“自然是我的意思，我叫妈提的。”长林着急地说。

“你会答应的，”长林重新把蕙子的手握得紧紧的，而且补充着说，“我要你答应我。”

蕙子只笑了一笑，连脖子都红起来了。

“你笑了，就算你答应了。我妈说，你答应了，等你出院我们就订婚。”

“你告诉你妈，”蕙子羞涩地说，“我就要出院的……”①

这一段情节描写很富有人情味，尽管是互助合作化题材的“主旋律”小说，但是在文本中几乎看不到什么标语口号式的概念化图解与宣传，反而是在这个“主旋律”之外的长林、蕙子的爱情故事——尤其是蕙子怀春的心理、对长林的误会与醋意，以及长林妈对蕙子和长林的暗中撮合等细节更为吸引人，也更打动人，富有日常生活与人间烟火的气息。这相比《三里湾》《创业史》《艳阳天》《山乡巨变》《风雷》等长篇小说中的情爱书写明显要真实细腻得多，同时，文学色彩也从中得以突显。

另外，小说中的长林、蕙子虽为农民新人形象，却丝毫没有概念化的痕迹，更没有被拔高到梁生宝、高大泉那样政治化、近乎完人的高度；恰恰相反，两个人在生活中、工作中都存在急躁、冲动、不够成熟的缺点。

再有，即便是对蕙子妈的封建迷信观念（将几把镰刀插在屋檐上，认为这样小白龙就不敢用尾巴掀翻屋顶，台风就会绕过去）②，小说中也并没有表现出憎恶与批评的态度，而是带着一丝无奈，态度温和地展现出了当时农村百姓的真实生活与思想观念的原貌。

20 世纪 50 至 60 年代合作化题材小说中较为稀缺的日常生活的书写对

① 中国作家协会编：《一心入社》，中国青年出版社 1956 年版，第 80—82 页。

② 中国作家协会编：《一心入社》，中国青年出版社 1956 年版，第 75—76 页。

于当时近乎“一体化”（政治化、意识形态化）的文学总体面貌而言，实际上是将严肃的政治意识形态化书写做了某些稀释与调和，使其在一定程度上显得更为贴近当时农村生活的本真状态。

之所以在上述几部小说文本中呈现出日常生活与情爱书写的“异质性”要素，一个重要原因就在于中短篇合作化题材小说篇幅短小、创作周期短，即在合作化运动之初，尚未受到大规模的文艺政策的规训。即便某些中短篇不乏较强的迎合政治的痕迹，也远比创作周期更长、大多在20世纪50年代中后期才出现的长篇小说所受到的政策规范要弱化得多。

二、马烽、刘澍德、张峻小说中的风土人情

“山药蛋派”作家马烽创作的合作化题材小说，以中短篇居多。他非常擅长制造“误会”“冲突”的戏剧性场面，故事情节设置具有一定的张力。通过对人物之间的“误会”将故事一步步向前推进，最后在关键时刻，“误会”解除，主人公高尚、正直的品质从中彰显出来。小说既有教育意义，也有很强的可读性和趣味性。

如《我的第一个上级》就是其中的代表，通过“我”的叙述视角，将农建局副局长老田平时邋遢萎靡、沉默寡言、慢性子、夏天穿棉裤等极为怪异的形象展现出来，又通过对老田在指挥抗洪抢险、封堵决口的堤坝时的机敏果断、业务精干、临危不惧、奋不顾身的英勇表现的刻画，让人终于意识到平时错怪了老田。这种侧面烘托手法，既增强了小说的可读性，又达到了突显老田这个“怪人”的一心为公的高尚品质的效果。

在短篇小说《五万苗红薯秧》（1962）中，马烽运用了同样的表现手法，通过描写一场误会，间接地突显并赞扬了生产队队长韩根生认真负责的工作作风与正直高尚的品格。在县里开完会后，韩根生得知记者“我”已去往孔家庄采访报道近年来他支援其他生产队的先进事迹，他急忙骑车往回赶。正巧在村口撞见原本作为社里福利的五万苗红薯秧被低价卖给邻村一事时，他坚决不同意卖，硬是让人卸下了车。其中的一段场景描写颇

为有趣，将“山药蛋派”小说的一贯的诙谐幽默的风格充分显现出来。韩根生正对孔汉三私自卖掉这五万苗红薯秧一事而发怒时，作者在这时插入了一段幽默的、带有山西地方风味的场面描写：

“这个孔汉三真乱弹琴，回来非处分他不可！”

“依我说，说……汉三……三、三……做得对！”乡邮员急得脸红脖子粗地向韩根生说道：“你，你，你，你，不对！”

韩根生立时反问道：“我怎么不对？”

“你，你，你……”乡邮员一着急，更加结结巴巴地说不成个样子了。这时老会计倒了一杯水递给他，边说道：

“茂生，别着急！我看你干脆不如唱吧！”

茂生翻起白眼望了他一眼，又端起杯子喝了两口水，当真就扯开嗓子唱开了。说也怪，他说话结巴，唱起来却一点也不结巴了。他用的是山西梆子的腔调，唱词都是临时编的。大约是因为合辙押韵，唱词中夹杂了好些废话，有的句子简直不通，不过意思倒还能听明白。大意是说：前几天那场霜冻，吴村受害最大，把二百多亩早种的玉茭冻死了。想改种其他作物又嫌产量不高，因此才决定种红薯。他接着唱道：

“因此上四处派人来购买，

不卖薯秧理不该。

孔汉三精神对得太……”

韩根生没等他唱完，猛地站起来说道：

“唉，你呀！刚才嘴巴贴上封条了！”他用感激和赞扬的口吻说了这么句抱怨的话。①

乡里的结巴邮递员茂生的一番解释化解了这场误会和风波。得知真相

① 马烽：《我的第一个上级》，人民文学出版社1959年版，第230页。

后，韩根生立即扯着嗓子向买秧苗的吴村人喊道“别卸了”，并让人帮着装车，让吴六交款拉走秧苗。而就在当他又从孔汉三口中得知低价卖给邻村的其实是烂了根的红薯秧一事后，他当即决定买回好秧换给邻村，自己留下了烂根的秧苗。通过记者“我”在采访过程中对韩根生从开始的“误解”到后来的真相大白，突显出了这位生产队队长公事公办、正直无私的品质，情节构思与表现手法非常巧妙。同时，将山西农村的地方色彩也间接地描绘、展现出来。

在其他几部合作化短篇如《自古道》《三年早知道》等文本中，马烽在描写张口闭口“自古道”的“老好人”——落后保守农民陈守忠，以及牛马经、国家大事、相面看风水等无所不知的“头痛社员”赵满囤这两个落后农民形象思想转变的故事的同时，还巧妙地将山西的风土人情融入其中。在确保小说“政治上起作用”的同时，也使得人物形象更显真实丰满，增加了小说的趣味性。

马烽在“大跃进”之后创作的小说，在主题思想的提炼与表现上，确实有一定程度的概念化痕迹，如有意拔高新人形象的政治觉悟与道德品质，尤其是在结尾处常常做一些升华主题的处理，“赶任务”的意图非常明显。不过，单纯在塑造人物形象、刻画人物性格方面来讲，不得不承认其表现手法的独到鲜明之处，在充满戏剧性的故事情节中，往往能精准地抓住人物性格的关键要素，结构设置与情节铺排富有张力。这与同一时期的很多合作化题材小说中过于简单化、概念化的处理方式相比，艺术手法明显要略高一筹。

即便在20世纪60年代，也不乏一些较为优秀的中短篇小说，比如刘澍德、张峻的几部短篇就非常具有代表性，主题的设置也没有显现出同时期很多小说那般过于迎合意识形态的概念化倾向。尤其是小说中对某些地方风土人情的书写是其中的一大亮点。同时，作者还借人物之口表达了对当时社会病象的批判态度。

刘澍德的中短篇《甸海春秋：田老乐生活片段之一》（1961）讲述了“大跃进”时期，发生在甸尾队的一场反对冒进浮夸，力主实事求是、真抓实干的故事。因甸尾队去年大春减产，今年春耕积肥排名最末，田老乐被改选为新任队长。田老乐上任后，工作认真负责、脚踏实地，倾听社员的真实心声，带领大家齐心协力，不教条主义，不搞浮夸冒进，一切从实际出发。经过他和社员们的集思广益以及大力改进生产办法后，生产效率和质量都得到显著提升，他也因此在群众中树立了很高的威信。然而，只顾数字与速度，不顾质量的社主任林旭对田老乐抓生产的办法很不满意。他批评田老乐平时说说笑笑的性子，是工作不积极、不上进的表现。

与林旭的一味冒进浮夸倾向、教条主义与官僚做派形成鲜明对比的是，县委下派到海村社任支书的赵辛的真抓实干，实事求是，丝毫没有官架子，善于倾听基层群众的强烈诉求。小说借田老乐、赵辛等人之口，对“大跃进”中出现的种种不切实际、有违客观规律、脱离百姓诉求与伤害农民切身利益的严重问题予以了揭示和批评。此外，在短篇《目标——正前方》（1961）中作者也表达了对“大跃进”、人民公社化时期出现的急躁冒进、“五风”盛行的深刻质疑和反思。①

尤其值得一提的是，《甸海春秋：田老乐生活片段之一》中富有浓郁的地方色彩的人物语言、性格心理与生活场面的描写值得称赞。作者对云南农村名为甸海的这个小山村的别具风味的方言俗语予以了生动的描绘。其中，最有代表性的就是主人公田老乐极富个性、幽默风趣的言谈举止，

---

① 由于刘澍德平时跟农民和农村干部非常谈得来，彼此都敞开心扉，都说真话，故而他从这些农民和农民干部口中得知了20世纪50年代中后期农村的真实情况与农民的生活和思想状况。他对“浮夸风”、冒进现象所导致的问题感到非常忧虑。1959年3月，他在和同事晓雪的谈话中对这一现象表达了他的看法：“去年本来大丰收的，只可惜粮食抛撒太大，征购的任务又重，许多生产队都闹春荒了。有的地方出现了水肿病……农民是务实的，他们最讨厌那种光耍嘴皮、放大炮而不问实际效果的人。而‘大跃进’中，好像这种人多了，还特别吃得开！有的干部还动辄训人，打骂群众……这些当然只是支流，在作品里不好写，但对支流的东西，是不是文艺就完全不能反映、作家只能闭上眼睛呢?!”之后，在1961年的几篇小说中，刘澍德将他的思考与质疑都写进了他的小说中。参见晓雪《我所知道的刘澍德同志》，《锦州师范学院学报》1980年第3期。

他每次开口说话时，都要带上一句戏词儿“一轮明月的话”，小说通过对他的独具个性的语言描写将其性格特征生动形象地展现出来。

性格内向稳重、从不张扬的田老乐被推举为新任队长后，他心存顾虑，不肯接受这一职务。

> “啊么呀，啊么呀，我找你找错了，见面就挨你一棒棒。讲到队长‘一轮明月’的话，落大雨也沾不到老乐身上来。”①

说完话转身往外面走，一只脚刚搭到楼梯，就被大家喊住。不过，此时的田老乐依然不打算担任这个生产队队长。

> 田老乐说道：“说起当队长，那可非同小可。我这人跟牛屁股走，对谁都不大服气，说到干部，我只好认输，肚子里一滴滴政策也没得，几百口人生产，抓到一个人的手掌，‘一轮明月’的话，这可不是好耍的。”②

当被书记问到甸尾队积肥上不去的原因时，他直言不讳，直指问题的根结所在：“我这份人不惯说假话。积肥上不去，首先因为去年队上没增产，大家有点顾家私。”另外，他还认为问题与原来的队长老曹性格暴躁、干群关系不融洽有关。老曹不了解社员们的真实想法，一旦意见不合就和人大吵。“我们老农民，都是一根肠子通到底，实在也怪不得。”③

此前怀疑田老乐的工作能力、并不看好他的主任林旭也只好让田老乐做好思想准备。而田老乐却站在楼梯口，扭转身来说道：“林主任，如果要我当队长，‘一轮明月’的话，你也得做个准备，准备我逗你生气。”田

① 刘澍德：《卖梨》，上海文艺出版社 1963 年版，第 34 页。

② 刘澍德：《卖梨》，上海文艺出版社 1963 年版，第 34 页。

③ 刘澍德：《卖梨》，上海文艺出版社 1963 年版，第 34 页。

老乐反复琢磨后，最终决定试一试，他走了，不久，门口传来了响亮的山歌："一轮明月照天边，今日事情好新鲜……"①

夜深了，各家早就熄灯睡了，唯独田老乐家的灯亮着。田大嫂在等老乐回家的空隙，借豆油的灯光纳鞋底。每次开完会，不管多晚，田老乐都唱着山歌回家。田大嫂时不时"侧起耳朵，希望从田坝里听到他的'一轮明月'"，可今日田老乐的表现却不同以往。

> 歌声没起，楼梯可响了……
>
> "啊么么你还未睡？今日有台事，来不及搭你商量。"老乐向老婆那边凑一步，认真严肃地问："你看我能不能当个队长？"
>
> 大嫂举起手，把锥尖向鬓角擦了几下，说："你不消先问我，我先倒要问问你：往时开会回来，你把好几村子的狗，全逗得乱叫乱嚎，今晚回来咋个连大气都没得？"
>
> 老乐笑着说："平时开会，走出会场，就是甩手自在王；今晚上一面走，一面想事情，就把'一轮明月'忘掉啦。"②

深夜里的小村庄静谧安详的气氛，借着豆油灯火光边做针线活边等丈夫回来的田大嫂，以及田老乐回家路上因有了心事竟然忘了唱"一轮明月"的细节描写，颇有乡间的生活气息与地域情调。某种意义上，夜里的小山村与白天人们大搞"浮夸风"、盲目冒进，对立双方相互争执的场面与气氛都截然不同，这本是乡间农民百姓真正的日常生活状态的呈现。

田老乐上任后，改用自己唱山歌的方式集合队伍一起上工，场面生动有趣。作者运用诗化散文的笔法将坐落于云贵高原的这个小山村的别样乡土韵味与风土人情，生动鲜活地抒写出来：

---

① 刘澍德：《卖梨》，上海文艺出版社 1963 年版，第 36 页。

② 刘澍德：《卖梨》，上海文艺出版社 1963 年版，第 37 页。

百灵刚刚弄舌，湖水刚刚返光，太阳刚要从山上露面的时候，老乐从家出来，走到村子半中腰，爬到高高土墙上，放开喉咙，唱起了他的“一轮明月”。歌声比哨音响亮，比锣声高亢，比晨钟还要悠扬，比一切呼唤人的东西更新鲜、更有内容。歌声在村上空回荡、飘散；歌声使会唱的百灵闭了嘴、让早晨的白云红了脸；歌声冲进每家每户，把人从甜梦中惊醒……

老乐站在土墙上，如同检阅部队的将军，看着大批队伍从身前走过。大家对他吵，他逗大家笑，欢欢喜喜，精精神神，这些人，不像到河里、山上闹积肥，倒像是游春、赶会、看热闹。①

这一别具风味与情调的场面描写，完全让人感受不到这竟然是在“大跃进”、公社化时期劳动上工的场景。这个有点怪脾气的新任队长与此前的其他干部都不同，以往上工劳动时，都是用哨声、锣声，或者是敲晨钟，而此时则是由田老乐撒开嗓子尽情地唱起他最喜爱的那一段小调——“一轮明月”……这一描写手法颇富诗情画意，以及浓郁的审美与艺术气息。

另外一段关于田老乐带着乡亲们劳动时对山歌的场面描写，显示出了特殊的风俗画的美感，散发出了少数民族地区特有的乡风民情的气息——

太阳快要近午，西南风一阵热似一阵。一群白鹭雪片般从绿色田野上飘过。一只青蛙，隔一会，阁的叫了一声。田间一片葱绿，四周一片寂静。

“噢——喂！”老乐向妇女们喊，“你们为啥不唱调子啊？”

“你先唱，我们对！”有位妇女直起腰来说。

老乐……把腰一挺，头一仰……②

① 刘澍德：《卖梨》，上海文艺出版社 1963 年版，第 42 页。

② 刘澍德：《卖梨》，上海文艺出版社 1963 年版，第 52—53 页。

即便在紧张的“大跃进”时期的劳动生产中，田老乐和人们也不忘唱上几句山歌。这些风土人情与地域情调的抒写从侧面烘托出了当地人乐观、淳朴的生活态度，同时也给原本严肃压抑、概念化公式化、缺少欢声笑语的20世纪50至60年代文学增添了一丝文学艺术的美感与内蕴。

除了上述两位作家的乡土风情书写，河北作家张峻的短篇小说也别具一格。《山庄一农家》（1959）、《尾台戏》（1962）、《古庙夜记》（1962）等小说中的风土人情书写非常具有地方韵味。因作者出生成长于河北隆化县，隆化虽隶属承德，却毗邻辽宁，所以张峻小说中的人物语言、心理、性格带有相当鲜明的东北地方特色。大量东北方言出现在小说文本中，口语化的味道浓厚，读来让人感到形象生动而又亲切，同时，生活化场面的描写也很富有实感。

小山庄里的一户人家家里，一位老人一边“当啷啷”地弹奏着蟒蛇皮弦子，一边逗着小孙子玩，旁边还有一位老婆婆吱吱呀呀地纺着麻线。性格直爽、善良能干的孩子的妈妈刚给别家女人接完生回来，而孩子的爸爸——绰号“三猫”——此时也回到了家里，向两位老人讲起了队里“捣腾梨”的事情……这几口人之间的对话将北方普通百姓的家庭生活场景描绘得鲜活生动，充满了人伦之乐与家庭的温馨气氛——

吃晚饭的时候，三猫媳妇回来了。我们六个人，团团地围了一桌，有了她，屋子里就显得格外热闹。她不管别人愿不愿意听，扯着高嗓门，叙说王家媳妇生小孩的过程；又埋怨她爱人，不该给我做面汤，说“栗子饽是稀罕物”。在让我吃菜时，也总让让两位老人，并一再往老人碗里夹肥肉。老太婆眼力不太好，媳妇就尽心地把肉堆到她眼前的菜碗里，还告诉她挑硬的夹，结果一夹一块肉。她就说：“今晚的菜，全是肉啊？”说得媳妇忍不住笑。老爷爷逗她说：“菜里的肉倒不多，是肉抢着往你跟前跑。”逗得三猫和我也笑了。

突然，一只小花猫，“嗖”地跳上炕来，被娃娃一下子将它抱住，说："爷，给小猫块肉吃，它还给我捉雀呢！"

老爷爷故意逗他说："爷爷也给你捉雀呀，怎么不想着给爷爷夹肉哩！"

小家伙没话可答，小脸一冷，去摇他妈妈的胳膊："快给爷夹肉！快！"逗得大伙又齐声笑了起来。

欢笑的气氛中，我久久地望着墙上贴的那幅画——"幸福之家"。①

原来家里住着的这两位年过七旬的老人是队里的五保户，因年岁大了，没人照顾，一副热心肠的三猫媳妇在与队里商量后，就将两位老人接到家里来侍候，让他们过着普通而温馨的生活。小说的末尾处，蜻蜓点水般借三猫媳妇之口，点明了"公社一家亲"的主题，可以看出这部短篇小说情节设计与构思的别致巧妙。

张峻小说中的人物语言描写流露出了浓郁的关外韵味，短篇小说《尾台戏》（1962）颇具代表性。作者通过粗狂淳朴、生动鲜活的人物对话，将人物形象、性格特征以及小说文本中散发出来的浓烈的关东风情自然而然地展现了出来。

生产队队长刘二毛、放羊的三羊倌是庄里有名的戏迷。他们俩一直想去看上一场专区来的演员唱的戏，过过戏瘾。可是，戏一开台，很多社员都争着去看戏，因推不开手里的活就找他来"打官司"，结果，队长刘二毛问来问去，把"原告""被告"都放走看戏去了，自己把活全都揽了下来，看戏的机会算是没了。

由于戏瘾作怪，每当路上遇见有人看完戏回来时，他都要叫人家给他讲戏。就在演尾台戏的前一天，三羊倌、刘二毛打算与别人换工，去看最后一场戏，刘二毛起早来到三羊倌家里找他一同看戏时的一段对话别具味道：

---

① 张峻：《大山歌》，河北人民出版社1979年版，第57页。

> 他转头向上屋瞅了一眼，大喊一声："三娘们（三羊倌老婆），起窝没?"
>
> 羊倌老婆听出是二毛的语声，便在屋内大声回话："干啥？有屁你就放!"
>
> "我要进屋!"
>
> "进屋谁还怕你抢奶吃!"
>
> 逗笑是逗笑，二毛毕竟是四十挂零的人了，他还是怕羊倌老婆没起炕，闯进屋去不合适，便悄悄地溜进外屋，想先从门缝瞧个究竟。不料，他刚一触动门帘，猛听羊倌老婆像下命令似的喝道："进来！偷瞅什么?"原来，她正面朝对门的镜子梳头呢，二毛的举动早被她看在眼里了。[1]

"这些简直带点粗野的对话，一听就知道""是关外的，关外那种粗犷的，富有表现人物性格的对话，使这篇小说增加了色彩"。[2] 东北所特有的那种粗犷（乃至粗野）率直，而又极富表现力的生活化的语言，只需寥寥几句，便将关外的风土人情淋漓尽致地展现了出来。

小说的主题虽然是表现基层好干部、生产队队长刘二毛一心为社、舍己为公的高尚品质，但因这些地域化和生活化的农民语言的运用而显得真实丰满许多，况且小说中丝毫没有概念化、图解政治的痕迹，故事情节几乎都是在日常生活化场景中自然而然地铺叙开来。

短篇小说《古庙夜记》（1962）中也显示出了浓郁的地方色彩与乡土社会的人情味。小说从老书记到生产队办公室借宿开始叙述。一天夜里，老书记本来是要去县党代会签到的，可是，用他的话说，"香瓜掐尖——出岔啦"，有件临时的紧急任务，于是只好到此住一晚。老书记一边跟小会计聊着家常，而后又向"蔫大头"李茂深说起给他介绍对象的事情。就

---

① 张峻：《大山歌》，河北人民出版社 1979 年版，第 61 页。

② 王庆田：《〈大山歌〉序》，张峻《大山歌》，河北人民出版社 1979 年版，第 7 页。

在三个人聊得正热闹的时候，忽听庙台下庄子里传来了吵闹声，仔细一听便知“骂破天”（蔡金花）又开始骂人了。

蔡金花之所以被人们叫作“骂破天”和“一层皮”，除了她脸长得像堆了一层皮之外，主要是因为她“心眼长得有点偏，啥东西一过她手，总得沾下一层皮”。她与“小腿疼”“吃不饱”同是典型的自私、落后的妇女，常常绞尽脑汁、“找窍门”占公家便宜。在给队里轧斗料时偷偷筛豆面，每天总是从地里摞一把高粱穗喂自家猪。社员们有意见，队长便对她批评教育。“先是个别劝说，可越劝她越火气，后来队长实在没法，不得不来个‘大会表扬’了。”① 可“表扬的结果”就是之前的蔡金花变成了现在“闹夜市”的“骂破天”，不仅骂个没完没了，甚至还反咬一口，到公社告了队长一状……

小说的情节设计颇具戏剧性，讲究故事的波澜起伏，通过对话描写将人物的性格心理生动鲜活地刻画了出来。

> （笔者注，小会计同李茂深一起去劝“骂破天”，便出了门）时间不长，两个小伙子叫呱呱地跑回来了。一进屋，小会计就像报告好消息似的大声说：“嘿！不等我们劝，人家就不骂了。”
>
> 老书记仰起头，笑着问道：“怎么？她骂累了？”
>
> “她才不累呢，是叫队长给劝住了。”小会计喘着粗气学说，“嘿！我俩刚走到她家墙外，听她骂得正来劲，杨队长却担着水进了她家院子。他一进院就喊：‘四婶子，您骂得口渴了吧？我四叔没在家，我给你送挑水来了。’嘿！他这一喊也算灵验，‘一层皮’立时不吭声了。”
>
> “怎么？堵住嘴了？”老书记问道。
>
> “不，隔不一会儿，她又骂上了，可劲头不像刚才足了，你听。”小会计装模作样地学着那女人的腔调：“‘死不了的，甭来气我！’跟着又听咱们队长说：‘往后你真改了那老毛病，一心为社，让大伙别

① 张峻：《大山歌》，河北人民出版社1979年版，第72页。

老提你意见，你再骂我三天我也情愿。’说得那女人噗哧地笑出声来：‘死不了挨刀的，气死我偿命不？’……”①

然而，本以为这场风波至此平息了，不料却又起了波澜。“骂破天”骂完又过了一阵，老书记又听见有女人吵骂的声音。

小会计忽地坐起来，仄耳静听：“可不，又数说队长长队长短的，这女人真是反复无常。”他说罢，伸手揪住茂深的肥耳朵，用力一拉说：“走！再劝劝去。”

一阵嘭嘭的脚步声，两个年轻人又跑向庄里了……

…………

不多工夫，两个小伙子又叫呱呱地回来了。

“她又不骂队长了？”老书记首先猜测地发问。

“不，还在骂。”小会计笑着回答，“不过这回骂人的换了班，是队长老婆。”

…………

“骂他熊包，当干部没挣分，倒挣了骂。”小会计又学起队长老婆的腔调：“‘莫非说你有那口瘾，还嫌她骂得轻？又给人家去挑水，臊死人呦！’……”

茂深也在一旁咧着嘴帮腔道：“我是佩服咱队长啊，老婆那么数道，他搓着下巴嘻嘻地笑着说：‘只要人家认错改错，关心集体，咱挨两声骂就算了。’我看哪，一会儿好唱‘秋胡跪妻’了。”②

即便小说的结尾多少带有一点“主旋律”的色彩——老书记此行正是为了核实县党代表大会模范党员杨富春到底是否符合标准，以及了解“骂

① 张峻：《大山歌》，河北人民出版社1979年版，第73页。

② 张峻：《大山歌》，河北人民出版社1979年版，第75—76页。

破天”到公社告状的原委，结果却核查出了真模范。不过，相比此前的很多合作化题材小说而言，此小说对“主旋律”的一笔带过式的处理，尤其是小说中用大部分篇幅来展现戏剧性的故事情节、对人物语言与人物性格的刻画等方面，都是值得肯定的。

在张峻的合作化题材小说中，农民新人或是基层好干部都不是那种被拔高了的类型化的形象，而那些思想落后的“中间人物”形象，也并非面目可憎，乡间社会的生活实感与浓浓的人情味反而从中突显出来。

三、日常书写背后的作家姿态

从一般意义上讲，政治与普通人的日常生活无疑是较为疏远的。然而，在革命战争年代里，二者之间的距离却又变得很近，但是，即便如此，日常生活依然有其相对独立的存在空间，并不能完全被政治生活取代。

在20世纪50至60年代合作化题材小说中，我们看到的却是另一番图景，“家务事”“儿女情”一类的日常生活被革命和阶级斗争等非日常化（政治化）的组织行为挤压到了边缘境地。日常生活、情爱描写、风土人情等要素都被贴上了“小资产阶级情调”的标签，这种“异端”在当时是被视为“不合法”的存在，因此，这些文学性要素在20世纪50至60年代小说中都显得相当稀缺匮乏。

诚然，这与新中国成立前后特定的社会历史语境有着直接的关系。具体而言，在20世纪50至60年代文学语境或者说“一体化”的文学生产体制之下，描写家长里短、鸡毛蒜皮一类的家务事和男欢女爱的儿女情的创作取向，无疑会被视为对工农兵文学的重心——描写“重大题材”的“中心任务”论的背离，这种被视为带有个人主义倾向的“小资情调”，与新中国的革命文学伦理和“集体主义”意识形态结构也相抵触。显然，日常书写、情爱叙事与被“组织起来”的公共政治化行为有着无法调和的矛盾冲突。

普通农民百姓的日常生活之所以在合作化题材小说中被挤压到了边缘

的境地，其原因正如《马克思恩格斯选集》中所分析论述的那样，“随着分工的发展也产生了单个人的利益或单个家庭的利益与所有互相交往的个人的共同利益之间的矛盾”，“正是由于特殊利益和共同利益之间的这种矛盾，共同利益才采取国家这种与实际的单个利益和全体利益相脱离的独立形式，同时采取虚幻的共同体的形式”。① 的确如此，个人利益与集体利益之间的对立矛盾是切切实实存在着的，不以人的意志为转移。而想彻底消除这种对立矛盾无疑是一厢情愿，只能采取某种制度对其予以最大限度的平衡。

某种意义上，合作化运动就是一种“虚幻的共同体形式”。在处理农民个体或者单个家庭实际利益与集体利益相互冲突的问题时，采取的正是排斥单干、强行动员农民参加互助合作化这一解决方式。

由于日常生活更多体现的是个体的人抑或单个家庭内部及周围的非“共同体形式”的存在形态，毫无疑问，它与被“组织起来”的、集体化行为的合作化运动是相抵触、相冲突的。茅盾在第二次文代会上的报告《新的现实和新的任务》中指出，作家在创作小说时，要以表现矛盾和斗争为创作的重心。而这种主张等于是说，合作化题材小说创作只能侧重于紧张激烈的叙事，描写两条道路斗争抑或阶级斗争，而那种与公共政治化相对立的私人化空间范畴的日常生活与男女情爱的温和叙事，无疑是要受到文艺政策的限制乃至被视为另类和“异端”的。在这一特定的文学语境中，尤其是在文艺政策的严苛规训之下，包括合作化题材小说在内的整个20世纪50至60年代文学中日常生活与情爱叙事如此匮乏，也就不难理解了。

尽管20世纪50至60年代合作化题材小说中概念化、模式化的特质，尤其是日常生活与情爱描写的匮乏，早已成了文学史的定论和基本常识。不过，这只是从宏观、总体角度而言的，在合作化题材小说创作的不同阶段，其所呈现出来的样貌并非完全整齐划一。同一作家在不同时段，或是

① 《马克思恩格斯选集》第2版第1卷，人民出版社1995年版，第84页。

同一时段的不同作家，对日常、情爱以及风土人情的书写都是有一定的差异的。如李准、曹玉模等作家在当时其实属于刚刚踏上创作道路的文学新人。另外，从创作的时间上看，1951 年至 1956 年之间的文艺政策较 1957 年之后，无疑要显得相对宽松一些。“家务事”“儿女情”等日常生活内容虽然受到诸多钳制束缚，但依然有一定的存在空间。

客观地讲，早期合作化题材小说中对日常与男女情爱内容的叙事模式明显不同于中后期出现的一系列长中短篇合作化题材小说，后者模式化、概念化的痕迹太过突出。以长篇小说《三里湾》《艳阳天》《风雷》等作品为例，其中几乎看不到恋爱期间的男女的真情流露。即便是有，也往往都是男主人公“因革命而忘情”，女积极分子恰恰为农民新人的被过度拔高了的政治品格与道德品质所深深打动，对其产生爱慕之情，几乎全部都是“女追男”“女爱男”的古典小说戏曲中的传统情爱模式的翻版。这实际上与当时的农村社会时代语境极不相符，脱离了当时的农村生活的实际，明显违背了 20 世纪五六十年代中国农村社会的道德文化观念。

日常生活几乎是文学创作无法避开的核心要素之一，文学是写人的，而人绝大多数时间又是处在日常生活之中的。确如《马克思恩格斯选集》中所指出的：“一切人类生存”，“一切历史的第一个前提”就是“必须能够生活”，无论是任何时代还是任何人，“首先就需要吃喝住穿以及其他一些东西”。“创造历史”的“第一个历史活动”恰恰是“生产满足”人们“物质生活”需要的资料，即“生产物质生活本身”。日常生活与生产作为“一切历史活动”的“基本条件”，从古至今几千年来都是如此。① 也正是在这个意义上，“人在日常生活中的态度是第一性的，人们的日常态度既是每个人活动的起点，也是每个人活动的终点。”② 当然，日常生活并不局限于吃穿住用行，它还包括广义上的与生存、繁衍相关联的生活内容，家庭、爱情、婚姻等都属于日常生活的意涵之内。

---

① 《马克思恩格斯选集》第 1 卷，人民出版社 1995 年版，第 78—79 页。

② ［匈］乔治·卢卡契：《审美特性》第 1 卷，中国社会科学出版社 1986 年版，第 1 页。

纵观20世纪50至60年代合作化题材小说，显现出某种“异质性”要素的文本，绝大多数都有对日常生活内容的涉及与展现。只不过，在不同作家那里，所占的比重各有差异而已。从孙犁、刘绍棠、李准、康濯等重要作家的合作化题材小说创作来看，小说的核心意图固然在于表现政治思想主题，但是，在具体的创作实践过程中，其实也有他们某种策略性的调整和侧重。其中，尤其以孙犁的小说创作最具有代表性。孙犁早在20世纪四五十年代的《文艺学习》《文学短论》等评论著作或是文章中就曾多次提出通过描写日常生活来表现人物思想性格以及人与人之间的关系的重要性的观点（前文已经对此有所提及和阐述，此处不再赘述）。

虽然其他一些作家没有将其提升到创作理论的高度，但也没有完全将日常生活排除在外，如李准、曹玉模等在当时还尚属文学新人的作家都是其中的代表，在充满政治主旋律色彩的文本中，依然呈现出了丰富而又细腻的生活实感。

赫勒指出，日常生活本身就带有一种人道主义的元素。日常生活书写，尤其是在高度政治化的20世纪50至60年代文学语境中，突出了其稀缺性与宝贵之处。早期合作化题材小说中日常生活、情爱书写的价值就在于背后流露出的是对个体生命生存的关注，是某种人道主义情怀。这无疑对合作化题材小说中过度的意识形态化倾向有一定的稀释作用。

某种意义上，对富有生活实感的农村社会日常生活的书写，对于当时近乎“一体化”（政治化、意识形态化）的文学总体面貌而言，实际上是起到了某种矫正、纠偏的作用，将严肃乏味的政治生活内容做了某些调和，使其在一定程度上显得更为接近当时的真实生活状况，也使得20世纪50至60年代早期合作化题材小说能够呈现出更为丰富多彩的一面。

同样的道理，在马烽、刘澍德、张峻等作家的中短篇合作化题材小说中，对当地农村的乡风民情、地方语言、地域文化品格等诸多要素的展现，其实都是作家在文学政策规范之下所采取的某种潜在的文学要素的表达。

风土人情的书写在很大程度上，使得合作化题材小说具有了更多的审美性、趣味性。由于各地不同的地域文化，呈现出来的是丰富多彩的差异性，在较为概念化、模式化的题材、人物、情节、主题等同质化的表述之外，这种差异为小说增添了一种知识性的内涵与可读性。再有，小说中对自然风景的抒写也同样使得20世纪50至60年代合作化题材小说呈现出了别样的丰富性。花鸟虫鱼、自然山水在古代文学传统中本就是彼此关联在一起的，“诗中有画，画中有诗”“一切景语皆情语”无不说明了这一点。实际上，自然风景的描写本就是文学审美艺术表达的要素之一。

对人性美、人情美的抒写，更是文学亘古不变的永恒主题之一，根本原因就在于“文学是人学”（最早由《艺术哲学》著者泰纳提出，高尔基引用后广为流传），既然文学写的是人，必然就无法回避对人性、思想情感、精神世界等要素的表现。虽然在20世纪50至60年代文学语境中其受到很大程度上的贬抑和排斥，但是依旧有不少合作化题材小说文本执着地对其予以书写和表现。

需要指出的是，上述诸多作家作品，由于出现于文艺政策的严苛规训之前，无论是作家的思考深度还是关注的角度，与之后的政策的规训都是存在一定差异的。刚刚步入写作生涯的李准或是康濯，再或是年轻的地方作家在受到更为直接的文艺政策规训之前，更多的是从现实生活片段本身出发，而未如茅盾提醒的那样把生活中的矛盾集中起来加以典型化，突出新形势下的阶级斗争的严峻性和必要性。

合作化题材小说中展现出来的日常生活场景描写、情爱叙事、人情美、人性美、地域文化等游离于政治主旋律之外的“异质性”要素，尽管在某种程度上仍免不了带有衬托人物性格与思想主题、渲染环境氛围的痕迹，但无疑还是非常难能可贵的。

总而言之，早期合作化题材小说创作中还是保留了一些生活实感的成分——家务事、儿女情、日常化的人际关系、风土人情等，这也在无形中为此后越发概念化的合作化题材小说保留了一抹亮色，冲淡了农村在特殊年代里的紧张而枯燥的气氛与场面，文学艺术的因子一定程度上得以显现。而合作化短篇小说的日常与风土人情的书写折射出的是，在文艺政策的规范之下，作家的一种创作姿态以及对当时农村社会生活的理解和认识。而在作家文学观念的表达或者说创作姿态的背后，其实是作家个人、文学与政治、时代之间的错综复杂的关联的一种表征。

结　语

“一时代有一时代之文学”，胡适在《文学改良刍议》中说的这句话已经为很多文学界研究者所认同。事实上，王国维在《宋元戏曲史·序》中也有相同的表述——“凡一代有一代之文学”。单纯从字面来看，的确看不出二者有什么区别。不过，倘若联系他们各自的语境再来解读的话，王、胡二人的“言外之意”可就大相径庭了。

作为晚清“遗民”、学者的王国维在表达“凡一代有一代之文学”的观点时，其内心更多的是无限感慨与哀叹，他认为无论楚辞、汉赋，还是唐诗、宋词、元曲等古代文学传统精华，到了民初——尤其是五四新文化运动以后，几乎全都断裂了，无法传承延续下去。因此，他感到一种莫名的隐痛，“五四”新文学（白话文）在他眼中，无疑意味着一种“退化”与没落。

然而，与王国维的立场正相反，胡适对文学进化论则深感认同。他积极地为白话文摇旗呐喊、冲锋陷阵，并亲自用白话文创作新诗（如《蝴蝶》）。具有开拓探索意义的《尝试集》，为此后出现的更为成熟的新诗创作奠定了重要基础。

可以说，王国维、胡适二人分别持有两种不同的思维视点，一个是选择留在了上一个时代，而另一个则是站在了自己所处的这个时代的前端。两个不同时代的知识分子共处在同一个时空里，一个怀恋过去，与现在的时代抵触隔阂，而一个则是告别过去，立足现在，面向未来。这种新旧传统、新旧时代交替演进之际，往往让很多人都会产生类似王国维与胡适这样截然对立的文学观（当然，文学观背后，按照孙犁的观点，其实是作家的人生观、世界观、历史观的反映）。

同样的道理，面对20世纪50至60年代文学，“一时代有一时代之文学”这句广为流传也备受认同的话语依然会在不同人那里有不同的理解。有时候，彼此对同一问题的认知和判断可能会是完全对立、冲突的。而这也恰恰是社会历史本身所具有的多重、复杂的面相与内里使然。无论是在任何一个时代，几乎都不会出现同质化的、一元化的思维模式，总有某些时代与历史的“褶皱”，正如人性的“褶皱”一样。将20世纪50至60年代简单化地“盖棺定论”为“一元化”或者是“铁板一块”的思维倾向，从某种角度上讲，或许是一种对历史本身复杂化的有意无意的无视或是回避，而表现在学术研究上，可能就是一种思维与行动上的“偷懒”。

实际上，在重新审视20世纪50至60年代合作化题材小说乃至整个20世纪50至60年代文学时，这一问题亦如此。一方面，20世纪50至60年代文学是特定历史语境下的产物，对它的重新认识和批判不应该完全脱离它所产生的具体历史语境而孤立地将其置于20世纪80年代以来的世界观、历史观，尤其是“纯文学”观念之中，应当参照当时的政治、经济、文化等复杂的多重的历史维度，否则，所得出的结论势必会有“脱历史化”之嫌，同时也过于简单化，使得20世纪50至60年代文学在文学史评价与定位中，除了文学性极度匮乏、文学价值极低的“一无是处”的结论外，自然也就无法对其加以重新认识和进一步挖掘研究了。

如何切实有效地对20世纪50至60年代合作化题材小说予以重新审视，仅仅换一种批评理论或是研究视角还是不够的，往往那种需要花费大量时间精力、较为笨拙的基础性研究反而能够在一定程度上弥补单纯理论阐释的不足。这种基础性研究会在那些早已“盖棺定论”的，或是经典化了的，或是打入谷底的文本之外，发掘出以往不为很多评论者、研究者们所熟知的一些名不见经传但却较为重要的作家及其文本。因此，要对20世纪50至60年代文学全貌以及某些复杂性要素重新发掘，基础性的研究就成为一个逻辑前提。在一定程度上，也会有利于扭转20世纪50至60年代文学“翻烙饼”的现象。

诚然，文学史具有强大的话语权，它所产生的持久性、广泛性的知识普及与传播是单个研究者抑或单部论著所无法相提并论的。即便再多的评论文章，其所发挥的效用也是相对有限和微弱得多。但是，不能因为某种原因，包括研究方法路径的差异，抑或研究者的某种“惰性”，而将那些本该需要被重新发掘整理的作家作品彻底地“选择性遗忘”（针对“选择性记忆”而言），这种主观上的或者说人为性的研究方法与处理方式，对于那些被很多人视为历史的“废墟”的20世纪50至60年代文学中的某些作家作品而言，无疑是不公平的。

也就是说，在重新发掘、梳理、审视合作化题材小说时，作为后来人，长期受20世纪80年代的世界观、历史观——尤其是20世纪80年代文学观念与研究视角的剧烈转换的深远影响，至少需要在两个方面有所留意。

当然，以80年代的历史观、文学观来审视20世纪50至60年代文学无可厚非，文学史毕竟是文学的历史，文学性必然是一个无法回避的核心要素。当然，同样也不能完全依托这种“纯文学”的评价标尺，否则容易出现一刀切式全面否定20世纪50至60年代文学的存在价值的结果。毕竟，没有20世纪50至60年代文学，何来20世纪80年代文学？实际上，20世纪50至60年代文学中的合作化题材小说中，除了经常被人们提及的那几部被经典化了的代表作品（其中尤其是以长篇为主）以外，数量更多的无疑是中短篇小说。也并非只有李准的《不能走那条路》这样的短篇小说，通过笔者的发掘整理，还是从中看到了相比以往文学史著作抑或单篇论文中很少，甚至从未被触及的作家及其文本，也从中发现了一些较有质量且丰富性的，同时值得肯定的要素。

再有，20世纪50至60年代中短篇合作化题材创作也并非铁板一块，诸如赵树理、刘澍德、马烽、欧阳山等作家在小说中其实并未对当时合作化运动期间所存在的“阴暗面”视而不见，赵树理、刘澍德、马烽、欧阳山在小说中其实表现出了他们的强烈的社会责任感，其敢于讲真话、实事求是的精神品格也从中能够感知得到。那种完全站在今天的立场，以道德审判者的眼光和姿态来臧否这些作家及其作品的做法，某种程度上，不仅不能真正全面客观地认识和把握20世纪50至60年代中短篇合作化题材小说所具有的复杂性的一面，而且也无形中犯了一个“道德绑架”式的错误，这无疑是需要注意和反思的。

近些年来，程光炜教授所一直积极倡导当代文学研究的“历史化”的主张，并且通过实际研究，取得了显著的研究成果，在学界备受关注和认可。对当代文学史研究的路径与方法已然产生了某种开拓性的效应，极大地推动了当代文学史研究向纵深发展。同时，很多以往难以触碰或是被忽视的问题，也被重新激活，也因此产生了不少新的学术生长点。而“历史化”的关键所在，就是要做到尽量不带有预设眼光来审视评判研究对象，通过对某一特定历史语境的“重返”——通过大量翔实可靠的第一手文本、文献史料的梳理、辨析或清理之后，对研究对象的具体“来路”予以“还原性的阐释”，而非直接从已有的文学史论著中简单化地直接照搬套用，进而造成对某些历史“真相”以及历史本身的复杂性的遮蔽，甚至是错误认知。

单纯就20世纪50至60年代合作化中短篇小说来讲，在保持对20世纪50至60年代合作化题材小说予以相应的审视和批判态度的同时，或许也应该带着体温来触摸历史，持以冷静客观辩证的立场来谛视那一时期的作家和作品。质言之，只有置身其中、重返20世纪50至60年代的历史语境，带着一定的同情和包容，才能深刻体会到赵树理、刘澍德、欧阳山等作家在严酷的创作环境中敢于冒天下之大不韪——坚持公平正义，讲出真话，暴露社会“阴暗面”的创作价值取向与实事求是的精神品格的难能可贵。

而另一方面，孙犁、刘绍棠、张峻等作家的小说文本中，同样存在着丰富的文学要素，他们并未完全依照“政治标准第一”的文艺思想主张进行创作，而是在小说中执着地表现文学艺术的审美意蕴。加之对于人性、日常生活、情感世界的挖掘和展现，以及对风土人情、社会变迁、道德心理嬗变的关注，无疑都是值得肯定的。

某种意义上，尽管20世纪60年代的文学创作氛围较20世纪50年代紧张得多，但并不意味着20世纪60年代的合作化题材小说中就没有好的小说文本存在。即便是同一个作家在同一时期的创作倾向也不完全一样（刘澍德的同一时期的几部短篇的较大差异就能够说明问题），更不用说不同作家在不同的时期的创作上的差异了。合作化题材小说创作的好坏优劣，并不能一概而论，需要具体问题具体分析。

一言以蔽之，中短篇小说自有其独特的价值，在重新发掘和审视20世纪50至60年代合作化题材中短篇小说时，尤为需要辩证的、“历史化”的眼光与研究立场，唯有如此，才能更为深刻地认识和把握20世纪50至60年代文学整体面貌之下的不同作家个体、不同文本之间的差异性和复杂性。

实际上，这也正是本书的一个重要的研究出发点与立足点。在20世纪八九十年代，抑或21世纪以来的批评与研究中，对20世纪50至60年代文学的评价时不时地会出现类似“翻烙饼”一般的上下起伏、左右摇摆的现象，正说明了“历史化”研究的重要性与必要性。应该说，需要通过文学、历史、社会学等多重维度对20世纪50至60年代合作化题材中短篇小说予以重新发掘与审视，或许是扭转“翻烙饼”的效应以及真正能够使其得以沉淀下来，对其有一个更为客观辩证的把握和理解的必要举措。

参考文献

一、论著

［1］蔡翔：《革命/叙述：中国社会主义文学—文化想象（1949—1966）》，北京大学出版社 2010 年版。

［2］曹金合：《十七年合作化小说的叙事伦理研究》，中国社会科学出版社 2014 年版。

［3］曹靖华主编：《俄苏文学史》，河南教育出版社 1992 年版。

［4］陈国恩、庄桂成等：《俄苏文学在中国的传播与接受》，中国社会科学出版社 2009 年版。

［5］陈荒煤：《荒煤文学评论选》，湖南人民出版社 1983 年版。

［6］陈建华主编：《中国俄苏文学研究史论》，重庆出版社 2007 年版。

［7］陈南先：《师承与探索——俄苏文学与中国十七年文学》，华中师范大学出版社 2011 年版。

［8］陈顺馨：《社会主义现实主义理论在中国的接受与转化》，安徽教育出版社 2000 年版。

［9］程光炜、陈晓明：《文学史研究的兴起》，福建教育出版社 2008 年版。

［10］程光炜：《当代文学的“历史化”》，北京大学出版社 2011 年版。

［11］程光炜：《文学想像与文学国家：中国当代文学研究（1949—1976）》，河南大学出版社 2005 年版。

［12］戴燕：《文学史的权力》，北京大学出版社 2002 年版。

[13] 杜国景：《合作化小说中的乡村故事与国家历史》，中国社会科学出版社 2011 年版。
[14] 洪子诚：《1956：百花时代》，山东教育出版社 1998 年版。
[15] 洪子诚等著，程光炜编：《重返八十年代》,北京大学出版社 2009 年版。
[16] 洪子诚：《问题与方法：中国当代文学史研究讲稿》，生活·读书·新知三联书店 2002 年版。
[17] 蓝爱国：《解构十七年》，华东师范大学出版社 2003 年版。
[18] 李洁非、杨劼：《共和国文学生产方式》，社会科学文献出版社 2011 年版。
[19] 李今：《三四十年代苏俄汉译文学论》，人民文学出版社 2006 年版。
[20] 李明滨、李毓榛主编：《苏联当代文学概观》，北京大学出版社 1988 年版。
[21] 李涛：《借鉴与发展——中苏教育关系研究（1949—1976）》，浙江教育出版社 2006 年版。
[22] 李杨：《抗争宿命之路——“社会主义现实主义”（1942—1976）研究》，时代文艺出版社 1993 年版。
[23] 李杨：《50—70 年代中国文学经典再解读》，山东教育出版社 2003 年版。
[24] 梁启超：《中国历史研究法补编》，中华书局 2010 年版。
[25] 刘景荣、袁喜生：《毛泽东文艺年谱》，吉林人民出版社 2002 年版。
[26] 刘祥文：《肖洛霍夫在中国》，中国社会科学出版社 2014 年版。
[27] 毛泽东：《毛泽东论文学和艺术》，人民文学出版社 1958 年版。
[28] 孟繁华、程光炜：《中国当代文学发展史》,人民文学出版社 2004 年版。
[29] 王本朝：《中国当代文学制度研究》，新星出版社 2007 年版。
[30] 王一川：《中国现代卡里斯马典型——二十世纪小说人物的修辞论阐释》，云南人民出版社 1994 年版。
[31] 吴秀明：《中国当代文学史写真》（全本）,北京大学出版社 2010 年版。
[32] 吴秀明主编：《“十七年”文学历史评价与人文阐释》，浙江大学出版社 2007 年版。

［33］吴元迈：《俄苏文学及文论研究》，中国社会科学出版社 2014 年版。
［34］杨匡汉、孟繁华主编：《共和国文学 50 年》，中国社会科学出版社 1999 年版。
［35］杨联芬：《孙犁：革命文学中的“多余人”——二十世纪中国文学论》，中国文联出版社 2004 年版。
［36］杨燕：《俄国形式主义的叙事理论研究》，中国社会科学出版社 2022 年版。
［37］余岱宗：《被规训的激情：论 1950、1960 年代的红色小说》，上海三联书店 2004 年版。
［38］张捷：《斯大林与文学》，中国青年出版社 2014 年版。
［39］张均：《中国当代文学制度研究（1949—1976）》，北京大学出版社 2011 年版。
［40］郑学诗：《走出写作障碍》，山西教育出版社 2014 年版。
［41］朱晓进等：《非文学的世纪：20 世纪中国文学与政治关系史论》，南京师范大学出版社 2004 年版。
［42］朱晓进：《“山药蛋派”与三晋文化》，湖南教育出版社 1995 年版。
［43］［美］埃里克·霍弗：《狂热分子：群众运动圣经》，梁永安译，广西师范大学出版社 2011 年版。
［44］［法］安托万·普罗斯特：《历史学十二讲》，王春华译，北京大学出版社 2012 年版。
［45］［美］本尼迪克特·安德森：《想象的共同体——民族主义的起源与散布》，吴叡人译，上海人民出版社 2005 年版。
［46］［日］柄古行人：《日本现代文学的起源》，生活·读书·新知三联书店 2003 年版。
［47］［英］E. H. 卡尔：《历史是什么?》，陈恒译，商务印书馆 2007 年版。
［48］［英］戈登·柴尔德：《历史的重建：考古材料的阐释》，方辉、方堃杨译，上海三联书店 2008 年版。
［49］［苏］季莫菲耶夫：《苏联文学史》（上下册），水夫译，作家出版社

1956 年版。
［50］［英］柯林武德：《历史的观念（增补版）》，何兆武、张文杰、陈新译，北京大学出版社 2010 年版。
［51］［苏］卢那察尔斯基：《论文学》，蒋路译，人民文学出版社 1978 年版。
［52］［法］罗贝尔·埃斯卡皮：《文学社会学》，于沛选编，浙江人民出版社 1987 年版。
［53］［美］罗彻斯特：《列宁论土地问题》，林伦彦译，中华书局 1950 年版。
［54］［法］马克·布洛赫：《历史学家的技艺》，张和声译，北京师范大学出版社 2014 年版。
［55］［美］马克·斯洛宁：《苏维埃俄罗斯文学（1917—1977）》，浦立民、刘峰译，上海译文出版社 1983 年版。
［56］［美］莫里斯·迈斯纳：《毛泽东的中国及后毛泽东的中国》，杜蒲、李玉玲译，四川人民出版社 1992 年版。
［57］［匈］乔治·卢卡契：《审美特性》第 1 卷，徐恒醇译，中国社会科学出版社 1986 年版。
［58］［美］R. 麦克法夸尔：《剑桥中华人民共和国史（上卷）：革命的中国的兴起（1949—1965 年）》，费正清编，谢亮生等译，中国社会科学出版社 1990 年版。
［59］［苏］斯大林：《斯大林论文学和艺术》，人民文学出版社 1959 年版。
［60］［英］特雷·伊格尔顿：《二十世纪西方文学理论》，伍晓明译，陕西师范大学出版社 1986 年版。
［61］［苏］托洛茨基：《文学与革命》，外国文学出版社 1992 年版。
［62］［苏］维里琴斯基：《斯大林与苏联文学问题》，桑宾译，人民文学出版社 1953 年版。
［63］［苏］伊·哈德莱：《论苏联文学的任务与特征》，孟永祈译，上海出版公司 1953 年版。

二、文献资料（以下按著者姓氏音序排列）

［1］薄一波：《若干重大决策与事件的回顾》，中共中央党校出版社 1991 年版。

［2］陈大斌：《从合作化到公社化：中国农村的集体化时代》，新华出版社 2011 年版。

［3］陈荒煤、黄修己等著，中国赵树理研究会编：《赵树理研究文集》，中国文联出版公司 1998 年版。

［4］陈荒煤总主编，曾彦修等主编：《中国新文艺大系（1949—1966）杂文集》，中国文联出版公司 1991 年版。

［5］陈思和主编，王光东副主编：《中国当代文学 60 年（1949—2009）》，上海大学出版社 2010 年版。

［6］陈云：《陈云文选：一九四九——九五六》，人民出版社 1984 年版。

［7］崔西璐、王万森、陆思厚编：《刘绍棠研究专集》，重庆出版社 1985 年版。

［8］《当代中国的农业合作制》编辑室编：《当代中国典型农业合作社史》（上下），中国农业出版社 2002 年版。

［9］《当代中国农业合作化》编辑室编：《建国以来农业合作化史料汇编》，中共党史出版社 1992 年版。

［10］邓子恢：《邓子恢文集》，人民出版社 1996 年版。

［11］复旦大学中文系编：《赵树理专集》，复旦大学印刷厂 1979 年版。

［12］高化民：《农业合作化运动始末》，中国青年出版社 1999 年版。

［13］顾龙生编著：《毛泽东经济年谱》，中共中央党校出版社 1993 年版。

［14］郭志刚、章无忌：《孙犁传》，十月文艺出版社 1990 年版。

［15］洪子诚编：《二十世纪中国小说理论资料（第五卷）1949—1976》，北京大学出版社 1997 年版。

［16］洪子诚主编：《中国当代文学史 · 史料选》（上下），长江文艺出版社 2002 年版。

［17］湖南省文联筹委会编：《文艺工作者怎样参加土改》，新华书店湖南省分店 1950 年版。
［18］黄修己：《赵树理评传》，江苏人民出版社 1981 年版。
［19］蒋伯英：《邓子恢传》，上海人民出版社 1986 年版。
［20］康濯：《第一户社员》，湖南人民出版社 1964 年版。
［21］李斌：《“向苏联老大哥学习”运动纪实》，东方出版社 2014 年版。
［22］李士德编选：《赵树理忆念录》，长春出版社 1990 年版。
［23］李准：《李双双小传》，人民文学出版社 1977 年版。
［24］刘金镛、房福贤主编：《孙犁研究专集》，江苏人民出版社 1983 年版。
［25］刘少奇：《刘少奇选集》（上下），人民出版社 1981 年版。
［26］刘绍棠：《我是刘绍棠》，团结出版社 1996 年版。
［27］刘绍棠：《夏天》，上海新文艺出版社 1956 年版。
［28］刘绍棠：《运河的桨声》，河北人民出版社 1980 年版。
［29］刘澍德：《卖梨》，上海文艺出版社 1963 年版。
［30］罗平汉：《“大跃进”的发动》，人民出版社 2009 年版。
［31］罗平汉：《当代历史问题札记二集》，广西师范大学出版社 2006 年版。
［32］罗平汉：《当代历史问题札记》，广西师范大学出版社 2003 年版。
［33］罗平汉：《当代历史问题札记三集》，广西师范大学出版社 2009 年版。
［34］罗平汉：《党史现场③：西柏坡时期》，福建人民出版社 2013 年版。
［35］罗平汉：《农村人民公社史》，福建人民出版社 2006 年版。
［36］罗平汉：《农业合作化运动史》，福建人民出版社 2004 年版。
［37］罗平汉：《天堂试验：人民公社化运动始末》，中共中央党校出版社 2006 年版。
［38］罗平汉：《土地改革运动史》，福建人民出版社 2005 年版。
［39］马烽：《我的第一个上级》，人民文学出版社 1959 年版。
［40］马社香：《农业合作化运动始末：百名亲历者口述实录》，当代中国出版社 2012 年版。
［41］毛泽东：《关于农业合作化问题》，人民出版社 1955 年版。

[42] 毛泽东:《毛泽东选集》第 3 卷，人民出版社 1991 年版。
[43] 毛泽东:《毛泽东选集》第 4 卷，人民出版社 1991 年版。
[44] 欧阳代娜编著:《百年欧阳山：欧阳山访谈录》，中国文史出版社 2008 年版。
[45] 欧阳山:《高干大》，人民文学出版社 1960 年版。
[46] 秦兆阳:《在田野上，前进!》，作家出版社 1956 年版。
[47] 山西省农业合作化史编委会办公室:《山西省农业合作化史综述卷》，中央文献出版社 2002 年版。
[48] 山西省志研究院编:《山西农业合作化》，山西人民出版社 2001 年版。
[49] 邵荃麟:《邵荃麟全集》，武汉出版社 2013 年版。
[50] 史敬棠等编:《中国农业合作化运动史料》（下），生活·读书·新知三联书店 1959 年版。
[51] 孙犁:《孙犁全集》，人民文学出版社 2004 年版。
[52] 孙晓邨、萧鸿麟:《我国农业的社会主义改造问题》，湖北人民出版社 1955 年版。
[53] 王立诚:《中国农业合作化简史》，中国农业出版社 2009 年版。
[54] 王培洁:《刘绍棠年谱》，文化艺术出版社 2012 年版。
[55] 王谦:《劫后余稿——试办初级社文存》，山西人民出版社 1995 年版。
[56] 现代文艺理论译丛编辑部编:《苏联文学与党性、时代精神及其他问题》，作家出版社 1964 年版。
[57] 现代文艺理论译丛编辑部编:《苏联文学与人道主义》，作家出版社 1963 年版。
[58] 现代文艺理论译丛编辑部编:《苏联文学中的正面人物、写战争问题》，作家出版社 1963 年版。
[59] 辛逸:《农村人民公社分配制度研究》，中央党史出版社 2005 年版。
[60] 新华书店北京发行所编:《苏联文学是中国人民的良师益友》，新华书店北京发行所 1960 年版。
[61] 叶水夫主编:《苏联文学史》，中国社会科学出版社 1994 年版。

年第 3 期。
[14] 郭志刚：《孙犁创作中的艺术观》，《当代作家评论》1984 年第 1 期。
[15] 贺仲明：《真实的尺度——重评 50 年代农业合作化题材小说》，《文学评论》2003 年第 4 期。
[16] 黄子平：《革命 · 性 · 长篇小说——以矛盾的创作为例》，《文艺理论研究》1996 年第 3 期。
[17] 惠雁冰：《论农业合作化题材长篇小说的深层结构——以〈创业史〉、〈艳阳天〉、〈金光大道〉为例》，《文学评论》2005 年第 2 期。
[18] 金梅：《试论孙犁的美学理想和短篇小说》，《文学评论》1982 年第 3 期。
[19] 居学明：《农业合作化题材小说爱情叙事的话语修辞》，《淮阴师范学院学报（哲学社会科学版）》，2010 年第 1 期。
[20] 李华秀：《孙犁〈铁木前传〉的深层结构》，《海南师范大学学报（社会科学版）》2016 年第 10 期。
[21] 李士德：《谈赵树理创作的农村“情结”》，《社会科学战线》1996 年第 6 期。
[22] 李新市：《亲民为民的赵树理》，《党史文苑》2005 年 13 期。
[23] 李杨：《“赵树理方向”与〈讲话〉的历史辩证法》，《文学评论》2015 年第 4 期。
[24] 林霆：《论十七年农业合作化题材小说的真实性》，《文史哲》2012 年第 1 期。
[25] 林霆：《农业合作化小说的乡村权力书写及其历史意义》，《齐鲁学刊》2014 年第 2 期。
[26] 刘卫东：《孙犁 1950 年代对“农村题材”的批评——以〈论农村题材〉为中心》，《中国现代文学研究丛刊》2016 年第 5 期。
[27] 刘宗武：《孙犁与〈育德月刊〉》，《新文学史料》2014 年第 2 期。
[28] 栾保俊：《刘绍棠小说对美的追求》，《文艺理论与批评》1997 年第 4 期。
[29] 罗岗：《“文学式结构”与“伦理性法律”——重读〈“锻炼锻炼”〉兼及“赵树理难题”》，《文学评论》2014 年第 1 期。

［30］毛星：《对十年来新中国文学发展的一些理解》，《文学评论》1959 年第 5 期。
［31］石兴泽：《刘绍棠论》，《文艺争鸣》2008 年第 8 期。
［32］宋炳辉：《“柳青现象”的启示：重评长篇小说〈创业史〉》，《上海文论》1988 年第 4 期。
［33］宋炳辉：《50—70 年代苏联文学在中国的译介》，《中国比较文学》1994 年第 1 期。
［34］孙郁：《孙犁的鲁迅遗风》，《新文学史料》2014 年第 2 期。
［35］田本陆：《小说与人生——孙犁小说美学探索》，《松辽学刊（社会科学版）》1985 年第 1 期。
［36］王彬彬：《也谈“日丹诺夫主义”》，《东方艺术》1996 年第 2 期。
［37］王鹏程：《“创业”叙事的修辞与政治——农业合作化小说修改研究》，《中国现代文学研究丛刊》2011 年第 3 期。
［38］王再兴：《合作化小说的形式想象与叙事程式：以李准和〈不能走那条路〉为例》，《文艺理论与批评》2013 年第 5 期。
［39］严家炎：《关于梁生宝形象》，《文学评论》1963 年第 3 期。
［40］严家炎：《梁生宝形象和新英雄人物创造问题》，《文学评论》1964 年第 4 期。
［41］严家炎：《谈〈创业史〉中梁三老汉的形象》，《文学评论》1961 年第 3 期。
［42］杨建民：《胡耀邦与乡土文学作家刘绍棠的不解之缘》，《党史纵览》2009 年第 3 期。
［43］杨联芬：《孙犁：革命文学中的“多余人”》，《中国现代文学研究丛刊》1998 年第 4 期。
［44］易晖：《“革命的第二天”——十七年合作化小说中的乡村治理》，《中国现代文学研究丛刊》2014 年第 2 期。
［45］于树军：《合作化小说叙事中的“自主政治”现象的阐释》，《文艺争鸣》2013 年第 1 期。

策”，再度“回炉”深加工，之后再试图让文章“能够见人”。

由于自身的视野眼光、理论素养与知识结构及能力有限，因此，平时在读书学习与写论文时只得常常以“勤能补拙”这句警语来不断地提醒自己、督促自己、激励自己……以图在学术研究这条路上能够有所成长和进步。

经过几年的磨砺和积淀，又恍然觉察到当初怀着极大的热忱和冲劲，以及读博治学的初心依然在内心深处顽强地挣扎着、升腾着，并未因此而彻底消退，依然犹如一星微光般不肯就此“入死灭”。读博期间（乃至以后的学术生涯中）的酸甜苦辣或许正是源于无涯学海中的苦中求乐。

读博以后才开始领悟到，学术研究犹如勘探钻井一样，讲求的是既要有视野更要做到开掘要深。因此，还是想尝试在讲求深度之外，再多读一点杂书，多学一点庞杂的理论知识，丰富自己的视野和眼光，希望能够对洞察力与思辨力较为欠缺的我有所裨益。

回想当年，在准备开题、调整修改，尤其是之后的学位论文写作过程中，遭遇到了诸多难点，感受到了一种难以言表的焦虑、迷茫和无助。幸运的是，有老师们的指点迷津，同学、好友的关心和建议，最终得以从迷茫和困境中走了出来。

我深知自己学识、能力、眼光有限，本书还有很多不足之处。因此，我将继续提高理论水平、研读更多的文献资料，反复磨砺和锤炼，不断提升治学能力。

由衷地感谢导师马俊杰教授在我读博的四年中在学业、生活上对我的关心、指导和鼓励，马老师风趣幽默的谈吐和机敏睿智的思维，以及在繁重的工作之余的创作，让我感到异常钦佩。

同时，要诚挚地感谢程光炜老师在我访学与读博期间对我的学习的悉心指导和关照，尤其是在程老师主持的人大课堂上，我学到了很多知识和方法。除了具体的书本知识以外，程老师在问题意识、治学态度与研究方法上的教诲也使我受益匪浅，对于今后的学术研究都是有深远影响的。

还要特别感谢张洁宇老师对我的热心、无私的关怀和大力帮助，我是一个性格内向、拘谨胆怯之人，张老师对我的鼓励让我在遭遇不顺与困境时，能够坚持下去，挺过难关。张老师的关心和帮助，令我终生难忘。

与此同时，要感谢孙郁老师、李今老师、杨联芬老师、王家新老师在我当时博士论文开题期间提出的宝贵意见和建议。还要感谢孟繁华老师、贺绍俊老师、黄乔生老师在我当时的博士毕业论文预答辩时给出的重要意见和建议，让我在修改完善博士论文及之后成书的过程中有了更为明确的思路和方向。

再就是要感谢博士答辩委员会主席白烨老师，以及杨联芬老师、王光明老师、姚丹老师、贺绍俊老师们给予的宝贵意见和建议。感谢陈福民老师对我的博士论文的选题和研究意义的肯定与鼓励。

在 2011 至 2012 年赴中国人民大学访学的一年里，以及之后攻读博士的四年里，我一直都在外读书学习。五年时间里，我没有尽到一个丈夫应尽的责任，除了寒暑假回家之外，都是妻子在支撑着这个家。我到中国人民大学读博时，妻子刚刚怀孕，正需要悉心陪伴照顾的时候，我却不在她的身边。2014 年春夏之际，宝贝女儿来到世上，妻子一面要从事繁重的工作，一面还要和岳母两个人在家里照看年幼的孩子，其间的辛苦和不易难以形容，我至今仍心怀愧疚和感激之情。没有妻子长期而且巨大的奉献、牺牲和大力支持，我到北京攻读博士一事，显然是不切实际的。因此，特别要向我的妻子表达真挚的谢意，感谢她对我的理解、支持以及对家庭的辛苦付出。

虽然攻读博士期间很辛苦，但是很值得，颇为幸运的是有这么多优秀、热心的老师给予了我非常多的帮助和指导，我从中学到了诸多受益匪浅，甚至可以说是终身受用的治学态度和理论方法。

虽然已步入了学术研究的路途，但一直自认为是一个刚入门的初学者，在学术研究这条路上走得较为艰辛坎坷，有时会莫名感到枯燥乏味，甚至自我怀疑。有时也会因为豁然开朗、柳暗花明而欣喜和欣慰。生也有涯，而学海无涯，能够不断发现问题，获得新知，释疑解惑，做到苦中求乐，应该就是治学的根本要义与乐趣所在吧。

本书是在博士论文基础上修改完善而成。本书得以顺利出版，非常感谢中国戏剧出版社的责任编辑邢俊华老师的辛苦付出，从选题申报，再到全书各个环节的修改完善，邢俊华老师都花费了很多精力。邢老师的专业的水准、严谨的态度、认真的校对，尤其是邢老师的学术眼光以及在本书的修改完善中所给予的中肯的意见和建议，令我十分感动和钦佩，在此，要特别向邢老师和中国戏剧出版社表达深深的谢意。

本书还有很多不足之处，恳请方家多多批评指正。我深知学术之路漫漫其修远，但吾将不改初心，继续上下求索。

2024 年 5 月

于北国冰城哈尔滨